O jogo do Amor e da Morte

Martha Brockenbrough

O jogo do amor e da morte

Tradução
Cláudia Mello Belhassof

1ª edição
Rio de Janeiro-RJ / Campinas-SP, 2017

VERUS
EDITORA

Editora
Raïssa Castro

Coordenadora editorial
Ana Paula Gomes

Copidesque
Cleide Salme

Revisão
Raquel de Sena Rodrigues Tersi

Capa e projeto gráfico
André S. Tavares da Silva

Diagramação
Daiane Cristina Avelino Silva

Título original
The Game of Love and Death

ISBN: 978-85-7686-430-1

Copyright © Martha Brockenbrough, 2015
Todos os direitos reservados.
Edição publicada mediante acordo com Rights People, Londres.

Tradução © Verus Editora, 2017
Direitos reservados em língua portuguesa, no Brasil, por Verus Editora. Nenhuma parte desta obra pode ser reproduzida ou transmitida por qualquer forma e/ou quaisquer meios (eletrônico ou mecânico, incluindo fotocópia e gravação) ou arquivada em qualquer sistema ou banco de dados sem permissão escrita da editora.

Verus Editora Ltda.
Rua Benedicto Aristides Ribeiro, 41, Jd. Santa Genebra II, Campinas/SP, 13084-753
Fone/Fax: (19) 3249-0001 | www.veruseditora.com.br

CIP-BRASIL. CATALOGAÇÃO NA FONTE
SINDICATO NACIONAL DOS EDITORES DE LIVROS, RJ

B882j

Brockenbrough, Martha, 1970-
  O Jogo do Amor e da Morte / Martha Brockenbrough ; tradução Cláudia Mello Belhassof. -- 1. ed. -- Campinas, SP : Verus, 2017.
  23 cm.

  Tradução de: The Game of Love and Death
  ISBN: 978-85-7686-430-1

  1. Ficção americana. I. Belhassof, Cláudia Mello. II. Título.

17-39972
CDD: 813
CDU: 821.111(73)-3

Revisado conforme o novo acordo ortográfico

Para Adam
O Amor não forjou nenhum coração tão lindo quanto o seu.

1

Sexta-feira, 13 de fevereiro de 1920

A FIGURA DE TERNO CINZA ELEGANTE SE MATERIALIZOU NO BERÇÁRIO E FIcou parada sobre o bebê, inalando o doce e leitoso ar noturno. Ele poderia ter assumido qualquer forma, na verdade: um pardal, uma coruja-das-neves, até mesmo uma mosca comum. Apesar de ter o hábito de viajar pelo mundo com asas, na hora do trabalho ele sempre preferia a aparência humana.

Em pé sob uma janela de vitral, o visitante, conhecido como Amor, tirou um pequeno alfinete com cabeça de pérola da gravata e espetou o dedo. Uma gota de sangue surgiu e captou o reflexo da faixa de lua que pairava baixa no céu de fim de inverno. Ele se inclinou sobre o berço e deslizou a ponta do dedo sangrando para dentro da boca da criança. O bebê, um menino, tentou sugar, franzindo a testa, as mãozinhas se fechando em punhos.

— Shhh — sussurrou a figura. — Shhh. — Esse jogador. Ele não conseguia pensar em alguém que ele amasse mais.

Depois de um tempo, o Amor tirou o dedo da boca do menino, satisfeito porque o sangue tinha dado um coração sólido ao bebê. Ele recolocou o alfinete no lugar e fitou a criança. Tirou um livro do bolso, rabiscou algumas linhas e o guardou novamente. Quando não podia mais ficar, pronunciou duas palavras com a delicadeza de uma oração:

— Tenha coragem.

Na noite seguinte, em uma pequena casa verde do outro lado da cidade, sua oponente fez a escolha. Nessa casa, não havia vitral nas janelas. Nada de berçário agradável; nenhum berço de ferro forjado. A criança era uma menina. Uma menina que dormia em um caixote de maçãs — feliz, porque ainda não entendia nada.

No outro quarto da casa, a avó da criança dormia um sono leve, um canto da mente alerta, prestando atenção para ouvir sons que indicariam que os pais da menina tinham voltado para casa: o rangido de uma porta, o sussurro de vozes, o barulho cuidadoso de passos na ponta dos pés.

A idosa poderia esperar eternamente para ouvir esses sons novamente.

Usando um par de luvas de couro macio, a oponente do Amor, conhecida como Morte, estendeu a mão para a criança, que acordou e piscou sonolenta para o rosto desconhecido. Para alívio da Morte, o bebê não chorou. Em vez disso, olhou para ela com curiosidade. A Morte segurou uma vela perto da criança, para ter uma visão melhor. O bebê piscou duas vezes, sorriu e estendeu a mão para a chama.

Satisfeita, a Morte deixou a vela de lado, segurou o bebê perto do peito e foi até a janela sem cortinas, que revelava um mundo embranquecido brilhando sob um céu de flanela prateada. Ela e o bebê observaram a neve cair. Por fim, a criança adormeceu em seus braços.

A Morte se concentrou em sua tarefa principal, aliviada quando finalmente sentiu a pressão reveladora atrás dos olhos. Depois de muito esforço, uma única lágrima negra se formou em seus cílios. A Morte tirou a luva com os dentes, e ela mal fez barulho quando atingiu o chão. Com o dedo indicador, pegou a lágrima.

Ela manteve a ponta do dedo sobre a testa limpa e quente do bebê. Devagar, com cuidado, escreveu diretamente na carne da criança duas palavras que seriam invisíveis. Mas teriam poder sobre a criança e, mais tarde, sobre a mulher que ela se tornaria. Elas a ensinariam, a moldariam. As letras, cinco no total, reluziram à luz da vela.

Um dia.

Depois sussurrou no ouvido do bebê:

— *Um dia, todo mundo que você ama vai morrer. Tudo o que você ama vai desmoronar em uma ruína. Esse é o preço da vida. Esse é o preço do amor. É o único fim para todas as histórias verdadeiras.*

As palavras afundaram na pele escura da criança e desapareceram como se nunca tivessem estado ali.

A Morte deixou o bebê de lado, tirou a outra luva e deixou as duas no chão, onde seriam descobertas pela avó da criança e confundidas com algo diferente. As luvas seriam as únicas coisas que ela daria à menina, apesar de haver outras que ela já havia tomado, e mais iria tomar nos anos seguintes.

Durante os dezessete anos seguintes, o Amor e a Morte observaram seus jogadores. Observaram e esperaram o Jogo começar.

2

Sexta-feira, 26 de março de 1937

Debaixo de uma densa camada de nuvens, Henry Bishop estava de pé sobre a areia fofa do diamante. O espaço além e entre as duas primeiras bases era um ótimo lugar para ficar pensando. Tinha cheiro de grama cortada, e os abetos-de-douglas que envolviam o campo externo isolavam o barulho do restante do mundo. Henry engoliu em seco, se agachou e socou sua luva quando o arremessador lançou uma bola rápida. O rebatedor balançou o braço e bateu — *poc!* A bola voou para longe do taco e atravessou o diamante. Henry saltou e estendeu a mão, mas a bola tomou seu próprio rumo surpreendente e passou raspando na ponta da luva.

Quando seus pés tocaram o chão de novo, Henry teve uma epifania sobre o ritmo do beisebol, e por que isso significava tanto para ele.

Era a conexão. Sem o movimento de reação do rebatedor, o trabalho do arremessador não significava nada. Da mesma maneira, o lançamento do arremessador encontrava seu significado na luva do jogador de base ou na grama. A conexão completava o ritmo. Duas forças opostas se confrontavam com desejos individuais, criando algo imprevisível entre eles. Triunfo. Desastre. Sofrimento. Alegria. O beisebol era uma história de amor, de verdade. Mas um amor diferente do tipo que ele sempre tinha procurado.

Seus pés tocaram a grama quando o jardineiro central da equipe, Ethan Thorne, pegou a bola no caminho com a mão sem luva, o membro longo e solto completamente certo de cada movimento. Ethan a jogou para Henry a tempo de ele marcar o corredor que disparava em direção à segunda base. Henry adorava fazer parte desse modo de vida complexo, feito com as mãos e os pés de seus colegas de escola.

— Bela pegada — gritou o treinador, que usava boné, colete e uma gravata que quase cobria a distância da barriga até a cintura. — Mas use a luva, sr. Thorne. Essa manobra ousada pode te deixar com a articulação arrebentada.

— Sim, senhor — disse Ethan. — Achei que eu ia devolver a bola mais rápido desse jeito.

O treinador bufou e balançou a cabeça. Ele olhou para o céu, fez uma careta e examinou os jogadores. O treino continuou durante mais alguns minutos, até que algo no ar mudou. Henry sentiu assim que aconteceu: uma explosão repentina de pressão. O clima passou de uma leve garoa para uma chuva uniforme, escurecendo os ombros dos jogadores. Poças chiavam com a água caindo, que enchiam os pontos de areia irregulares no diamante.

Segurando uma prancheta sobre a cabeça, numa tentativa inútil de se proteger da chuva, o treinador soprou o apito.

— Para o chuveiro! Todo mundo, menos o Bishop.

Henry correu até o treinador e olhou para ele.

— As atividades de sempre. Traga os equipamentos e tire a lama dos tacos e bolas. Quero tudo limpo e seco, senão vamos precisar substituí-los, e isso simplesmente não está no orçamento. — Ele olhou para as meias ensopadas de Henry.

— Sim, senhor — disse Henry, meio que esperando que o calor em seu rosto transformasse a chuva em vapor.

Um pardal pousou na grama ali perto e pegou uma minhoca que foi atraída pelas gotas que caíam com força. O pássaro inclinou a cabeça para Henry, parecendo analisá-lo atentamente. Henry puxou as meias para cima.

— Depois que terminar de limpar tudo isso, você pode ir — o treinador orientou. — Vou entrar. A sujeira aqui fora está terrível.

Henry fez que sim com a cabeça e se abaixou para pegar a bola mais próxima. Ele a jogou num balde e fez a mesma coisa com a próxima e a próxima, sem errar uma jogada, apesar de se afastar cada vez mais, criando um *tum, tum, tum* de bolas de beisebol enquanto elas se empilhavam. Ritmo. Conexão. Elas iam aonde ele ia, como sombras, como fantasmas.

Henry assobiava enquanto trabalhava: o tema de um balé russo que ele tocava na orquestra da escola. Levantou o boné para secar a testa e foi em direção aos tacos, reunindo-os em um buquê que ele balançava ao andar. Henry os lavou, secou e colocou num carrinho com rodas, que empurrou até o depósito com uma das mãos enquanto carregava o balde de bolas na outra, com o rosto abaixado para fugir da cortina ondulada de água que caía.

A beleza da academia preparatória só para meninos invariavelmente o deixava perplexo. Era uma sinfonia de tijolos vermelhos e tinta branca aninhada numa floresta perene. Mesmo num dia chuvoso, era algo esplêndido de se contemplar. Ele estava feliz pela bolsa de estudos que garantia seu espaço naquele ambiente e esperava que outra bolsa o levasse adiante, até a Universidade de Washington, no outono.

Quando Henry chegou ao vestiário, Ethan ainda estava lá, enrolado em uma toalha branca, apesar de todos os outros terem ido para casa.

— Eu devia ter te dado uma mão — disse ele, esfregando uma pequena toalha no cabelo molhado. — Fui idiota.

— A tarefa é minha — Henry respondeu. — Não sua.

— Bom, se acha melhor assim — disse Ethan. — Você está todo ensopado. E os seus sapatos... Não sei por que não aceita o meu par antigo. Eles estão muito melhores...

— Está tudo bem, Ethan. De verdade. — Henry colocou o boné no banco, tirou a camisa encharcada e a deixou cair no chão de concreto. — Não se preocupe.

Quando Henry terminou a ducha, Ethan já estava vestido, parecendo arrumado e confiante em seu uniforme de escola, o cabelo dividido com precisão. Ele se virou na direção do espelho embaçado, limpou um círculo com o punho e ajeitou a gravata que já estava com um nó perfeito.

— Que tal uma cerveja? — Ele olhou para o reflexo enevoado de Henry. — O Guthrie's está sempre lotado de garotas a esta hora.

— Nah — disse Henry, fazendo o cabelo ficar espetado com a toalha.

— Tem certeza?

Porém, mesmo enquanto fazia a pergunta, Ethan parecia aliviado. Sua expressão estava esquisita. Mas Ethan podia ser complicado, especialmente quando se tratava de como os dois passavam o tempo livre juntos. Henry tinha aprendido a não perguntar. Ele mexeu os dedos da mão esquerda, ensaiando a melodia de uma nova obra em que estava trabalhando. Ele ansiava para ter seu contrabaixo nos braços de verdade. A sensação e o ritual sempre o acalmavam.

— Você não tem outros planos, tem? — perguntou Ethan, um olhar levemente magoado no rosto. Ele sempre odiava quando Henry fazia outros planos, como se não quisesse que Henry escolhesse outro melhor amigo. Não que ele fosse fazer isso.

Mas Henry não queria admitir que pretendia passar a noite na cocheira, ensaiando. Ethan ia lhe dar um sermão.

— Bom, eu ia te perguntar sobre o trabalho de inglês.

— Henry, o prazo é só daqui a mais de duas semanas, e hoje é sexta-feira. Fim de semana, pelo amor de Deus. — Ethan pendurou a mochila no ombro.

— Não precisa ser hoje à noite — comentou Henry. — Achei que você podia querer começar.

Ethan ajeitou o cabelo no topo da cabeça, que estragava sua imagem de perfeição.

— Não, não. Já sei o que eu quero escrever. Não tem pressa. Mas isso não vai atrapalhar seus trabalhos da escola, né? Porque eu provavelmente posso...

— Não vai atrapalhar — disse Henry. Ele embolou a toalha e a jogou no cesto. — Eu gosto de fazer isso. Pare de se preocupar.

Ethan deu um sorrisinho. Tamborilou os dedos na moldura da porta num ritmo rápido, depois se inclinou para sair. Do lado de fora, a chuva tinha parado, mas o mundo ao redor de Henry ainda parecia prestes a desabar. Ele se apressou atrás do amigo. O mundo podia desmoronar, se quisesse. Ethan — e todos os outros — podia contar com Henry para desempenhar o seu papel.

3

Flora Saudade estava em pé na asa inferior do Beechcraft Staggerwing C17B amarelo-manteiga, pronta para abastecer o avião. Ela passou as mãos na asa superior, adorando o jeito como a peça era colocada atrás da inferior. Esse detalhe era tudo. Nenhum outro biplano era produzido desse jeito. Isso tornava o Staggerwing excêntrico. Flora, uma excentricidade em si, adorava isso nele.

Fazia o avião parecer rápido. Melhor ainda, o avião *era* rápido: furiosamente rápido. No ano anterior, duas aviadoras tinham atravessado o país com um modelo semelhante e ganhado o Troféu Bendix, com um prêmio de sete mil dólares. Pensar numa velocidade assim provocava fogos de artifício em seu peito. Se ao menos.

Mas este avião não era propriamente dela. Pertencia ao capitão Girard, que conheceu seu pai na Grande Guerra e era como um pai para ela desde que Flora era um bebê, ensinando tudo que sabia sobre aviões desde o dia em que ela lhe contou que sonhava em voar. Ele a contratou para ser um de seus mecânicos. Mas ele tinha um piloto oficial, um homem que usava o avião para transportar executivos para reuniões por todo o país, porque era mais rápido e mais impressionante que viajar de trem.

Não havia um executivo que confiasse em Flora para pilotar o avião, apesar de vários deles confiarem nela, sem saber, para garantir que o avião estivesse seguro, e isso tinha a mesma importância. As pessoas eram esquisitas em relação a coisas que não podiam ver. Se não podiam ver, não estava lá. Ou, pelo menos, não os afetava. Mas o mundo não funciona assim, não é? Havia coisas ao redor que as pessoas não podiam ver, e essas coisas tinham poder. Flora as sentia.

E assim, mesmo o capitão sendo muito generoso, ela levaria anos em seu trabalho no campo de aviação e em seu outro trabalho, cantando no The Domino, para pagar por seu próprio avião. Um Staggerwing podia custar dezessete mil dólares. Ela teria de ganhar algo como o Bendix para conseguir comprá-lo. E ela não podia fazer isso sem seu próprio avião.

Frustrada, como sempre, Flora estendeu a mão para encher o tanque de gasolina na asa superior, inalando o cheiro do vapor azul da gasolina com octanagem noventa. Ela teve um vislumbre do céu e franziu a testa. As nuvens acima não pareciam boas. Flora esperava que a chuva aguardasse uma ou duas horas para ela poder entrar num voo. Mas nunca dava para confiar no céu de primavera de Seattle.

Ela desceu num pulo, as botas triturando o chão de cascalho. Subiu na outra asa para encher o tanque do outro lado. Abastecer o avião sempre demorava um pouco: quatrocentos e quinze litros de gasolina era muita coisa, e os homens no campo de aviação ficavam tão ansiosos para ajudá-la quanto para vê-la na cabine.

Ela verificou os botões de pressão do macacão de lona azul. Seguros. Flora tinha uma superstição de que, se não estivesse segura até em cima, nada mais poderia estar. E, apesar de não ter ilusões sobre a própria mortalidade — todas as pessoas e coisas morriam um dia —, ela pretendia manter esse dia bem longe, num futuro distante. Só de pensar nisso ela sentia dor de cabeça.

O avião parecia em bom estado, então ela virou as hélices com a mão para garantir que nenhum resquício de gasolina tivesse se acumulado nos dois cilindros inferiores, o que poderia danificar o motor. Satisfeita, abriu a porta a bombordo e entrou, passando pelos dois assentos na parte de trás. Sentindo a vertigem normal de antes do voo, ela foi até a parte da frente, onde a madeira polida do painel de instrumentos a chamava.

Ela prendeu o cinto de segurança e olhou pelo para-brisa. Ainda não estava chovendo, mas ia começar em breve. Ela percebia a sensação de mudança e confusão no ar. Como o avião tinha uma roda na cauda, ela não conseguia ver o chão ao redor. Mas Flora já tinha verificado e confiava que o caminho estava livre. Um dos homens do capitão Girard acenou uma bandeira, e Flora acelerou. Quando chegou a sessenta quilômetros por hora, a roda da cauda levantou, dando-lhe mais visibilidade. Ela forçou mais o motor e, a noventa quilômetros por hora, o avião decolou. Ainda mais rápido, ela estava totalmente no ar.

Flora sorriu. Toda vez, essa separação entre ela e a terra abaixo era um milagre. Ela subiu, e a gravidade fez força para baixo em sua barriga enquanto ela subia mais e apontava o nariz para o sul. Se não fosse pelas nuvens, Flora conseguiria ver o monte Rainier, um vulcão coberto de neve que supervisionava a cidade como um deus de cabeça pontuda. Abaixo dela, o lago Washington estendia seus braços, um volume de água comprido cinza-esverdeado que, para Flora, parecia alguém dançando. A extremidade sul do lago parecia exatamente um braço levantado para o céu, e o norte era um par de joelhos dobrados. Abetos-de-douglas pontudos e cedros espessos o cercavam. Em seguida, aninhadas em estradas tortuosas, casas minúsculas e todas as vidas e o caos que as acompanhavam.

Ela expirou. O céu era dela. Só dela. E era eterno, e, quando estava ali, ela fazia parte de algo infinito e imortal. Enquanto ela cuidasse do avião, ele cuidaria dela. Não era nada como a música de jazz que ela cantava à noite, que nunca era a mesma coisa duas vezes: às vezes maravilhosa, às vezes agonizante, sempre dependendo do humor e do capricho dos outros, influenciada pelo apetite do público.

Flora não se preocupava com essa dependência. Outras pessoas sempre a irritavam ou a decepcionavam ou simplesmente a abandonavam, às vezes para sempre. Ela confiava no Staggerwing como se ele fosse seu próprio corpo. Até o zumbido do motor lhe agradava. Por mais que fosse dissonante para seus ouvidos de musicista, a estabilidade do biplano libertava sua mente de pensamentos pesados.

Mas hoje ela não ia voar por muito tempo. Uma mudança atravessou o céu. O motor rateou. Uma coisa rápida, sutil como um par de dados jogados. Depois, a chuva. Uma gota, depois outra e mais outra atingiram o para-brisa até trilhas de água formarem listras no vidro. E, apesar de ser improvável que isso se transformasse em uma tempestade, Flora sabia que precisava pousar o avião. Trovões e gelo eram seus inimigos no ar.

Ela transmitiu suas intenções por rádio e pilotou de volta até o campo de aviação. Enquanto perdia altitude, seu estômago ficou momentaneamente sem peso. A pista de decolagem surgiu de repente. Ela desceu as rodas da frente primeiro, depois a roda da cauda, um tipo de pouso mais difícil que descer os três pneus de uma só vez, mas era mais seguro e mais controlado, e ela executou com perfeição. Ela saltou do avião quando o céu começou a desabar com mais seriedade, quase como se estivesse inundado com a mesma tristeza que ela sentia ao retornar à terra.

4

Pouco antes do voo de Flora, o Amor tinha se materializado em Veneza, uma cidade que se tornou mais bela pelo fato de ser condenada. Ficou parado na Piazza San Marco, na frente de uma igreja cheia de ornamentos que tinha o nome do homem que correu nu pelo jardim de Getsêmani depois que Jesus foi condenado à morte. Os ossos de Marcos foram contrabandeados para lá num barril de carne de porco salgada — um jeito estranho de manter vivos um homem e sua memória. Mas o que era a humanidade se não profundamente estranha?

Era com ossos humanos semelhantes que eles produziam os dados para o Jogo. Dois deles, esculpidos e polidos à perfeição, os pontos pintados com uma mistura cor de vinho do sangue do Amor e das lágrimas da Morte. O Amor os carregava sempre consigo. Eles se sacudiam no seu bolso enquanto ele caminhava pelo campanário, com o sino que tocava periodicamente para reunir políticos, anunciar as horas e proclamar execuções.

O sino marcou meio-dia quando o Amor passou, os sapatos batendo nas pedras fazendo barulho suficiente para assustar um bando de pombos. E lá foram eles para o céu prateado, arrulhando e batendo as asas.

O Amor passou uma agradável tarde fria nos becos escuros do labiríntico bairro da Accademia, meio que esperando ver sua oponente em cada esquina. Numa chapeleira, ele comprou um chapéu-coco feito à mão, deixando o chapéu velho na cabeça de um menino cigano magrelo que, quando crescesse, seria um lendário sedutor de mulheres e homens. Durante anos depois disso, o Amor se arrependeu de não ter dado as próprias calças para o menino.

Na papelaria ao lado, ele comprou um pequeno frasco de tinta celeste, porque se lembrou da tonalidade que Napoleão usava em suas cartas para

Josefina. O Amor iria fazer registros com ele no pequeno livro que sempre carregava; talvez isso melhorasse sua sorte. Talvez dessa vez, diferentemente de todas as outras, ele ganhasse.

Pensando se ela o abandonara, ele parou em uma cafeteria para um lanche de prosciutto fino como papel combinado com um queijo suave e leitoso, acompanhados de uma taça de espumante. Apesar de seu corpo imortal não precisar de comida nem de bebida, ele gostava de parar para apreciar esses prazeres simples. O apetite era uma coisa fundamentalmente humana, e era importante senti-lo, entendê-lo.

Quando saiu da loja, com a língua chiando de sal e vinho, o sol estava baixo no horizonte, pintando-o com todas as cores e calores do mundo. Temendo que a Morte não se juntasse a ele afinal, o Amor desapareceu e se rematerializou dentro de uma gôndola preta brilhante, para surpresa do homem que tinha acabado de deixar o último passageiro do dia. O gondoleiro tinha a intenção de enrolar um cigarro e encarar o céu por alguns instantes antes de recolher o barco para o pátio. Apesar disso, lá estava um novo passageiro, já ficando à vontade no banco preto e dourado da gôndola.

O homem suspirou e falou:

— *Solo voi due?*

Só vocês dois?

Tarde demais, o Amor sentiu o cheiro de algo doce sobre o odor fétido do canal. Lírios. Os pelos de sua nuca se arrepiaram.

— *Si, solo noi due* — concordou o Amor.

Ela desceu o tortuoso lance de degraus de madeira que levava à gôndola, parecendo um anjo num casaco comprido de lã branco-inverno. Suas luvas e botas, feitas de pele de carneiro, eram do mesmo tom. Um ponto solitário de cor estava pendurado em seu pescoço: uma echarpe de cashmere vermelha. Seu coração afundou ao vê-la usando esse tom.

— Olá, meu velho amigo — disse ela.

O Amor a ajudou a entrar na gôndola. Julgando que ela devia ter uns dezessete anos dessa vez, ele resolveu ajustar a própria imagem para combinar com a dela. Sua decisão de viajar disfarçado como alguém de meia-idade tinha sido um reflexo do cansaço que ele sentia pela própria sorte. Passar uma eternidade perdendo era suficiente para deixar qualquer um atrasado pelo tempo. E, quanto mais novo ele se sentia, mais acreditava que a Morte era passível de ser derrotada. Ele precisava se lembrar disso.

— Se importam se eu fumar? — perguntou o gondoleiro, com um cigarro fino enrolado à mão já entre os lábios.

A Morte respondeu:

— Por favor, vá em frente.

E lá estava o sorriso de Mona Lisa, o que servira de modelo para o artista. Depois veio o assobio da chama, o cheiro azedo do tabaco queimando, o chiado maçante do fósforo ao afundar no canal, mais uma luz apagada para sempre no mundo.

O gondoleiro, agora perdido em meio à fumaça e a pensamentos, afastou o barco do deque e os conduziu, saindo do Grande Canal para a privacidade tranquila e pitoresca das vielas aquáticas estreitas que se contorciam pelo bairro.

— Uma cidade sem esperança — ela comentou.

A Morte sabia que ele amava Veneza. Para privá-la da satisfação de magoá-lo, o Amor alterou seu disfarce, usando um bigode italiano arrebatador. A Morte criou um bigode Fu Manchu caído, mas não sorriu. O Amor reconheceu a vitória, e os dois bigodes desapareceram.

— Você não precisa ficar com vergonha — disse ela em uma linguagem conhecida apenas pelos dois. — É cativante esse seu empenho com os condenados.

— Talvez eu veja coisas que você não vê — disse ele.

— Talvez isso seja verdade. — Ela tirou uma luva e mergulhou um nó do dedo na água.

— Eles estão prontos — observou o Amor, pensando em seu jogador na cidade distante; uma cidade com uma imitação do campanário de Veneza construída na estação de trem.

— Se você está dizendo... — a Morte respondeu.

O sol e toda a sua luz tinham desaparecido. Ele nasceria de novo, criando a ilusão de que o mundo tinha sido refeito, de que o ciclo estava começando do zero. Mas o tempo não era um ciclo. Ele só se movia em uma direção: para o desconhecido sombrio. Sentindo seu estado de espírito vacilar, o Amor se concentrou no som que a água fazia quando o barco a atravessava. Uma série de pequenos beijos.

Ele olhou para o coração do gondoleiro e descobriu a mulher que o homem mais amava. Projetou a imagem no alto para que ela caísse sobre o barco como um cobertor macio. Certamente a Morte não faria objeção a esse pequeno conforto. O gondoleiro apagou o cigarro no canal e abriu a boca para cantar "O sole mio". Meu sol.

A luz do Amor se espalhou no alto, e o céu que escurecia revelou uma lua reduzida a quase nada. Reflexos de luzes fabricadas pelos humanos se estendiam pela água, belos dedos que acariciavam o barco enquanto ele passava, com seu capitão cantando sobre o brilho do sol de seu coração no rosto de sua amada.

A pulsação do Amor se estabilizou. Ele pegou a mão da Morte para que ela pudesse ver melhor dentro de sua mente e, juntos, eles olharam para a cidade na parte jovem do mundo. Seattle. Havia uma brutalidade nela. Oceanos de corrupção, sim. Mas a imaginação e a esperança e o mistério que atraíam pessoas que ansiavam por refazer vidas maiores e melhores. Havia vastas fortunas a serem extraídas das florestas e escavadas das minas de ouro.

Também havia oportunidades para os pobres progredirem na vida. A própria paisagem refletia isso. Lagos tranquilos e profundos e rios congelados. Montanhas cobertas de neve, cuja beleza disfarçava suas origens explosivas. Se havia um lugar onde o velho podia dar lugar ao novo, onde o Amor seria capaz de vencer a Morte, era ali.

Ele desejou poder ver dentro da mente da Morte do jeito que ela espiava a dele. Ele não sabia qual era o segredo. O passeio terminou, e o Amor pagou ao gondoleiro com extravagância. Lado a lado, os dois imortais saíram do barco, subiram os degraus e entraram no arco da Ponte dell'Accademia, os passos quase inaudíveis sobre a batida insistente da água.

— Papel? — Ela estendeu a mão. O Amor rasgou uma folha do livro que sempre carregava. — Você primeiro — disse ela.

O Amor espetou o dedo e o estendeu para ela. Ela pegou uma lágrima no canto do olho e esfregou a ponta do dedo no dele. O Amor lhe deu o papel e a caneta que tinha comprado mais cedo. Ela mergulhou a ponta de metal na tinta estranha deles e escreveu dois nomes. O ritual foi rápido, quase anticlimático, mas eles tinham feito muitas vezes e, além de tudo, se conheciam muito bem.

Ela soprou a tinta.

— Os jogadores vão viver enquanto isto estiver intacto. Quando o tempo acabar, vou destruir o papel.

— Só se você ganhar — disse o Amor.
— Quando eu ganhar. E o que estabelece a vitória?

O Amor fez uma pausa. No passado, ele diria um beijo. Ou a consumação. Mas nenhum dos dois parecia suficiente.

— Eles têm que escolher a coragem — disse ele. — Têm que escolher um ao outro em detrimento de todas as outras coisas. Quando eles fizerem isso, eu ganho.

— Eu nem sei o que isso significa — disse ela.

O Amor decidiu mostrar a ela com uma imagem retratada em pensamento. Colocou as mãos no rosto da Morte e se concentrou nos jogadores. Na superfície, eles eram um casal impossível. De dois mundos separados. Mas o Amor sabia de uma coisa que a Morte não sabia, pelo menos quando se tratava de corações. Os deles eram gêmeos. Ele enviou uma imagem de como seria quando eles estivessem envolvidos um pelo outro. A luz dentro deles iria explodir e se erguer, duas colunas de chamas sinuosas como os fios da matéria que são o tecido da própria vida. A imagem ecoou a criação do universo em miniatura e os elementos da vida na terra em escala maior. Era a fonte de tudo, incluindo do Amor e da Morte.

Se o Amor ganhasse, o mundo seria refeito, pelo menos para os jogadores.

A Morte afastou o rosto.

— Nunca mais faça isso. — Ela colocou a mão na bochecha. — É claro que não podemos contar aos jogadores sobre o Jogo.

Ele fez que sim com a cabeça. Contar a eles mudaria tudo.

— E qual é a aposta desta vez?

A resposta dela foi rápida.

— Quando eu vencer, levo a vida do meu jogador.

— Quando eu vencer — disse o Amor —, os dois jogadores continuam vivos.

Ela deu de ombros. Seus poderes eram muito maiores que os dele, e o Jogo era algo que ela concordava em fazer só para se divertir.

— Alguma coisa não é permitida? — perguntou ela.

Ele detestava essa pergunta. Tinha feito a escolha errada várias vezes.

— As restrições de sempre. Antes de o tempo acabar, você não pode matar nenhum dos jogadores com um toque, assim como eu não posso infundir amor.

— A menos que... — A Morte levantou um dedo.

— A menos que o quê? — Ela era uma oponente evasiva.

— A menos que o seu jogador me escolha. Aí eu posso matá-lo com um beijo.

O Amor riu. Henry nunca escolheria a morte. Não em detrimento da vida. E certamente não em detrimento do amor. Ele nasceu para isso.

— Como quiser. Já escolheu seu disfarce?

— Você está olhando para ele. Para um deles, na verdade.

Na quase escuridão, o Amor analisou o rosto da Morte. Pele branca como uma estrela. Cabelo curto preto, brilhante e ondulado. Olhos escuros. A boca ampla e insolente. Ele já tinha visto esse rosto antes, mas onde? Sem dúvida ela também iria aparecer como a gata preta. O modo como seus disfarces afetariam os jogadores era sempre um mistério.

— Então vamos determinar a duração do Jogo — disse a Morte. — Imagino que você tenha trazido os dados.

O Amor tirou os dados do bolso. Os ossos trepidaram um contra o outro.

— Você primeiro.

— Eu decido o mês, então. — Ela sacudiu os dados nas mãos e os jogou nas tábuas da ponte. — Três e quatro. O Jogo dura até julho. O dia cabe a você.

Ele podia somar os pontos ou multiplicá-los, desde que o resultado não excedesse a duração do mês. Ele odiava ter essa escolha. Preferia culpar o destino.

Ele apertou os dados, beijou a mão e os deixou voar. O barulho ecoou por sobre a água.

A Morte os leu.

— Que ridículo. Um empate.

Até os números eram iguais: quatro e três. O Amor quase escolheu o dia 12 de julho como o fim do Jogo. Isso lhe daria mais tempo, algo que ele sempre desejava. Às vezes, até mesmo minutos faziam diferença.

Mas havia algo na simetria do número sete que chamou sua atenção. Então ele confiou nisso. O Jogo terminaria à meia-noite do dia 7 de julho.

— Quando vejo você de novo? — Ele gostava de saber o que ela ia fazer, para que pudesse ajustar as próprias intervenções às dela.

— Dois dias — respondeu ela.

O Amor fez que sim com a cabeça. Dois dias era um bom prazo.

A Morte desapareceu, como sempre fazia quando se cansava da presença dele, e o Amor caminhou, confuso, na outra direção, até estar parado na frente de uma cafeteria quase vazia. Ele comeu sozinho na praça antiga: um simples prato de gnocchi com um vinho tinto acre, observando as estrelas que procuravam o caminho para sair do céu noturno que escurecia.

O Jogo tinha começado. Ele sofreu pelos jogadores.

5

Sábado, 27 de março de 1937

O pai de Ethan estava sentado à mesa da biblioteca de sua mansão em Seattle, sugando um cachimbo apagado. Um jornal da cidade de Nova York estava aberto à sua frente. Ele olhou de cara feia para as folhas do noticiário, dobrou o exemplar e o jogou para o lado. Lá fora um pardal pousou no peitoril e olhou para dentro.

— Ethan!

Nenhuma resposta.

— Ethan!

A sra. Thorne entrou no cômodo e soltou um suspiro eloquente.

— O Ethan está ensinando a Annabel a jogar croquet — informou ela. — E o Henry está na cocheira.

— Não me diga — disse ele. — Esse garoto e aquela coisa infernal. Na melhor das hipóteses, é uma perda de tempo. Na pior, vai arruinar...

— Ah, Bernard — ela interrompeu, colocando as mãos sobre a mesa e plantando um beijo na testa brilhosa do homem. — Não tem mal nenhum nisso. Não se considerarmos as verdadeiras ameaças do mundo.

— É um pedaço de...

— Bernard.

A sra. Thorne foi até a estante ao lado da mesa. Deu uma ajeitadinha nas fotos em porta-retratos, inclinando o de uma menina sorridente de olhos e cabelos pretos, de modo que ela olhasse diretamente para a sala.

— Chame o Ethan para mim — pediu Bernard, acendendo o cachimbo. — E o Henry...

— O Henry também não está interessado no jornal — disse ela.

— O Henry está interessado em *música*. — Ele disse a palavra como se fosse um xingamento. — E ele não é...

— Ele é tão seu filho quanto o Ethan. Sinceramente, depois de tantos anos. O pai dele era o seu melhor amigo. Foi padrinho do nosso casamento.

— Chame o Ethan — disse ele.

— Por favor? — Ela inclinou a cabeça, parecendo se divertir com o mau humor do marido.

— Chame o Ethan agora, maldição, *por favor* — Bernard cedeu. — Fale que tenho uma tarefa para ele.

A luz do sol entrou pelas janelas da cocheira, iluminando as bordas das partituras de Henry. Isso o fez apertar os olhos, mas ele continuou tocando. Puxou o arco ao longo da corda mais grave do contrabaixo, arrancando notas viscerais de suas profundezas. Ele estava trabalhando em "Variações Enigma", de Edward Elgar, para a orquestra da escola e, enquanto seguia pela música, preenchia as outras partes de memória: os violinos e violas murmurantes, os violoncelos fúnebres, os trompetes e a percussão ribombante.

Ele estava obcecado com a peça desde que o sr. Sokoloff havia lhe apresentado a música algumas semanas antes. Não era a melhor coisa que ele já tocara. Mahler, Tchaikovsky, Shostakovich, Rachmaninoff, Beethoven, Mozart... havia uma longa lista de compositores mais empolgantes. Mas era a primeira coisa que ele tocava que era *mais* que música — era um tipo de código. Uma charada. Um mistério a ser resolvido.

Ele tinha certeza de que um segredo se escondia sob as melodias que ligavam um movimento ao outro. Esse era o local óbvio para começar: cada movimento era dedicado a uma pessoa identificada na partitura apenas pela inicial. Mas isso mal merecia o título de "Enigma". Qualquer pessoa que conhecesse o compositor poderia resolvê-lo num instante. Tinha de haver mais alguma coisa. E assim, ao longo dos últimos dias, Henry tinha trabalhado o mistério em sua mente.

Curioso, fora aos arquivos do jornal para achar uma entrevista com Elgar, e o que ele leu o deixou intrigado. O homem havia comparado a música a um drama no qual "o personagem principal nunca está no palco". Henry não conseguia pensar em nenhum exemplo de peça assim. Até em *Hamlet* o fantasma aparecia. Henry fez uma pausa. Do lado de fora, um vento passou com mais força, farfalhando as folhas iluminadas pela primavera. Ele sentiu o cheiro de grama fresca.

Henry pegou o arco novamente, mergulhando na música. Ele a deixou falar por si, ignorando o suor que surgia em sua testa, acumulando-se e se movendo numa gota que formava um caminho lento descendo pelo rosto. Ele ignorou até a mosca circulando ao redor de sua cabeça como um avião procurando lugar para pousar. Havia tanta coisa que ele queria dizer com as notas.

Henry tocou até ouvir uma batida na porta. O ritmo da batida era o código de Ethan. Henry deveria responder com duas batidinhas se Ethan pudesse entrar, mas ele nunca esperava a resposta, e Henry não queria parar, de qualquer maneira. A porta se entreabriu, e a mosca saiu numa espiral.

— Parece bom. — Ethan ficou parado no retângulo de luz da tarde que iluminava o chão da cocheira. Sua sombra ia em direção ao pé de Henry.

Henry terminou o movimento. Ele queria ter ficado só mais um pouco sozinho, mas, se era para alguém interrompê-lo, preferia que fosse Ethan. Certamente preferia que fosse ele em vez da pequena Annabel ou um dos pais de Ethan, que tinham deixado claro que achavam seu amor pela música decididamente insensato em um período financeiro incerto, um desperdício de tempo, uma distração de coisas importantes, especialmente de sua educação e de seu futuro. Esse era o motivo de Henry ter sido confinado à cocheira: eles disseram que não queriam dar a ideia de que aprovavam, apesar de certamente tolerarem a certa distância, desde que ele cumprisse suas obrigações com a escola.

A última nota surgiu, baixa e longa. Henry a deixou ficar no ar por um instante. Depois que o som se esvaiu, ele levantou a cabeça e pegou Ethan encarando-o de um jeito enigmático.

— Que olhar é esse? — Henry perguntou. — Acontece que eu gosto dessa música.

Ethan deu de ombros. Ele se apoiou na bancada que se estendia por toda a largura da cocheira, coberta de serragem, olhou as lanternas que precisavam de óleo e um prego estranhamente torto. Uma janela atrás de sua cabeça o emoldurava com perfeição, criando um halo de luz ao redor dos cachos loiros. Não era de espantar as garotas sempre piscarem os cílios e sussurrarem umas para as outras quando Ethan entrava em um ambiente. Ele parecia ter saído de um filme de Hollywood.

— A música... estava ótima — disse ele. — Você está ficando razoável nesse negócio.

Henry riu.

— Obrigado pela aprovação envolvente da minha música.

— Não quero que seu ego aumente, só isso. Você sabe que é bom. — Ethan impulsionou o corpo para se sentar na bancada. — Então... temos uma tarefa.

— Temos? — perguntou Henry. Todo mundo sabia que Ethan era herdeiro do *Inquirer* e que Henry era... bom, ele era um caso de caridade.

— Sim, meu pai disse que você também pode ir.

Henry tentou não se enfurecer. Não era culpa de Ethan o modo como o pai sempre os colocava em níveis diferentes.

Ethan deu um sorrisinho.

— E é uma boa tarefa. É sobre aviões.

Ethan guiou o Cadillac em direção ao campo de aviação com a ponta dos dedos da mão esquerda enquanto deixava a direita sobre o banco da frente, perto de onde Henry estava sentado. Ele tinha dirigido desde a mansão Thorne, em Capitol Hill, e estava atravessando uma ponte levadiça verde que se arqueava sobre o Canal Montlake, com vista para montanhas dos dois lados do lago.

— Então... a situação é a seguinte — disse ele, olhando para Henry pelo canto do olho. — O *Inquirer* perdeu um furo de reportagem, e o papai está roendo as unhas de raiva. Tem um avião em Sand Point que aparentemente é um dos mais rápidos do planeta. Um jornal de Nova York publicou algo sobre algumas modificações que um mecânico fez no motor, e a nossa tarefa é mostrar para esses caras da costa Leste que eles não são os únicos com tinta nas veias.

— Parece simples — comentou Henry.

— É simples, sim. O repórter do *Inquirer* foi ignorado, e o papai está nos usando, os aprendizes, para aumentar a humilhação. Eu me sinto péssimo em relação a isso, na verdade. Não é como se o pobre coitado tivesse perdido uma reportagem sobre um avião que pode voar até a lua.

— Como se isso fosse acontecer um dia. — Nada parecia mais terrível; Henry preferia, de longe, ficar com os pés no chão.

— Você trouxe o bloco? — indagou Ethan.

— Claro.

Era assim que eles trabalhavam juntos. Ethan fazia as perguntas, Henry anotava as respostas. Depois, Ethan compunha a reportagem em sua cabeça e ditava para Henry, que datilografava cuidando para não ter erros de soletração nem mecânicos. Era o sistema deles, um segredo.

O sr. Thorne achava que o filho tinha vencido a batalha contra a palavra escrita havia muito tempo, mas Ethan continuava a lutar. Não era por falta de inteligência nem esforço. Ele era uma das pessoas mais brilhantes que Henry conhecia, rápido para enxergar padrões e conexões entre as coisas, rápido para criar um argumento racional. Mas, por algum acidente de circuito, as letras nas páginas o confundiam. Henry vinha lendo e escrevendo em segredo os trabalhos de Ethan muito antes de ir morar com a família — desde o dia em que o encontrou chorando atrás da escola, com as costas das mãos sangrando no local onde recebera uma chicotada de um professor que o acusara de ser preguiçoso.

Nenhum dos dois sabia o que aconteceria quando Ethan assumisse o negócio da família. Um editor que não sabia ler nem escrever — era impensável, a menos que dessem um jeito de ficar juntos. Por enquanto, eles fingiam que esse dia estava num futuro impossivelmente distante, e que uma resposta se materializaria quando fosse necessário.

— Lá está. — Ethan apontou para um biplano amarelo com cabine de vidro e pneus de borracha grossos. Ele parou o carro a certa distância e saltou, passando a mão no cabelo. Henry o seguiu, mas não estava olhando para o avião. Estava olhando para a garota agachada na asa superior com uma chave de fenda na mão. Alguma coisa se acelerou dentro dele enquanto a analisava, e ele não tinha certeza se a sensação era boa ou ruim.

— Você a conhece? — indagou Henry.

— O quê? Quem?

— A garota que você apontou. — Apesar de não conseguir imaginar onde a tinha visto antes, ele sentia como se a conhecesse do mesmo jeito que conhecia um ré menor.

— Que garota? Onde? Eu estava apontando para o avião, seu bobo.

É *claro* que Ethan estava concentrado no avião e na tarefa. Ele nunca se deixava distrair por garotas. Nunca. Henry também tentava, mas sem muita sorte. Estava sempre olhando para elas, sempre procurando aquela que o faria sentir que tinha conhecido a sua outra metade. Ele ansiara por isso a vida toda, não que pudesse falar sobre o assunto com alguém. E essa garota... havia uma... *qualidade* nela, alguma coisa tão viva. Ela andou da ponta da asa superior até o meio, depois se abaixou até a inferior, como se não fosse nada.

— Não seja ridículo — disse Ethan.

— Como é?

— Henry, você às vezes é muito idiota. — Ethan fez um gesto em direção ao próprio rosto.

Henry não tinha a menor ideia do que Ethan estava tentando comunicar.

— Ela não é uma possibilidade, Henry. Pare de sonhar com o seu casamento. Minha mãe teria um chilique se visse você de boca aberta como um salmão.

— Eu não estava... é só que... — Ele percebeu a cor da pele dela, é claro. Para sua surpresa, ele não se importava, apesar de saber que todo mundo se importaria.

— Bom, pelo menos feche a boca.

Henry fechou bem a boca, mas Ethan já estava indo em direção a um homem de terno azul-marinho, levando um sorriso no rosto e a mão direita estendida. Ele a abaixou imediatamente quando percebeu o que Henry tinha acabado de observar: o homem de terno não tinha o braço direito.

— Sou o capitão Girard — disse o homem com sotaque francês. Seu tom era calmo, pois devia estar acostumado a essas gafes. — Sinto muito por não poder apertar a sua mão, é que perdi a minha na guerra. Mas já vi que vocês perceberam a verdadeira história. Aquela que os rapazes de Nova York deixaram passar.

— Como assim? — perguntou Ethan.

— Aquela garota bem ali. Ela é uma aviadora fantástica. A melhor do estado. Talvez até melhor que Amelia Earhart. Não é só o avião que é rápido; é a habilidade e a ousadia do piloto, e nisso ela é inigualável. Porque ela entende o funcionamento do motor como se fosse uma extensão da própria mente.

Henry pegou o bloco para poder anotar o que o capitão havia dito. Ethan, que não conseguia disfarçar, estava irritado. Eles estavam ali para uma reportagem sobre um avião, não uma garota. Não havia a menor chance de o sr. Thorne deixá-los escrever sobre uma aviadora, especialmente com a cor da pele dela. Mas Henry também não se importava com isso. Queria saber tudo o que o capitão tinha a dizer sobre a garota.

— O pai dela lutou comigo na guerra, quando nossas tropas uniram forças com as americanas. Era um homem corajoso. Muito bom com as mãos. Sem ele, eu teria perdido mais do que meu braço. O negócio é que eu não consigo que nenhum jornalista se interesse por ela. O motivo para isso é óbvio. Flora tem a pele escura, e aqui na América vocês dão muita atenção para isso. E assim gastam toda a tinta com a srta. Earhart, que também é uma mulher corajosa e quase tão boa como aviadora. Mas eles estão perdendo alguma coisa aqui, algo quase mágico.

Henry queria se oferecer para ele mesmo escrever a reportagem, só para poder observar Flora mais de perto, mas a oferta o deixaria em vários tipos de problemas com Ethan, que se preocupava demais com que as pessoas descobrissem que ele o ajudava, já que o jornal sempre dava os créditos só para Ethan, que sempre mudava de assunto quando Henry queria falar sobre garotas.

— Isso é fascinante, claro — disse Ethan, sem parecer nem um pouco fascinado. — O que você pode...

— E ela precisa de um patrocinador — comentou o capitão Girard. — Alguém que lhe dê o suficiente para um avião e uma viagem ao redor do planeta. Eu pago a ela o que posso, mas o momento é ruim. Ninguém trabalha mais arduamente. Ela trabalha no turno da noite para sustentar a *grand-mère*... Eu sinceramente não sei quando ela dorme.

O capitão colocou um cigarro entre os lábios, pegou uma caixa de fósforos no bolso e a estendeu a Henry.

— Você se importa? — perguntou ele, encolhendo a manga direita vazia para se justificar. — Esqueci meu Zippo no escritório.

Henry acendeu um fósforo.

— Aqui — disse o capitão, mostrando a caixa de fósforos. — Este é o nome.

— Como é? — perguntou Henry.

— A casa noturna onde ela trabalha. The Domino. Era dos pais dela, mas infelizmente eles morreram num acidente de automóvel quando ela era só um bebê. Agora ela é dona do lugar com o tio. Tenho vergonha de dizer que nunca estive lá, mas já passei da idade de música e dança. Ela me abastece de fósforos.

O capitão Girard pegou a caixa de fósforos, e Ethan deu uma olhada para Henry. Henry deu de ombros e fez uma pergunta cuidadosa para retomar o controle da entrevista:

— O que você pode nos dizer sobre o avião dela?

Enquanto o capitão descrevia uma alteração que Flora havia feito no motor para que o avião ficasse mais equilibrado, Henry fazia anotações, mas sua mente estava em outro lugar. O capitão pareceu notar.

— A garota — disse ele, com um sorriso amplo. — Você realmente devia se interessar. Tem alguma coisa ali. O nome sugere que ela é enraizada na terra, mas na verdade a garota tem o coração de um pássaro. — Uma brisa soprou mais forte, despenteando o cabelo de Henry, provocando um leve arrepio em sua coluna. Henry engoliu em seco. Ele olhou para Flora, bem quando ela olhou para ele. Nenhum dos dois desviou o olhar. Por uma fração de instante, parecia que a terra tinha parado de girar, mas o corpo dele se movia, tonto com uma energia invisível.

— Estamos aqui por causa do avião — disse Ethan. — Mas talvez façamos outra reportagem depois. Você estava nos falando do Staggerwing...

Henry transcreveu as respostas do capitão às perguntas que Ethan fez. Mas sua curiosidade tinha fugido para o Domino. Não importava o que Ethan queria, Henry planejava assistir a um espetáculo lá, e logo. De um modo esquisito, parecia que sua vida dependia disso.

6

Domingo, 28 de março de 1937

O vestido tinha sido da mãe dela, por isso era um pouquinho antiquado: tinha decote frente única num padrão arlequim preto e branco que mostrava muito as costas e deixava Flora envergonhada. O tecido sedoso tinha sido inteiro coberto com lantejoulas, por isso pesava sobre o corpo do mesmo modo que um casaco de pele, como algo que já estivera vivo. Ela analisou o reflexo, virando para confirmar que a costura estava intacta e que ela não ia mostrar mais do que pretendia. Uma das ondas de seu cabelo na altura do queixo estava rebelde, e ela a colocou no lugar, suspirando de irritação. Preferia vestir o macacão de voo em todos os lugares, com as tranças que usava quando era criança. Essas coisas eram confortáveis, práticas e quase invisíveis. Estar vestida para matar fazia com que ela se sentisse uma vitrine de Natal.

Ela havia perguntado ao tio Sherman provavelmente umas mil vezes se podia vestir alguma coisa simples e ficar na cozinha com Charlie, lembrando a ele de pegar leve no sal ao temperar a carne, mandando-o cortar pedaços menores de pão de milho, porque pão deixava o cliente sonolento demais para beber.

Mas Sherman não aceitou.

— O Domino é metade seu, baby — dissera ele. — Você precisa estar na frente e naquele palco. Ninguém vem para ouvir o pão de milho do Charlie cantar. Não tem ninguém na cidade que cante como você, e você nem precisa se esforçar para isso.

Flora não era feia, ela sabia, mas estava longe da beleza da mãe. Comparou seu reflexo com o da mulher no porta-retratos sobre a cômoda, feliz por não ser tão atraente. Sua sem-gracice a protegia do interesse de garotos, exceto Grady. A ausência de beleza a fez sentir mais saudade da mãe.

Ela não tinha lembranças verdadeiras dos pais. Mas imaginara ser abraçada e ouvi-los cantando tantas vezes que as lembranças pareciam algo real.

— Flora! — Era a voz de Sherman, chamando da sala de estar.

— Quase pronta. — Ela abriu a gaveta superior, pegou o par de luvas de pelica que tinha sido da mãe e o calçou. Apesar de não estar mais chovendo, a noite estava fria. E ela gostava da sensação dessas luvas, do modo como elas ainda tinham o formato das mãos de sua mãe.

Sherman, vestido em seu smoking de mestre de cerimônias, assobiou para Flora quando ela saiu do quarto.

— Eu sempre gostei desse vestido.

— Obrigada. — Flora ficou envergonhada com o elogio, apesar de saber que era o jeito dele de se lembrar da irmã.

No caminho ela passou por Nana, que estava trabalhando em uma colcha com retalhos vermelhos e brancos.

— Olá, meu amor — disse Nana. — Tem bolo para você na frigidaire.

— Chocolate?

— Será que essa salada de repolho vai dar azia no Sherman?

— Ei! — disse Sherman. — Não é culpa minha se a sua salada é tão boa que não consigo parar de comer.

Flora deu um soquinho amigável no tio e parou para dar um beijo na testa da avó.

— Obrigada, Nana. Vou comer depois do show. Mas você devia comer seu pedaço agora.

— Posso esperar — disse Nana. — Não estou tão perto do fim que precise comer a sobremesa antes. — Ela olhou para Flora por cima dos óculos. — Você está muito parecida com a sua mãe.

— Nem metade tão bonita — disse Flora, rejeitando a ideia.

— Metade mais bonita, filha. Mas ela ia gostar se você tivesse ficado na escola. Se formado. Que não tivesse que trabalhar em dois empregos do jeito que você faz. Você só tem dezessete anos. Não tem idade suficiente para carregar o peso do mundo adulto nos ombros.

— Ah, Nana. Já falamos sobre isso. — Não fazia sentido estudar, não quando a casa noturna era o seu futuro, e a maioria dos brancos estava muito disposta a manter os negros no seu devido lugar, mesmo sendo delicados em relação a isso. E não quando Nana precisava tanto dela. Cuidar da casa sozinha seria um fardo pesado demais, e agora Nana se movia muito lentamente, como se cada centímetro de seu corpo doesse.

— A garota está certa — disse Sherman. — A casa noturna precisa dela. Vamos conseguir dar um jeito nas coisas e voltar a ser como éramos. E espera só até ela conseguir aquele recorde no avião. A srta. Earhart não vai nem saber o que a atingiu, e as pessoas vão fazer filas ao redor do quarteirão para ouvi-la cantar. Não existe fama ruim, você sabe.

— Fale isso para Bonnie e Clyde. — Nana voltou para a colcha.

Flora esperou até Nana terminar um ponto lento e cuidadoso. Depois se inclinou e deu mais um beijo no topo da cabeça da avó.

— Não vá dormir tarde.

— Cante com o coração esta noite, filha. Sua mãe ficaria muito orgulhosa se pudesse te ver agora, toda crescida.

Flora pegou um casaco leve e saiu para a noite. Uma gata preta, uma estranha mas elegante que ao longo dos anos aparecia de vez em quando para implorar um jantarzinho, saiu das sombras e se enroscou nos tornozelos de Flora.

— Você de novo — disse ela.

O animal tinha olhos negros incomuns e parecia preferir a atenção em seus próprios termos, nunca vindo quando era chamado, às vezes passeando por perto, esgueirando-se, como se quisesse apenas observar. A estranheza da criatura aliviou o humor de Flora. Ela a alimentaria quando voltasse para casa. Talvez até lhe desse um pouco de bolo.

— Venha, Flora. — Sherman sacudiu as chaves. — Precisamos ir.

A gata piscou devagar antes de virar de repente e desaparecer na noite, como se não quisesse mais conversa com Flora. Mas ia voltar. Flora tinha certeza disso.

No pequeno percurso até a casa noturna, Flora e o tio repassaram o set list de músicas, ajeitando as coisas aqui e ali com base em como o público tinha reagido na noite anterior. Chegaram uns bons trinta minutos antes do restante da banda. Como sábado era o melhor dia da semana, Charlie estava no trabalho desde o amanhecer, cozinhando lentamente paleta, peito e costelas de porco. O aroma era quente e maravilhoso, e parecia tanto um lar para Flora quanto a casa da avó.

— Acenda as luzes, baby — gritou Sherman da cozinha enquanto as portas duplas se fechavam atrás dele.

Flora se virou e foi até o coração da casa noturna, um salão pintado de preto para esconder as muitas cicatrizes nas paredes e na madeira — e para fazer tudo no ambiente desaparecer, exceto o palco. Ela acendeu os candelabros que ficavam pendurados sobre as dezenas de mesas redondas que ocupavam o piso. O ambiente passou de escuro a ofuscante. Ela encontrou uma caixa de fósforos e riscou um, depois saiu acendendo com cuidado o mar de velas que se estendia diante dela, os pavios ansiosos pela luz e pelo calor que, até o fim da noite, os consumiria. Em seguida, foi para o camarim aquecer a voz.

7

Ethan revirou os olhos ao parar o carro no meio-fio. Descendo a colina, passando pelo Distrito Internacional, erguia-se a Smith Tower, suas luzes reluzindo contra o céu negro. Mais além, o estuário de Puget. Precisou de dois dias, mas Henry convenceu Ethan a ir à casa noturna de Flora. Seus dedos se agitavam, tocando as notas de "Variações Enigma".

Eles saíram do carro e colocaram o chapéu, provocando um redemoinho na névoa sob a luz dos postes. Ao longo de toda a calçada, casais bem-vestidos caminhavam de braços dados em direção a um prédio baixo de tijolos com um toldo preto que dizia THE DOMINO.

— Não sei por que estamos fazendo isso — disse Ethan. — Temos aula amanhã e, além do mais, o papai não deixa nem os repórteres de arte escreverem sobre essa música. Ele diz que reduz as pessoas a um estado animalesco. E não vamos escrever a reportagem sobre a garota aviadora de qualquer maneira, então isso tudo é perda de tempo.

— É só jazz — disse Henry. — Já ouvimos mil vezes.

— *Au contraire* — Ethan retrucou. — Escutamos coisas elegantes. Isso é muito diferente. Você, principalmente, devia detestar.

Henry não tinha tanta certeza. As notas que escapavam lá de dentro o intrigavam. Havia um aspecto de chamado e resposta nelas, a mesma coisa que uma orquestra fazia quando a melodia circulava dos instrumentos de corda para os de sopro e os de metal. Mas era mais simples. Mais básico. Mais como uma pessoa conversando com outra, com uma das mãos estendidas para tocá-la. Ele não sabia se era a música ou algo diferente, mas o ar parecia elétrico, quase vivo.

Os dois foram em direção à fila de clientes para entrar na casa noturna. A maioria era mais velha, com uns vinte e poucos anos. Outros até com trinta. Só metade, mais ou menos, de brancos. O restante era de todos os tons. Havia até um casal de algum lugar no Oriente. Cada casal parava antes de entrar, conversando rapidamente com um leão-de-chácara que pesava pelo menos cento e trinta quilos.

Perto da porta, a música ficou mais alta, complicada, com ritmos que Henry nunca havia encontrado. Seus dedos se moviam com esses novos sons, tentando descobrir as notas que ele precisaria atingir se estivesse tocando. Não que ele fosse fazer isso um dia. Uma coisa era sonhar em tocar numa orquestra, que tinha laços com a história e a respeitabilidade e uma conexão com o mundo ao qual ele estava acostumado. De jeito nenhum ele poderia se imaginar tocando num lugar como aquele. Os Thorne o expulsariam imediatamente, e ele ficaria sozinho no mundo.

Os dois chegaram até o leão-de-chácara.

— Vocês têm dezoito? — perguntou ele.

— Temos. — Ethan ofereceu ao homem algumas notas dobradas.

Ele riu, pegando o dinheiro com a mão que parecia capaz de arrancar uma cabeça com a mesma facilidade que tiraria a rolha de uma garrafa.

— Feliz aniversário então. — E soltou a corda de veludo que atravessava a porta larga.

A música aumentou, e os garotos entraram, passando por uma enorme pintura a óleo de um casal muito bem-vestido, a pele escura lustrada com tons de vermelho e dourado. Henry e Ethan desceram uma escada. A música terminou e uma onda de aplausos os atingiu.

— Ugh, parece que tem de tudo aqui — disse Ethan. — O que, devo dizer, é a receita perfeita para tudo dar errado.

Henry não respondeu. Não conseguiu. Eles tinham chegado ao fim da escada e agora estavam parados na entrada de um salão enorme, cheio de mesas redondas iluminadas por velas, um bar comprido com garrafas e copos enfileirados, garçonetes agitadas servindo coquetéis e garçons carregando bandejas de comida e bebida no ombro.

Na parte mais distante, um palco se erguia, ladeado por cortinas de veludo vermelho e luzes peroladas. Tudo já tinha sido melhor ali, com certeza. Mas era a coisa maior e mais bonita que Henry conseguia se lembrar desde antes do Crash, e por um instante ele quase sentiu como se estivesse de volta àquele velho mundo, aquele em que vivia com a família antes de a influenza levar sua mãe e sua irmã, antes de seu pai... Henry interrompeu o pensamento no meio do caminho. Agora não era hora.

Um grupo de músicos estava num dos lados do palco, e o baterista começou uma nova canção. No centro do palco, descendo uma ampla escada branca com corrimãos curvos, estava Flora, parecendo paradoxalmente igual e, ao mesmo tempo, tão diferente de quando estava na pista de decolagem. Ela sorria enquanto andava, mas estava claro que não poderia se importar menos com o público aplaudindo e assobiando no piso abaixo. Um refletor a marcou na frente de um microfone niquelado.

— Alguma coisa errada? — perguntou Ethan. — Não me diga que caiu em si.

— Não é isso. Eu só... — Henry balançou a cabeça. — A cantora.

— Não que seja importante, mas ela não é tão feia sem aquele macacão de lona — comentou Ethan. — Tenho que concordar com isso. Apesar de que o vestido parece algo que esteve na moda vinte anos atrás.

Henry não se importava com o vestido. Parecia ótimo para ele. Mais que ótimo.

Flora abriu a boca para cantar, e Henry engoliu em seco. Nunca tinha escutado nada como aquela voz, e ele desejou ter o contrabaixo nas mãos para poder retribuir os sons, uma mistura de chocolate e creme, algo que ele queria beber através da própria pele.

Once upon a time I dreamed
Of how my life should go...*

Ele reconheceu a canção: "Walk Beside Me". Mas o som da voz dela o prendeu ao chão. Fez com que ele sentisse que alguma coisa tinha entrado sob sua pele e estava amolecendo tudo que não era essencial, direto de seus ossos.

I'd span the globe, a lonely soul
Beneath the moon's white glow...**

---

* "Uma vez eu sonhei/ Como minha vida seria..."
** "Eu rodaria o globo, uma alma solitária/ Sob o brilho branco da lua..."

— Cigarro? — Uma loira com vestido vermelho curto e uma bandeja de Viceroys pendurada por uma alça no pescoço se inclinou na direção deles, bloqueando a visão de Henry.

On that day I saw you
It wasn't love at first sight
But slowly, like a sunrise
You revealed your light.*

Henry esticou-se a fim de contornar a mulher enquanto Ethan acenava para ela se afastar.

— Seu tipo sempre diz não para o meu — murmurou ela ao sair. O maître se aproximou segurando menus.

— Sigam-me, cavalheiros — disse ele. — É sua noite de sorte. Temos uma mesa bem na frente, perto do salão de dança.

Henry tinha ouvido "Walk Beside Me" muitas vezes no rádio. Mas nunca tinha ouvido assim, lento e suave. E a música que acompanhava não era nem um pouco parecida com o modo ordenado e certinho que a Ozzie Nelson Band tocava. Havia algo perturbador ali, algo imprevisível, como se um conjunto de regras, declaradas ou não, estivesse sendo estilhaçado como vidro. Perceber isso aprofundou as rugas na testa de Henry e fez seu sangue cantar, arrepiando todos os pequenos pelos dos braços e da nuca.

Flora cantou o refrão:

I may have dreamed before you
Of how my life should be
The only thing I want now
Is for you to walk beside me.**

Sob sua voz, um contrabaixista jovem e magrelo dedilhava um ritmo firme, prendendo-a numa rede resistente de notas. Por algum motivo, Henry

---

* "Naquele dia eu vi você/ Não foi amor à primeira vista/ Mas devagar, como o sol nascente,/ Você revelou sua luz."
** "Posso ter sonhado, antes de você,/ Como minha vida deveria ser/ A única coisa que eu quero agora/ É que você caminhe ao meu lado."

imediatamente odiou o homem, seu bigode, seu penteado, seu smoking elegante, o modo como ele olhava para Flora, como se ela fosse propriedade dele. A música acelerou um pouquinho, levando a pulsação de Henry junto, enquanto a canção voltava para a melodia principal, agora com a banda toda. Era uma conversa entre um piano, um violão, um saxofone, dois trombones e um par de gêmeos tocando trompetes que transformavam o reflexo dos candelabros no alto em estrelas móveis.

Henry sentia como se tivesse mergulhado fundo na água do Lago Washington num dia quente, envolvido por sua refrescância, sabendo que teria de emergir para respirar. Percebeu vagamente que, ao seu lado, Ethan estava falando alguma coisa e apontando para o cardápio.

— O que você disse? — perguntou ele, sem conseguir tirar os olhos de Flora.

— Eu estava dizendo — respondeu Ethan, a voz cortante como algo afiado — que pedi para você um gin fizz e um prato de costelas com couve. Parece que este lugar é ótimo, se você gostar desse tipo de comida.

Henry levou uma eternidade para processar as palavras de Ethan. Era como se sua mente o estivesse obrigando a desembaraçar as letras, como se elas estivessem escapando de uma bola de fios enrolados.

— Sim — disse ele. — Eu gosto.

— O que está acontecendo com você? — perguntou Ethan, sua expressão sombria. — Acho bom a comida ser gostosa, porque essa música não me diz nada. E este lugar é horrível. Pior que o vestido dela. — Ele acenou com a mão em direção ao palco, e o gesto apagou a vela que queimava sobre a mesa deles.

Henry olhou de novo para o vestido, se perguntando o que Ethan estava vendo que ele não via. Sob o refletor, as lantejoulas acompanhavam as curvas de Flora em lugares que ele queria tocar. E a casa noturna, bom, já tinha sido melhor, mas que lugar não tinha? Ethan e sua família podem não ter sentido todo o peso das adversidades que afligiram a maioria das pessoas ao longo daqueles oito anos, mas Henry nunca esquecia que estava a uma amizade de distância do nada.

Um garçom serviu o pedido e se inclinou para reacender a vela, e Henry se concentrou em Flora, esperando que ela também o visse. No instante em que a chama se acendeu, houve um brilho de reconhecimento nos olhos dela, uma rápida tensão nos ombros, uma leve interrupção na voz. Ela desviou o olhar, e Henry se recostou no assento e se obrigou a respirar.

A voz de Ethan o interrompeu:

— Acho que esse é o problema da vida real. Ela tem um jeito de não corresponder ao que a gente imaginou.

Henry bebeu seu drinque para não precisar responder. Quando se tratava de sonhos, sua imaginação nunca tinha criado nada tão poderoso quanto a influência que a voz de Flora tinha sobre ele, e a única coisa que ele podia fazer era ficar sentado e engolir tudo de uma vez, tentando não sentir demais a desaprovação de Ethan.

8

Depois do espetáculo, Henry ficou parado no beco em frente à casa noturna e bateu a uma porta não identificada enquanto Ethan, sem se esforçar para esconder seu constrangimento, virou-se para a rua. Ninguém respondeu. Henry esperou um minuto antes de bater de novo.

— Vamos lá, Henry. — Ethan olhou para trás por sobre o ombro, com a chave do carro na mão. — Você não pode se meter em encrenca. Vamos sair daqui antes que isso aconteça. Na melhor das hipóteses, você vai fazer papel de bobo. Na pior... na pior, essa pode ser a ideia mais idiota que você já teve. Não vamos escrever um artigo sobre ela. Nem agora nem nunca. Nada justifica sua curiosidade. Vamos embora.

Henry tinha acabado de levantar a mão para bater pela última vez quando a porta se abriu e o mestre de cerimônias, um homem alto com os dentes da frente separados o suficiente para segurar uma moeda, saiu de repente.

— A casa está fechada, cavalheiros — disse ele. Sem o paletó do smoking, ele cruzou os braços sobre o peito, com as mangas da camisa enroladas até o cotovelo.

Ethan deu um meio passo para trás, deixando Henry por conta própria. Henry gaguejou, e o homem riu e balançou a cabeça, como se já tivesse visto a mesma cena mil vezes antes.

— O nome dela é Flora, mas para você é srta. Saudade. Ela é minha sobrinha. E não sai com clientes, especialmente com garotos brancos e frouxos que só têm uma coisa em mente.

— Eu sei. Não foi para isso... — As palavras ficaram presas na garganta.

— Eu... Nós estivemos no campo de aviação ontem. Para uma reportagem. Eu queria saber se poderia...

O homem expirou, descruzou os braços e segurou a maçaneta.

— Por mais que eu seja fã de publicidade, não acredito numa palavra do que você diz. Nunca houve um jornal branco que quisesse escrever sobre gente como nós, a menos que tenha uma prisão envolvida. Você não tem nenhuma prova do que está dizendo, tem?

Henry olhou para Ethan, que tinha a prova no bolso. Ethan, teimoso como sempre, balançou a cabeça.

— Como eu pensei — disse o mestre de cerimônias. — Que tal vocês desaparecerem antes que eu transforme os dois num pudim?

— Mas...

O homem bateu a porta na cara de Henry.

— Pronto, você conseguiu — disse Ethan. — Eu sabia que devia ter te convencido a não fazer esse papel ridículo. Meus pais ficariam apopléticos só de pensar que você veio aqui. Nada de bom pode sair disso, Henry. Você vai me agradecer mais tarde.

Ele deu meia-volta.

— Você vem? — perguntou por sobre o ombro.

— Sim. — Henry sentiu uma fenda se abrir no chão entre ele e seu melhor amigo. Ele não diria nem mais uma palavra sobre Flora a Ethan.

Virei aqui todas as noites, pensou. *Todas as noites, só para ouvir.* Ele precisava fazer isso. Ele se concentrara em ser útil e obediente e respeitável por tempo demais. Não podia mais ser assim. Não quando se tratava daquela garota, daquela música, mesmo que fosse algo que Ethan não conseguia entender.

9

Depois de encerrar a noite, Flora se sentou em seu pequeno camarim, segurando um copo de limonada contra a testa. As luzes do palco eram sempre tão quentes que ela sentia como se tivesse saído do forno depois de um espetáculo, e nada era melhor que algo gelado, ácido e doce para beber. Quando baixou o copo para tomar um gole, tentou não pensar naquele momento do espetáculo... o momento em que ela perdeu o controle.

Concentre-se no que deu certo, disse a si mesma. *A casa estava cheia. Não houve brigas. Os fiscais não apareceram com seus blocos para contar as garrafas de bebida.*

Provavelmente ninguém tinha percebido a nota arruinada — bom, ninguém exceto Grady, que sem dúvida ia comentar isso com ela mais tarde, achando que lhe estava fazendo um favor. Ele era assim com ela. Como era mais velho, Grady se considerava seu professor, seu protetor e seu superior. Ele conseguia ser um idiota total.

Mas ela culpou o garoto. O que estava na pista de decolagem. O que estava fazendo uma reportagem sobre o avião. Henry ou Ethan. Ela não sabia ao certo quem era quem. De qualquer maneira, ele não era o tipo que ela costumava ver no Domino, e talvez por isso ele se destacasse em seu smoking, com os olhos reluzindo no rosto branco. Ela se irritou por não conseguir ignorá-lo durante o espetáculo. Normalmente ela olhava por sobre a cabeça das pessoas. O público não percebia a diferença.

Dessa vez, no entanto, era como se uma força tivesse atraído seu olhar para o dele. O momento da conexão pareceu o instante em que as rodas do seu avião tocavam a pista. Havia uma solidez, uma inevitabilidade, como se seu corpo tivesse sido feito para isso, mesmo que ela só quisesse voltar para o céu. Isso nunca tinha acontecido. Nunca. Mas tinha acabado e pronto. Ele não era o tipo do Domino, e certamente tinha conseguido o que queria para o tal artigo que estava escrevendo.

Flora estremeceu e deixou a limonada de lado. Ela não tinha nada que olhar duas vezes para um garoto branco, nem ele para ela, especialmente se ele fosse do tipo que se achava no direito de ter o que queria. Ela já tinha visto isso acontecer, às vezes com as garçonetes, às vezes com as meninas do cigarro. No fundo de seu íntimo, uma sensação de perigo se instalou. Ela acreditava — esperava — que o sentimento iria desaparecer.

Para deixar entrar um pouco de ar enquanto esperava Grady vir buscá-la (como se ela fosse uma criança), Flora subiu em uma prateleira baixa e entreabriu a janela alta, a única de toda a casa noturna que não tinha sido fechada com tijolos. Sherman estava repreendendo alguém no beco. Não eram as autoridades. Com elas o tio era todo mel, sorrisos e coquetéis de graça. Quem quer que fosse, Sherman o estava reprimindo. Flora sorriu e saltou da prateleira. Tomou o último gole da limonada, deixando o gelo cair ruidosamente no copo. Em seguida, sentiu-se pronta para encerrar a noite e quem sabe alimentar a gata, pobrezinha, e comer um pedaço do bolo de chocolate que Nana tinha feito.

Como se ela o tivesse invocado, Grady bateu na porta e enfiou a cabeça dentro do camarim.

— Hora de ir — disse ele, como se ela pudesse não ter percebido. Idiota.

— Tudo bem. — Ela calçou as luvas e imediatamente se sentiu melhor, mais adulta que menina.

— Vou te levar para um jantar no Gloria's — informou ele, se referindo ao restaurante vinte e quatro horas que atendia a pessoas como eles. — Um pouco de substância para a minha garota.

— Está tarde — disse ela, apesar de estar faminta e pensando no bolo. — E acho que estou pegando um resfriado. Fez minha voz falhar durante "Walk Beside Me". — Isso era para impedi-lo de dizer alguma coisa sobre o problema em seu desempenho ou, pior, de tentar beijá-la.

O rosto de Grady desabou.

— Você devia me deixar cuidar de você. — Ele a puxou para perto. — Você precisa ser cuidada.

— É muita gentileza sua oferecer, e eu agradeço — disse ela, tentando não inspirar o cheiro pesado da colônia dele. — Mas não hoje. Por favor.

— Vou te levar para casa — ele cedeu. Ela aceitou o braço que Grady lhe ofereceu, desejando que ele não a segurasse com tanta força. Era difícil andar assim.

— Pensando bem, considerando o jeito como estou me sentindo, é melhor eu ir com o Sherman. — Ela soltou o braço dele.

— Flora — disse Grady. Ele parecia mais irritado que magoado.

Ela pegou suas coisas em silêncio. Então saiu e foi procurar o tio.

10

Terça-feira, 13 de setembro de 1927

CERTA MANHÃ, QUANDO TINHA ACABADO DE IR PARA O SEGUNDO ANO, FLOra ficou parada ao lado da cama da avó. Não deveria acordá-la, mas uma parte pequena e assustada de Flora se perguntava se Nana tinha ido para o céu durante a noite. Flora observou com cuidado até ver o peito da avó subir e descer sob a colcha. O alívio dessa visão pareceu adorável como água em uma tarde de verão.

Talvez ela se mexesse se alguém fizesse um barulhinho. Flora assobiou, bateu palmas e pés. Só uma vez. Depois ficou parada como uma estátua, mal tendo coragem de respirar. Mesmo assim, Nana continuou deitada de costas, o peito subindo e descendo, um pouco mais rápido agora, mas ainda com os olhos fechados. Flora se aproximou mais da cama. Em seguida, como um raio, a mão de Nana disparou por sob a coberta. Seus dedos enrugados agarraram o pulso de Flora, e um dos olhos da avó se abriu de repente.

— Te peguei.

Ela riu e puxou Flora para debaixo das cobertas. Era uma coisa muito macia estar ali, e Nana era quente e aconchegante, do jeito que sempre havia sido quando Flora tinha pesadelos. Mas a cama era o último lugar em que ela queria estar. Charles Lindbergh ia pousar seu *Spirit of St. Louis* no Volunteer Park naquela manhã. A escola de Flora ia para lá. Era seu primeiro passeio externo, e ela devia levar o lanche dentro de um cesto e usar seu segundo melhor vestido, e havia uma chance de o sr. Lindbergh parar e apertar a mão de algumas crianças. Ela queria ser uma delas, sabendo que, se sua mão encostasse na dele, isso seria uma bênção significando que ela iria aprender a pilotar um avião e estar lá em cima no céu azul.

— Por que está tão agitada? — perguntou Nana. — E, meu Deus, parece que seus pés foram esculpidos num bloco de gelo. Estou tremendo inteira!

— Nana — disse Flora. — Está na hora de levantar.

— Ah, eu pensei em não te levar para a escola hoje — disse Nana. — Tenho roupa para lavar. Todas as roupas de baixo do tio Sherman. E tantas meias para remendar. Estão tão furadas que a gente até pensa que são uma peneira.

— Mas, Nana! — Flora sentou.

— Ah, e faltam as conservas — continuou Nana. — Eu sei que você detesta fazer conservas, porque suas mãos ficam enrugadas e seus olhos lacrimejam, mas isso precisa ser feito. — Ela sentou ao lado de Flora e virou o rosto da menina para si. — Por onde começamos? Meias, cuecas ou pepinos? — Flora estava chocada demais para falar. — Meu Deus, ainda bem que seu maxilar tem articulação, senão a gente ia ter que pegar seu queixo lá no chão.

Ela puxou Flora para perto e começou a rir, e foi aí que Flora percebeu que Nana estava brincando.

— Vamos começar com as cuecas — disse Flora. — São só trinta, afinal. — A ideia de Sherman sobre ser solteiro era de que ele precisaria lavar menos roupa se tivesse uma peça de baixo para cada dia do mês. Funcionava, de certo modo: Nana lavava toda a roupa dele.

— Pensando bem — disse Nana, deslizando Flora para fora da cama —, acho que é melhor embrulhar um lanche do tamanho de um piloto.

Enquanto Flora comia uma tigela de mingau, as mãos treinadas de Nana esquentaram o ferro, alisaram o cabelo de Flora e fizeram um par de tranças. Depois, ela abotoou o vestido de Flora, colocou o cesto na mão da menina e a empurrou porta afora.

— Diga olá ao sr. Lindbergh por mim — pediu ela. — Coloquei um pedaço a mais de pão de mel, para o caso de ele estar com fome.

— Eu digo, Nana! Eu digo! — Talvez houvesse uma calçada sob os pés de Flora enquanto ela corria, segurando o cesto com o máximo de firmeza que conseguia. Mas ela não a sentia.

Havia muito barulho no Volunteer Park — o movimento e o murmúrio da multidão, a urgência radiante da banda marcial. Mesmo assim, o som que Flora ouvia melhor era o do próprio coração martelando nos ouvidos. Ela olhou para cima. O céu estava de um azul perfeito, com apenas duas nuvens deslizando, como se varridas pela vassoura de Deus.

Ela as observou, esperando, como sempre, ver os pais olhando para ela. Flora havia memorizado o rosto deles por meio da pequena fotografia emoldurada sobre sua cômoda. De vez em quando, tinha certeza de vê-los lá em cima, com a extremidade dos dedos pairando sobre as bordas brancas, acenando para ela, enquanto ela ficava deitada na grama, segurando coisas que queria que eles vissem: a boneca que Nana tinha feito para ela com retalhos e um pano de prato, o primeiro livro que ela leu, o primeiro dente que perdeu.

— É mesmo? — comentava a avó quando Flora dizia que os tinha visto.

Essas eram as palavras que Nana sempre usava quando achava que Flora estava esticando a verdade para melhor se encaixar em sua imaginação de criança. Mas, se fosse possível que seus pais estivessem lá em cima, talvez o sr. Lindbergh os tivesse visto do avião. E talvez, quando aprendesse a voar, ela pudesse visitá-los. Aquele instante em que seu avião passasse pela nuvem... Isso seria suficiente.

O brilho do céu aumentou, fazendo a visão de Flora borrar. O som atravessou a multidão, e Flora virou-se para olhar, secando os olhos. O sr. Lindbergh tinha chegado num automóvel comprido e preto. Ao redor, um alarido se levantou de seus colegas.

— Não consigo ver! Não consigo ver!

E era verdade. As crianças da escola de Flora tinham sido posicionadas na parte mais distante da multidão, onde não dava para ver absolutamente nada. Ela não conseguiu deixar de perceber que todas as pessoas brancas estavam nos melhores lugares, e se perguntou se fora o sr. Lindbergh quem tinha pedido para ser assim.

O ruído das mil crianças aumentou quando o piloto se aproximou da frente, cercado por um grupo de homens da cidade e da prefeita. Do ponto onde Flora estava, ela via uma fileira de chapéus deslizando sobre a superfície das crianças reunidas. Foi quando, do outro lado daquele mar de corpos, surgiu uma cabeça descoberta grudada a um homem com uma jaqueta de couro larga. Ele levantou a mão bronzeada para acenar para o povo. Flora viu o rosto dele de relance, o mesmo rosto que seus pais tinham visto quando ele passou voando.

Ela sabia que não ia conseguir nem encostar na manga da camisa dele, quanto mais lhe dar um pedaço de pão de mel. Mas tinha conseguido alguma coisa. "E alguma coisa não é nada", como seu tio costumava dizer.

Nesse momento, o sr. Lindbergh foi conduzido de volta para seu automóvel. O som do motor desapareceu, e o rugido da multidão invadiu o lugar numa costura de vozes individuais novamente. A risada espalhada de crianças se empurrando de brincadeira, o som abafado de pés pisando a grama, o grito ocasional de um menino ou menina que precisava encontrar o banheiro. O ruído diminuiu, criando bolsões de silêncio onde Flora conseguiu voltar a ouvir os próprios pensamentos.

Ela ainda não estava pronta para ir embora e, quando apareceu uma oportunidade para se esconder atrás de uma sequoia, ela aproveitou. Podia voltar sozinha para casa. A professora provavelmente nem ia dar por sua falta. Ela colocou o cesto com o lanche no chão. Tio Sherman podia comer o pão de mel. O aroma reconfortante de terra fértil, uma mistura de crescimento e decadência, ergueu-se e a cercou. Sob suas mãos, a casca da árvore parecia áspera. Através de seus galhos balançando, ela mal conseguia ver o azul no alto. Mas até mesmo essa visão era suficiente, e cada centímetro dela a puxava para cima, como se Flora tivesse sido criada para ser parte daquilo, com filamentos deixados soltos para ela ser puxada com mais facilidade para o azul.

Naquele mesmo instante, Henry estava sobre sua bicicleta, indo para casa depois de sair desse mesmo parque, segurando o boné na cabeça com uma das mãos e o guidão com a outra. Ele assobiava uma melodia alegre, tanto pela felicidade de ter apertado a mão do sr. Lindbergh quanto por ter tido permissão de faltar à aula naquele dia. Por ter perdido o pai recentemente e se mudado para a casa dos Thorne, ele tinha permissão para uma variedade de pequenas liberdades como essa. Ele nunca as aceitava quando Ethan se opunha, mas Ethan estava em casa com febre naquele dia, então não podia se importar de jeito nenhum.

Henry estava cansado de as pessoas olharem para ele com olhos tristes. Ele planejava passar a tarde livre andando de bicicleta pela cidade, respirando todo o ar de fora da escola, o melhor que existia. Quando passou pela sombra de uma sequoia gigantesca, uma gata preta perseguia um pardal que voava baixo atravessando a rua. Henry desviou para evitar a gata e subiu na calçada, onde uma garota de vestido azul e tranças tinha aparecido.

Ele apertou os freios, provocando um guincho terrível. A bicicleta derrapou, com a roda deslizando para a frente até a coisa toda cair, levando-o junto. Ele arranhou a palma das mãos e rasgou o joelho da calça. Enquanto isso, a garota tropeçou para trás com um grito. Ele não a atingiu, mas foi por pouco. Henry levantou a bicicleta e a afastou de si, sentando na calçada, tonto.

— Você está bem? — perguntou ele à garota, que estava olhando para as próprias mãos arranhadas.

Ela fez que sim com a cabeça.

— Mas meu vestido está sujo. E é meu segundo melhor.

— Sinto muito mesmo — disse Henry. — Vou te ajudar a ir para casa.

— Não preciso de ajuda — argumentou ela. — É só descer a colina.

Henry pensou em deixá-la ir. Ele não a conhecia, e a expressão dela não era nem um pouco amigável. Mas não parecia ser a coisa certa a fazer.

— É meu dever te levar até em casa. — Ele se levantou e estendeu a mão. Houve uma longa pausa. O pardal, que tinha escapado, adejava acima dele e trinava.

— Estou bem — disse a garota. Ela espanou a sujeira do vestido. A gata sentou na calçada ao lado deles e começou a limpar a pata traseira sem a menor vergonha, como os gatos costumam fazer.

— E se eu só andar ao seu lado? — Parecia uma competição agora, para ver qual dos dois desistiria primeiro. Ele olhou nos olhos dela, e ela retornou o olhar com a mesma determinação. Não havia instrumento para medir a leve mudança na atmosfera entre os dois. Eles mesmos mal perceberam. Nenhum dos dois se lembraria desse encontro até anos depois, exceto de maneiras muito vagas. Mas ambos se lembrariam da sensação de terem sido levados a algo diferente, apesar de nenhum deles ter uma palavra para isso nem experiência para entender o que significava.

Depois de uma pausa, ela deu de ombros e se levantou.

— Tenho pão de mel. Era para o sr. Lindbergh, mas pode comer, se quiser. Deve estar esmagado, de qualquer maneira.

— Ah, não posso — disse Henry, acompanhando o passo dela.

— Está dizendo isso para ser educado?

Henry ficou tão aliviado que riu.

— É. Eu adoro pão de mel e estou com uma fome que daria para comer um bode, com barba e tudo.

Eles dividiram o pão de mel e conversaram sobre aviões até chegarem à pequena casa verde de Flora, que ficava a mais ou menos um quilômetro e meio do parque. Ele contou como foi apertar a mão do sr. Lindbergh, que, com toda sinceridade, era muito parecida com a mão de qualquer outro adulto. Mas ela parecia interessada, então ele contou tudo, incluindo o fato de que havia um pequeno corte em um dos dedos.

Só quando a deixou nos degraus da entrada é que ele se lembrou de perguntar o nome dela.

Ela subiu os degraus até o topo e colocou a mão na maçaneta.

— Flora.

Flora. A única Flora que ele conhecera era uma tia velhinha que tinha cheiro de talco e unguento Sloan's. Mas ele gostou do nome na garota. E ela cheirava bem.

— Olhe quem seguiu a gente. — Ele apontou para a gata preta.

— Ela sempre anda por aqui. Não posso dar comida para ela. — Flora ficou parada na porta entreaberta e, pela primeira vez, sorriu. — Mas eu dou. Não conte para ninguém. — Ela levou o dedo indicador até o lábio.

— Seu segredo está seguro comigo.

Aquele sorriso, aquele gesto. Ele gostava deles. Mas não conseguiu pensar em um motivo para ficar. Ela não perguntou o nome dele, e ele supôs que ela não se importava. Foi surpreendentemente decepcionante.

— Adeus, acho — disse ele, desejando pensar em mais alguma coisa para dizer.

Ela acenou e fechou a porta depois de entrar. Ele subiu de novo na bicicleta e foi para casa, assobiando uma melodia que tinha inventado, à qual ele retornaria um dia.

11

Segunda-feira, 26 de abril de 1937

SEMANAS SE PASSARAM. O JAZZ NO FIM DA NOITE, OLHARES TROCADOS SOB a luz de velas e refletores do palco, esquemas sussurrados no ouvido de fiscais. Por que a Morte tinha aceitado esse Jogo de novo?

Voraz, ela estava parada num pequeno mercado espanhol usando um vestido preto simples. Poderia ser qualquer mulher jovem enviada pela família para comprar comida para a refeição da noite: pão, um pouco de carne, uma verdura, uma garrafa de vinho tinto. Ela fora o mais longe possível da cidade moderna, guiada pelo som, e deliberadamente. Quando a fome era grande assim, os jogadores estavam em perigo. Seu controle sobre o Jogo estava em perigo.

Enquanto andava pelo mercado, parando para inalar o perfume das flores, a Morte sentiu um dedo no antebraço. Um toque leve, rápido como um piscar de olhos.

— Para você, belíssima. — Um jovem estava parado na frente dela, oferecendo uma tulipa vermelha.

— Não pedi isso — disse ela.

— Mas você é tão encantadora, não consigo evitar. — O homem, que não tinha mais que dezoito anos, baixou o olhar, e seu rosto ficou vermelho.

A Morte entendia o que ele queria dizer. Ela aceitou a flor e notou a sujeira entranhada nos sulcos dos dedos dele. Eram as mãos de uma pessoa que passava os dias trabalhando na terra, tirando vida do solo. Ele já tinha visto um milhão de flores. Mesmo assim, cada novo botão o fazia sorrir e, diferentemente de todos os outros humanos que passavam por ela, ele a notara. Ele a vira.

Ele é que é encantador.

A tulipa era perfumada e linda. Mas, ela notou, também estava morta. Ela não conseguia evitar. Seguiu em frente e, depois de pensar por um instante, virou-se e olhou para o jovem por sobre o ombro.

— Quando ouvir os motores no céu — disse ela —, corra.

Ela levou a tulipa consigo quando subiu ao céu. Agora ela usava o disfarce de um jovem piloto da Luftwaffe nazista que tinha deixado o avião por um momento porque estava literalmente sentindo enjoos de nervoso. Ele retornaria, com o rosto pálido e suado, para descobrir que a dúzia de bombardeiros Stuka e a meia dúzia de caças Heinkel 51 tinham subido como uma nuvem de insetos, projetando sombras terríveis no sol de fim de tarde. Por mais que ele não quisesse fazer parte de um experimento alemão para determinar quanto poder de fogo era necessário para bombardear uma cidade até o esquecimento, também não queria ser executado por abandono de serviço. Apesar disso, por que seu avião não estava mais no chão? O homem ficaria se perguntando pelo resto de seus dias.

Agora seu avião estava sobre a Espanha, iluminando o céu com reflexos da explosão abaixo. A Morte ficou maravilhada com o barulho, com a leveza súbita da aeronave quando soltou a bomba que estava na barriga de metal. De vez em quando, o rugido do Stuka era superado pelo rasgado das metralhadoras mirando nas pessoas da cidade abaixo, que fugiam. O ruído, o calor, a cor, o cheiro, o chiado de suas mãos no manche. Era quase uma música, e ela bombardeava sem sentir, sem perceber nada além do trovão e do fogo em queda livre.

No fim, toda a cidade, exceto uma igreja, uma árvore e uma pequena fábrica de munição abandonada, tinha sido destruída. A fumaça de corpos carbonizados se ergueu, formando o palco para um pôr do sol vermelho como sangue. Quando ela pousou o avião, o céu estava coberto de fumaça e escuro, iluminado apenas pelo reflexo dos incêndios que queimariam por três dias. Durante cada um desses dias, ela voltou à vila sob o disfarce de uma garota espanhola, andando silenciosamente pelas ruínas fumegantes. O solo estava calado de espanto. Em toda parte, a colheita: tantas vidas. Muitas para ceifar de uma só vez.

Ela alterou o tempo como um caleidoscópio, suspendendo os estilhaços cruciais até poder visitá-los um por um, levando as almas das carapaças dilaceradas e carbonizadas. A sensação de tantas vidas disparando em sua direção era deliciosamente boa, tanto que ela estava insensível a qualquer outra coisa. A enormidade do que ela fizera ainda não a atingira, apesar de saber que isso ia acontecer, estilhaçando sua essência como se ela tivesse passado pelas pás da hélice de um avião. Insaciável e com os olhos brancos, a Morte consumiu essas almas como alguém poderia recolher cartas espalhadas em outro tipo de jogo, arrumando-as, embaralhando-as na sua frente, sentindo o peso perfeitamente equilibrado nas mãos antes de lançá-las para o além.

Por fim, ela encontrou quem estava procurando. Ele estava deitado sob a pedra de um prédio que antes armazenava copos de vidro feitos à mão. Fragmentos dos restos da construção, alguns minúsculos como poeira estelar, o cercavam.

Ainda havia vida nele, mas não muita.

Ela se ajoelhou ao lado do jovem, com a mão sobre uma pedra pesada demais para ele remover, para qualquer humano remover sozinho. O rosto dele estava suado, coberto de sujeira e sangue seco de um corte na testa. Ele tremia.

— Eu falei para você correr — disse a Morte ao colocar a mão na sobrancelha dele. A pele estava quente; os olhos, delirantes.

— Eu...

Se ela tirasse a pedra, era provável que ele morresse. Se não tirasse, a morte era certa.

— Eu...

Seus olhos se concentraram no rosto dela, e ela se lembrou da flor guardada no bolso do seu vestido, agora imundo. As pétalas amarrotadas ainda estavam macias como pele de bebê. Macias, com cicatrizes, arruinadas.

— Eu estava procurando... — disse ele. — Procurando... você.

— Estou aqui. — Ela segurou o caule com os dedos frios.

Os cílios do rapaz se agitaram. A Morte viu algo nos olhos dele: reconhecimento. E mais uma coisa: desejo.

— Qual é o sentido da sua vida? — Ela pesou a alma dele nas mãos, perguntando-se por que os humanos queriam tanto viver quando, no fim, tudo se perderia.

Ela podia senti-lo tentando envolver a mente nas palavras dela, tentando moldar uma pergunta com os lábios secos. Água. Ela desejou ter um pouco.

Passos ecoaram de prédios destruídos, e membros da equipe de resgate gritavam para os sobreviventes ouvirem. Não havia muito tempo.

Ela afastou a pedra e tocou o rosto dele, e, ao fazer isso, as imagens na mente do homem respingaram nela. Um campo de flores em botão. A forma de uma mulher, cujo rosto ele ainda não conseguia ver, mas com quem o homem iria querer se casar quando finalmente a encontrasse. Depois, a silhueta do próprio homem contra o sol se pondo numa futura noite agradável de primavera: o homem e seu filho andando de mãos dadas pelo campo.

— Isso — disse ele por fim. — Isso.

A Morte colocou a flor destruída no local onde sua mão estivera. O homem ofegou.

— *Hay uno por ahí* — gritou um dos membros da equipe de resgate. *Tem um ali.*

Houve uma disputa de pés correndo, a rajada de uma brisa ansiosa afastando a fumaça. A Morte desapareceu atrás do esqueleto de pedra de uma igreja destruída antes de eles encontrarem o homem e colocarem as mãos rápidas nele, procurando ferimentos, tirando cascalho e pedaços de vidro, levando uma caneca de lata com água até os lábios do sobrevivente, levantando-o nas sombras compridas do início da noite.

Ela andou pelas ruas de paralelepípedos uma última vez e reimaginou para si um vestido novo, um novo estilo, mais justo no corpo, sem enfeites, e também sem sangue e poeira e fumaça, como se nada daquilo tivesse acontecido. A luz do sol se pondo transformou as bordas pretas em vermelhas. Ela ficou parada até a dor se aquietar dentro dela e a cor de suas roupas finalmente ficar do mesmo preto que um céu sem estrelas. Em seguida foi para Nova York, onde tinha uma pessoa para observar.

12

Segunda-feira, 3 de maio de 1937

O sr. Thorne estava sentado atrás de sua mesa, fumando cachimbo e lendo uma pilha de jornais de cidades de todo o continente. Ele levantou o olhar quando Ethan e Henry entraram no cômodo usando camiseta e calça de algodão, o cabelo de ambos ainda molhado do banho, o queixo brilhando cor-de-rosa por causa da navalha. Henry abafou um bocejo enquanto observava o olhar de Ethan passear pela coleção intocável de brinquedos de corda em lata de sua infância: carros, macacos que batiam palmas, um menestrel pintado e até mesmo um pequeno autômato.

— Bom trabalho na reportagem sobre o Staggerwing, Ethan — disse o sr. Thorne. — Você está com uma aparência horrível, Henry. Você dormiu?

— O suficiente, senhor. — Ele esperava que a mentira não fosse óbvia. Sua exaustão era a soma de várias noites dormindo tarde, ouvindo jazz e sonhando com Flora. Ele foi vê-la todas as noites durante semanas. Ainda não tinha reunido coragem para falar de novo com ela. Mesmo assim, sentado à mesa de sempre, perto do palco, ele a observava, memorizando cada centímetro dela. E sentia que Flora roubava olhares dele, sempre disfarçando quando ele tentava captar seu olhar. Parecia até um jogo.

— Coma um pouco de carne. Parece que você está precisando de ferro. — O sr. Thorne colocou o cachimbo em um apoio e abriu um jornal de Washington, DC. Ele pigarreou e apontou para uma fotografia granulada na página A2. — Estão vendo isso?

Henry e Ethan se aproximaram, mas era óbvio que nenhum dos dois sabia qual era a intenção do sr. Thorne.

— Hooverville. Uma favela. Fica embaixo da ponte da 59th Street, em Nova York — disse ele. — Não é nada, comparada com as nossas. Temos oito acampamentos. A nossa favela mais povoada é facilmente dez vezes maior. Mas, como está no oeste, esses jornais pensam que ela não existe. — Ele fechou o jornal com força.

O sr. Thorne prendeu o cachimbo entre os molares.

— Você vai escrever uma reportagem sobre a Hooverville de Seattle, Ethan. Aquela grande, perto da água. É uma história de interesse público, pelo menos. Especialmente sobre um novo camarada — ele consultou uma folha de papel datilografada sobre a mesa —, um tal sr. James Booth, de vinte anos, que chegou do nada algumas semanas atrás e se intitula o prefeito do lugar. Mas tem uma coisa. Ouvi dizer que estão produzindo bebidas alcoólicas naqueles barracos. Sem dúvida esse tal de Booth está por trás disso, tentando fazer fortuna rápida. Não vai ser surpresa se ele tiver ligação com a máfia. Se for assim, e se os compradores não estiverem pagando os impostos das bebidas, é mais do que uma história de interesse público. É um escândalo. E é algo para mostrar para aqueles palhaços da costa Leste que a notícia não afunda quando chega ao Mississippi.

— Obrigado pela tarefa, pai — disse Ethan. — Não tem problema o Henry me acompanhar, não é?

Henry se preparou.

— Acho que não, se ele conseguir se afastar daquela música. Comecem investigando esse tal Booth. Onde há poder, é muito provável que haja corrupção.

Atrás deles, houve batidas de sapatos de salto alto no piso de parquet, seguidas das solas barulhentas dos Mary Janes de couro de Annabel. Lydia Thorne entrou no cômodo segurando um pequeno retângulo de papel amarelo. Annabel a seguia, carregando uma boneca de porcelana.

— Tenho uma novidade — disse a sra. Thorne, levantando um par de óculos de leitura presos numa corrente enfeitada e colocando-os sob o nariz. — Duas novidades, na verdade.

— Temos uma novidade! — disse Annabel. — Duas *novidadeses*.

— Quietinha, querida.

A sra. Thorne deu um tapinha na cabeça loira da filha. Mesmo com os óculos de leitura, a sra. Thorne ainda era uma beleza. Era dela que Ethan e Annabel tinham herdado o cabelo e os olhos claros.

— Vamos ter uma visita — disse ela, aproveitando o momento de ser a pessoa mais importante da sala. O sr. Thorne girou a mão formando um círculo, como se dissesse para ela continuar.

— Uma visita! — exclamou Annabel.

— Quieta, Annabel — disse a sra. Thorne. Ela pressionou os lábios, como se quisesse esconder um sorriso. — A Helen.

— Mas o baile de debutante dela. Eu achei... — O sr. Thorne deixou o cachimbo de lado e se apoiou nos cotovelos.

— Aparentemente, ela fez o tipo errado de debute. — As narinas da sra. Thorne se expandiram.

O sr. Thorne rosnou e se recostou na cadeira de capitão, com uma das mãos atrás da cabeça. Ele pegou o cachimbo com a outra mão, provavelmente para exibir melhor sua reflexão.

— Helen. A Helen é uma diabinha — disse Annabel.

— Annabel! Onde foi que você aprendeu essa palavra? — A mãe lhe deu um olhar de repreensão.

— Podemos sair agora? — Ethan revirou os olhos na direção de Henry. — Se vamos...

— Aprendi com o Ethan — disse Annabel.

— Isso não é verdade. — Ethan fingiu parecer chocado. — Eu nunca faria isso! — Ele foi até a estante, pegou o macaco que batia palmas e deu corda nas costas do brinquedo. O barulho atiçou os nervos já tensos de Henry. Ethan segurou a chave, sem dúvida esperando o momento perfeito para soltá-la. — Quando é que ela chega? — perguntou.

— Devemos buscá-la na Estação de King Street... — a sra. Thorne ajeitou os óculos e analisou o telegrama mais uma vez — ... na próxima terça-feira, às duas e quarenta e cinco.

O sr. Thorne assobiou baixo.

— Eles não perderam tempo, apesar de eu estar surpreso por sua irmã não ter colocado a Helen no primeiro trem para oeste.

A sra. Thorne fez que sim com a cabeça e tirou os óculos de leitura.

— Eles provavelmente tiveram muitos incêndios para apagar... sem falar na questão de impedir as fofocas. E parece que vão para a Europa para...

— Fugir da tempestade? — Ele tragou o cachimbo e exalou uma névoa de fumaça roxa. — A Europa está péssima hoje em dia. Especialmente a Espanha.

— Bom — disse a sra. Thorne —, não vamos dramatizar demais as coisas. E a Espanha é adorável, apesar do que aconteceu com aquela cidadezinha.

— A Espanha é adorável se você gosta de fascistas.

Ethan captou o olhar de Henry e balançou a cabeça, sorrindo levemente. Ethan às vezes chamava o pai de fascista por causa de jeito dominador. Henry passou o dedo no pescoço, um gesto para Ethan parar com aquilo.

— Ela vai viajar desacompanhada? — perguntou o sr. Thorne. — Ou também vamos hospedar uma acompanhante?

— Ela vai viajar sozinha. — A sra. Thorne abanou o rosto com o telegrama. — *Chegou a esse ponto.*

Ethan soltou o macaco, e ele bateu palmas como louco. Annabel deu sua boneca a Ethan, pegou um dos jornais do pai e também se abanou. Henry, horrorizado por causa do macaco, fez sinal para Annabel se aproximar e a pegou no colo. A sra. Thorne pegou na prateleira a fotografia de uma garota de cabelos pretos usando vestido de marinheiro.

— Ela é uma garota bonita, Henry, você não acha?

Henry, com os braços ocupados pela menina de cinco anos, pigarreou e desviou o olhar de Ethan, que enfiou um dedo na boca aberta, fingindo vomitar.

— Sim. — Ele piscou, começando a entender a ideia da sra. Thorne.

— O Henry gosta dela — disse Annabel. — Ele está ficando vermelho.

— Ela está mais velha agora — disse a sra. Thorne. — Essa fotografia foi tirada quando a família da minha irmã foi para a Suíça de férias, três anos atrás. Ela e o Ethan, e você, claro, são da mesma idade. Não a vemos desde que eles eram crianças, mas ela e o Ethan se divertiam muito brincando na ilha.

— Ela chutava as minhas canelas — comentou Ethan.

— Ethan, solte essa boneca — disse o sr. Thorne. — Você está ridículo. Parece um maricas.

Ethan colocou a boneca na estante, e Annabel desceu para recuperar seu bebê. Em seguida, Ethan começou a fazer malabarismo com um grupo de trilobitas fossilizados.

— A Helen usa sapatos muito duros.

— Ethan — disse a sra. Thorne. — Isso não é brinquedo.

— Bom, não podemos nem mexer naqueles que são — ele retrucou. — Além do mais, eu nunca deixo nada cair.

— É preciso suportar um pouco mais do que sapatos duros na busca pela procriação — observou o sr. Thorne. — Sua mãe disse para largar os fósseis.

— Eu tinha cinco anos quando ela me chutava — disse Ethan, pegando os fósseis um por um com um floreio. Ele os colocou de volta na prateleira. — E a Helen — ele lançou um olhar de alerta para Henry — não é especialmente cativante.

— Chutar não é bonito — disse Annabel. — Eu não chuto.

— Vá para a cozinha, Annabel — disse a sra. Thorne.

Segurando a boneca por uma das pernas, Annabel saiu da sala galopando. Depois de um instante, a sra. Thorne ajeitou o cabelo atrás da orelha.

— A Helen não é adequada para o Ethan, é claro, mas vamos ver o que o Henry diz sobre o assunto. Ela pode... Ele pode gostar da companhia dela. — Ela colocou a fotografia de volta no lugar e limpou uma poeira imaginária do porta-retratos.

— O Henry está na sala, mãe — disse Ethan. — E ele não é como uma das bonecas da Annabel para você brincar. Ele é uma pessoa.

Henry queria dizer alguma coisa em benefício próprio. Mas o quê? Era isso que ele supostamente devia querer. Um jeito de se tornar parte oficial do clã dos Thorne. Ele terminaria os estudos e ficaria noivo de uma garota estragada o suficiente para dizer sim a um órfão sem um tostão furado, mas, ainda assim, um par bom o bastante para proporcionar a ele conexões que o levariam a um emprego respeitável. Era uma vida que prometia tudo que supostamente importava.

— A segunda notícia envolve o Henry — disse a sra. Thorne. Ela levantou um envelope endereçado a ele, e que tinha sido aberto. — A bolsa de estudos da universidade foi aprovada. Não é maravilhoso?

Era uma boa notícia. De verdade. Partes da vida de Henry estavam se encaixando ao seu redor.

— Excelente, excelente — elogiou o sr. Thorne. E voltou a atenção para o jornal diante de si.

— Agora, rapazes, os dois estão dispensados — disse a sra. Thorne. — Precisamos preparar a casa. Temos muita coisa para fazer. — Ela entrelaçou as mãos. — Muita coisa para fazer.

— Ela provavelmente não vai chutar suas canelas — disse Ethan enquanto eles saíam apressados da biblioteca. — Mas, se eu fosse você, tomaria cuidado.

— O quê? — perguntou Henry. Ele só estava pensando em uma coisa: chegar à cocheira para poder tocar música e pensar. Tantas coisas estavam acontecendo, e com tanta rapidez.

— Eu estava brincando. Mas imagino que ela tenha crescido e parado de chutar garotos. Ela até pode ser agradável agora. E com certeza não é feia. Eu não te culparia se... — Ele deixou o pensamento desvanecer.

Henry olhou para Ethan sem acreditar.

— Estou do seu lado, é claro — disse Ethan rapidamente. — Você não precisa de um casamento para fazer parte desta família. Você é importante. — Seu rosto ficou meio cor-de-rosa. — Você é como um irmão. Não importa o que os outros dizem.

Henry ficou feliz de ouvir isso, mesmo que ele e Ethan não fossem do tipo sentimental. Ele se sentia do mesmo jeito, apesar de estar percebendo os limites da irmandade entre os dois pela primeira vez. Ele não falou de Flora com Ethan, não depois daquela primeira noite, embora tivesse ido ao Domino muitas vezes desde então. Esperava até Ethan ir para a cama, depois escapava, pegando o carro do amigo emprestado às escondidas.

Agora que essa tal de Helen estava a caminho, parecia que alguém tinha plantado uma bomba na vida de Henry e acendido o pavio. Assim que Helen chegasse e a sra. Thorne colocasse seu plano em ação, a vida que ele tinha começado a desejar — ficar até tarde em casas de jazz e ter a presença estonteante de Flora — seria aniquilada. As palavras de Ethan confirmavam isso.

— Mas pense bem, Henry — disse ele. — Se você se casar com ela um dia, não agora, e não estou dizendo que você tem que fazer isso, quer dizer, você precisa conhecer a Helen e ver se ela é o seu tipo. E talvez nenhum de nós se case. Mas, casando e escolhendo ela, você realmente seria parte da família. Meu pai pode até te colocar no testamento ou te dar uma parte do jornal. Eu sempre teria você comigo. Isso resolveria tantos problemas...

— Olhe, eu sei — garantiu Henry, mais alto do que pretendia. — Tem uma coisa que eu preciso fazer, então, se me der licença.

Ele ignorou o olhar magoado no rosto de Ethan. Dessa vez, Henry não podia suportar ser responsável por decepcioná-lo.

— Hooverville amanhã, certo? — Ethan gritou depois que ele se afastou. — Vamos descobrir essa história toda.

— Sim. — Henry não se preocupou em virar. Quando foi que ele deixou Ethan na mão?

Henry passou o restante da tarde na cocheira. Começou a tocar "Variações Enigma", mas perdeu o interesse antes de chegar ao segundo movimento. Sem pensar, ele começou a tocar suas próprias versões da música de Flora, às vezes deixando o arco de lado para se concentrar nas puxadas do jazz, variando a duração das notas para criar um ritmo que parecia totalmente novo. Imaginou a voz de Flora respondendo à voz do contrabaixo e desejou que ela estivesse ali para conversar com ele sem o perigo das palavras.

Não era como a música clássica, em que todas as notas eram escritas, todos os movimentos do arco eram fixos, todas as dinâmicas deviam ser as mesmas todas as vezes. Era mais como a vida real: imprevisível, sem repetições, às vezes desastrosa, mas algo que você amava mesmo assim.

Trabalhando com uma melodia que ele ouvira na sua mente desde que era criança, Henry tocou até a lua crescente subir e seus dedos doerem. Ele poliu a melodia até parecer certa, depois pensou em uma letra que combinasse, palavras sobre o anseio do mar pela lua. A canção que se formou parecia algo que existira havia muito tempo. Ele a tocou várias e várias vezes, só largando o contrabaixo quando a sra. Thorne apareceu para saber se ele havia terminado o dever de casa.

— Quase — disse ele. Não era verdade, mas ele não se importava.

— Que maravilha — ela respondeu. — Você sempre foi um ótimo menino. Tão aplicado e confiável.

Henry engoliu em seco. Depois a seguiu no frio ar noturno até a mansão quente e bem iluminada.

13

Terça-feira, 4 de maio de 1937

No dia seguinte, depois do treino de beisebol, Henry e Ethan foram até Hooverville em busca da reportagem.

— Meu pai estava certo. É um acampamento grande. — Ethan desligou o motor e saltou do carro. Ele protegeu os olhos e analisou o meio quilômetro quadrado de lama seca e miséria. O ar tinha cheiro de suor e lixo e madeira queimada. Um trem passou ali perto, cuspindo fumaça preta.

— Você consegue imaginar como é tentar dormir com esse barulho? — perguntou Henry.

— Tenho certeza que eles estão acostumados. — Ethan pegou sua mochila e deu um novo bloco de anotações e um lápis para Henry. Os dois passaram por casas de compensado frágeis, pequenas fogueiras em barris de metal e homens que os encaravam. — Qual deles você acha que é James Booth?

— Não tenho ideia. — Em algum lugar, alguém dedilhava um violão desafinado. Um pequeno grupo jogava dados na poeira, ocasionalmente tirando o chapéu da cabeça para secar o suor. As pessoas paravam o que estavam fazendo para encarar Henry e Ethan enquanto eles passavam, usando roupas limpas e bem cortadas. De vez em quando, um assobio se erguia sobre o barulho do cascalho esmagado sob os pés. Henry levou um instante para perceber que os assobios eram um sinal para avisar a alguém que eles estavam ali.

— Bem-vindos, recém-chegados! — gritou uma voz clara e aguda. Henry e Ethan viraram na direção do dono da voz.

Um homem de cabelos dourados que não devia ter mais de vinte anos veio na direção deles, com os braços estendidos como se fosse Cristo na cruz. Apesar de sua juventude, havia algo poderoso nele, algo que não dava para evitar de encarar. A voz era quase hipnótica, apesar de seu terno já ter visto épocas melhores. Envergonhado, Henry olhou para os sapatos do homem e percebeu que estavam estranhamente limpos.

— Sou James Booth — disse o homem. — Prefeito de Hooverville. Sejam bem-vindos à nossa comunidade, se bem que, pelas roupas, percebo que não estão pensando em se mudar para cá.

James Booth pegou a mão de Ethan e deu um aperto entusiasmado. A expressão de Ethan mudou, e Henry sentiu algo efervescer da cabeça aos pés.

— Você tem nome? — indagou o sr. Booth.

Ethan parecia confuso.

— Ethan. Ethan Thorne.

— E quem é o seu amigo?

Sentindo que o sr. Booth o analisava, Henry se empertigou enquanto Ethan o apresentava. O sr. Booth não ofereceu a mão, e a experiência toda o deixou se sentindo preso como uma borboleta sob a lupa de um lepidopterologista.

— Somos do *Inquirer* — disse Ethan. — Estamos aqui para fazer uma reportagem especial. Se o senhor concordar.

— Claro que concordo — respondeu o sr. Booth. — Mas você tem que me chamar de James. Eu insisto.

Henry olhou ao redor, se perguntando se era o único que estava se sentindo inseguro com a boa recepção. Os outros residentes de Hooverville tinham voltado a suas tarefas de cuidar do fogo, jogar dados, remendar a sola dos sapatos com papelão, deixando Ethan e Henry falar com o prefeito.

— Você e eu... Vamos a um lugar privativo — disse James, colocando a mão com algumas sardas no ombro de Ethan. — Seu amigo pode ir aonde quiser, fazer anotações, observar. É assim que funciona, não é?

Henry esperava que Ethan discordasse. Ele não poderia escrever muito bem sobre o que foi dito em uma entrevista que não ouviu. Mas Ethan fez que sim com a cabeça e permitiu que o sr. Booth o levasse em direção a um dos maiores barracos que Henry tinha visto no acampamento. Era feito de tábuas lisas e robustas e coberto com um telhado de metal ondulado. Havia até uma pequena varanda na frente.

Henry tentou acalmar a ansiedade enquanto Ethan desaparecia lá dentro. Ele já tinha acompanhado Ethan em tarefas de reportagem para o jornal antes, mas nada tão importante nem — percebeu — tão perigoso quanto isso. E se o sr. Thorne estivesse certo e James Booth fosse mafioso? Até agora, o maior perigo que eles tinham enfrentado fora cobrir o desfile dos Shriners, quando uma lhama irritada cuspiu em Ethan.

Sentindo-se enjoado e impotente, Henry girou num círculo lento até ficar de frente para um homem que parecia ter uns quarenta e cinco anos. Ele usava um terno de três peças comido por traças e um chapéu velho que escondia quase toda a testa. A roupa parecia manter-se inteira só pela sujeira.

— Tem algum emprego nesse jornal de vocês? — perguntou o homem. Ele puxou o chapéu para cima.

— Não sei — respondeu Henry. — Sou só...

— Imaginei — disse o homem. — Cuidado com o que você escreve. Tudo que veio antes era mentira. Queremos trabalho, não caridade. — Ele parou e desviou o olhar de Henry. — Não somos criminosos. A maioria de nós não é, pelo menos. Will Barth.

O homem estendeu a mão e Henry a apertou, sentindo olhares vindos de todas as direções. O local era uma bela mistura. Pessoas que tinham chegado do mundo todo e do outro lado do país em busca de algo melhor e que acabaram ali porque não tinham nenhum lugar para onde ir, nenhuma família para acolhê-los, nenhum Ethan Thorne como melhor amigo.

— O garoto é do jornal — disse Will. - Ele vai contar a nossa história. Talvez assim as pessoas que têm trabalho pensem em contratar gente como nós.

— Duvido — comentou um com sotaque irlandês.

— Não ligue para o Rowan — disse Will.

— Como você sabe que ele não é da polícia? — Rowan se apoiou num barraco que rangia. — Colhendo informações que depois vão ser usadas para destruir tudo aqui.

— Ele não é — Will respondeu. — Ele é um garoto. — E lançou um olhar firme para Henry. — Certo?

Henry se sentiu desconfortável, sabendo o que o sr. Thorne queria.

— Não sou da polícia — garantiu ele. — Aqui. — Ele colocou a mão no bolso e pegou a carteira. Ali dentro havia dois dólares que ele não gastara na noite anterior no Domino. Rowan analisou as notas antes de colocá-las no bolso do macacão.

Will balançou a cabeça.

— Venha, Henry. Cuidado onde pisa. O chão não é nivelado, e nem todos aqui usam o reservado no fim do deque.

Enquanto andavam pelo labirinto de barracos, passando pelo chão cinza desgastado e cheio de sulcos, Henry ouviu a história de Will. Ele crescera no Vale Skagit, onde sua família tinha uma fazenda de tulipas. Lutara com a Segunda Divisão de Infantaria na Grande Guerra e perdera a fazenda alguns anos depois da Depressão. Tinha vindo para Seattle procurar trabalho e acabou em Hooverville.

Eles pararam de andar.

— Cada um desses barracos — esclareceu ele — é a casa de um ou dois homens, dependendo. Pode enfiar a cabeça aí dentro. Ninguém vai se importar.

Henry espiou dentro de um barraco pequeno respingado de lama com telhado de papel alcatroado. Não tinha janelas e, à noite, deveria ficar escuro como uma caverna.

— A cama é ali — disse Will, apontando para um pedaço de compensado coberto por um pedaço surrado de aniagem e algumas folhas de jornal. — Ali estão a mesa e as cadeiras.

Aparentemente, eram dois caixotes virados que um dia guardaram maçãs.

— Um homem pode comprar uma casa por mais ou menos doze dólares... Quatro dólares, se o vendedor estiver bêbado. — Will deu um riso amargo. — Nada de mulheres e crianças. Não mais, na verdade, apesar de vermos uma de vez em quando. Encontrei um garotinho todo encolhido dentro de uma caixa uma vez, mas levei de volta para o orfanato. Não teria durado duas semanas aqui, não com algumas criaturas que se misturam entre nós.

Eles foram até o centro do que antes era um terreno vazio, onde ficava a maior construção de Hooverville.

— Aqui é a igreja — explicou Will.

Mais cuidado e materiais de construção melhores tinham sido aplicados nessa construção. Na frente, havia uma varanda com amplos corrimãos horizontais. A frente se erguia num pico baixo, onde uma cruz fora pregada sobre uma estrutura decorativa coberta com uma viga curva.

— Mas, na maioria dos dias, não parece que Deus se preocupa em aparecer, apesar do nosso prefeito agir como se ele mesmo fosse um dom de Deus, se é que me entende.

Ali perto, homens discutiam. Quando ficou claro que a briga estava se agravando, Will levantou a mão.

— Espere um pouco aqui.

Ele foi até a fonte da disputa, que agora incluía o som de grunhidos e de punhos atingindo a carne. Henry o seguiu, com a intenção de voltar sorrateiramente para a igreja depois de descobrir o que estava acontecendo. Espiando pela borda irregular de um barraco, ele viu Will apartando dois homens com o rosto vermelho. No ar, o cheiro forte de álcool. Ao fundo, uma engenhoca com canos enferrujados e barris. Um alambique.

Henry escapou de volta para a igreja e escreveu uma descrição rápida do que viu e onde. Se conseguisse provar que os homens não estavam pagando impostos — e quase certamente não estavam —, Ethan teria sua reportagem. Mas Henry desejou que Ethan não a quisesse.

Will voltou e percebeu o olhar chocado de Henry.

— Uma dúzia de galões por dia paga muito pão e carne. Aquelas cozinhas de sopa? Só servem o jantar, e não é grande coisa. Sem isso, esses homens passariam fome. — Ele fez uma pausa. — Seria melhor se bebessem menos e vendessem mais. Mas eu desafiaria qualquer um a viver aqui e não querer aliviar um pouco o peso. O que a gente quer é uma chance, não caridade. E você vai deixar essa parte fora da história, certo?

Henry pensou nisso e no álcool que era consumido no Domino, e até mesmo nas taças de vinho e nos copos de uísque na casa de Ethan. Qual era a grande diferença, exceto pela questão dos impostos?

Antes que ele conseguisse chegar a uma conclusão, Ethan e James voltaram.

— Que bom que você mostrou a igreja para o nosso convidado — disse James. — De vez em quando, temos um momento espiritual em Hooverville. — Ele se virou para Ethan, estendendo a mão. — Vejo você de novo na próxima semana?

Henry esperava que Ethan recusasse. Eles tinham todas as informações de que precisavam, e Ethan nunca foi do tipo de ir a um lugar como aquele quando não era necessário. Mas Ethan guardou o bloco de anotações no bolso da camisa e disse:

— Na próxima semana. A gente se vê. — A voz estava indiferente, e Henry o conhecia bem o suficiente para saber que isso significava que ele não estava nem um pouco indiferente.

Dentro do carro, Ethan calou Henry antes que ele tivesse chance de dizer o que vira.

— Não vamos escrever sobre a bebida. O James me contou tudo. Estou interessado em outra coisa. É difícil explicar. E me faz um favor — disse ele, dando um olhar de esguelha para Henry. — Não conte para o meu pai.

Henry olhou para Ethan, curioso em relação à expressão nos olhos do amigo. Ele nunca a tinha visto. Mas não questionou, pois se sentiu muito aliviado.

— Não vou dizer uma palavra.

14

Quarta-feira, 5 de maio de 1937

Henry e Ethan voltaram para casa depois de um jogo decepcionante de beisebol e encontraram um espetáculo com Annabel encolhida, soluçando com o rosto escondido ao lado de uma das colunas que sustentavam o pórtico. Se fosse qualquer outra pessoa, Henry ficaria preocupado, achando que tinha acontecido uma morte na família. Muito provavelmente, Annabel tinha batido o dedão.

— O que tem de errado agora, Bell? — perguntou Ethan.

— A mamãe. Ela é que está errada. — Ela se virou de barriga para cima para soluçar de frente, jogando o braço sobre a testa.

— Não diga isso tão alto — comentou Ethan, rindo.

— Não ria de mim.

— O Ethan está certo. — Henry abafou a risada. — Ela pode te obrigar a comer couve-de-bruxelas. Ou coisa pior.

— Ela não quer me ensinar a andar de bicicleta — Annabel choramingou. — Disse que damas não fazem isso.

— Ela não sabe andar de bicicleta. Esse é o motivo — explicou Ethan. — Mas eu te ensino no fim de semana.

— Eu preciso aprender *agora* — disse Annabel. Ela sentou e espanou a areia do vestido.

— Sinto muito, irmãzinha — lamentou Ethan. — Amanhã tem escola. E estamos esgotados por causa do jogo.

— Eu te ensino, Bell — disse Henry.

— Sério? — perguntou Annabel. Ela se levantou, limpou o nariz e se lançou nos braços de Henry. Ele a pegou e fingiu cambalear para trás, mas ela era muito levinha.

Ethan deu de ombros.

— Você está mimando a Annabel. Não que eu me importe com isso.

— Seque o rosto — disse Henry, oferecendo o lenço. — Vamos pegar a bicicleta velha do Ethan e ir até o parque. — Ele estava com vontade de se aventurar um pouquinho antes de enfiar cálculo na cabeça.

Depois que os dois chegaram ao parque, Henry ajudou a carregar a bicicleta descendo os degraus que levavam à trilha e explicou a Annabel como seus pés deviam empurrar os pedais e como o impulso para a frente tornaria mais fácil para ela manter o equilíbrio enquanto pedalava de um lago circular até o outro, marcos que o fizeram se lembrar do dia em que ele vira Charles Lindbergh. Ele tinha mais ou menos a idade de Annabel naquela época. Que estranho. Ele não pensava naquele momento havia anos.

— Não sou burra — disse ela. — Eu sei como uma bicicleta funciona. Já vi você e o Ethan fazerem isso mil vezes. Só preciso de você para me empurrar.

— Está bem, então — disse Henry. Ele ajudou Annabel a sentar. — Pronta?

— Pronta.

— Certo — disse ele. — Vamos contar até três.

— Não solte.

— Achei que você sabia andar de bicicleta.

— Eu sei — ela afirmou. — Só não quero que você se perca de mim.

— Um — contou Henry.

— E não vá rápido demais.

— Dois.

— E não solte — disse ela.

— Três! — Henry começou a correr ao lado da bicicleta, segurando o assento com força. — Você precisa pedalar, Annabel. — Ele teve visões da menina tropeçando, caindo no lago e ficando enroscada nas plantas aquáticas.

— Já estou pedalando.

— Você só está mexendo os pés — disse ele. — Dá para ver. Use os músculos.

— Assim?

— Perfeito — disse ele, correndo mais rápido para acompanhar.

— Acho que nasci para isso — disse ela.

— Com certeza. Continue. — O plano dele era fazê-la pedalar de um lago até o outro pelas calçadas estreitas que ligavam os dois.

Enquanto Annabel pedalava, um pardal trinava. Henry ergueu o olhar e viu de relance uma jovem de casaco verde, luvas brancas e chapéu preto. Era Flora descendo os degraus logo adiante. Claro que era. Parecia que ele tinha desejado aquele momento até ele acontecer. Flora era tudo que ele via quando fechava os olhos, e ele sabia que, em algum momento, ele os abriria e a veria no mundo real, longe da casa noturna e de Ethan, onde eles poderiam ser apenas duas pessoas juntas sob o mesmo céu.

— Annabel, vamos treinar a parada — disse ele, tentando disfarçar o nervoso.

— Não quero.

— Annabel — alertou ele —, você precisa aprender. — Ele puxou delicadamente o assento, mas ela pedalou com mais força, se soltando. Henry foi atrás dela, mas não rápido o suficiente para impedir que a menina caísse de um jeito espetacular na frente de Flora.

Annabel caiu no choro.

— Henry. Você me soltou. Você soltou.

Henry se agachou ao lado de Annabel e colocou a mão no ombro dela. Ele olhou para Flora e se lembrou de um momento há muito esquecido de um dia naquele parque. Ele quase atropelara uma garota com a bicicleta. Em sua mente, o rosto da garota e o de Flora eram exatamente iguais. Elas também tinham o mesmo nome. A coincidência parecia igualmente impossível e necessária. Será que ela se lembrava? Será que era ela? Henry não conseguiu perguntar. E também havia a questão do ataque de fúria dramático de Annabel. A garota tinha um claro futuro como estrela do rádio. A situação agora caminhava para um desastre a cada instante.

— Sinto muito — disse ele, secando as lágrimas de Annabel.

— A menina tem uma voz boa. — Flora estava ainda mais bonita que no palco. Definitivamente menos séria ao se agachar para falar com Annabel. — Você conhece alguma música?

— Muitas — respondeu Annabel, soluçando.

— Qual, por exemplo? Pode cantar uma para mim?

— Não — disse Annabel. — Damas não cantam em público. Minha mãe que disse.

Flora riu.

— Algumas cantam. Tenho certeza disso.

— O Henry canta, às vezes — disse Annabel —, porque ele não é uma dama.

Flora riu de novo.

— Parece que você precisa de alguma coisa para limpar essa inundação no seu rosto. — Ela abriu a carteira e pegou um lenço com seu nome bordado.

— Flora — leu Annabel. — O Henry fala de uma pessoa chamada Flora quando está dormindo, mesmo que ele tenha que se casar com a prima Helen, a Diabinha.

— Annabel! — ralhou Henry. — Isso não é verdade! — Ele se perguntou quais eram as chances de a terra se abrir e engoli-lo.

— Fala, sim — disse ela. — Eu ouvi ontem à noite quando fui beber água. E a mamãe disse que você e a Helen são um casal perfeito, mesmo que eu não possa falar que ela é uma diabinha.

— Tenho certeza que ele não faz isso. — Flora parecia querer estar em qualquer outro lugar.

Henry se levantou e abanou a calça. Aquilo não estava indo bem, e ele queria escapar rapidamente. Talvez um unicórnio se materializasse ali e ele pudesse fugir galopando em grande estilo.

— Foi ótimo esbarrar em você de novo. Quer dizer, não a parte de quase te atropelar. Mas de ver você. Espero que tenha gostado do artigo.

— Você é empregada? — perguntou Annabel.

— Annabel! — Ele desejou ser invisível ou viajar no tempo ou simplesmente ter uma caixa muito grande para entrar.

— Não sou empregada — respondeu Flora. — Sou aviadora. E, sim, eu gostei. O Ethan entendeu a maioria dos fatos.

— Bom, você *parece* a nossa empregada.

— A Flora também é cantora — soltou Henry, se perguntando quais fatos ele tinha estragado, sentindo um nível vergonhoso de alívio porque Ethan estava levando a culpa pelos erros. — Uma ótima cantora. E a sua mãe está errada sobre damas cantando no palco, do mesmo jeito que estava errada sobre damas andando de bicicleta. — Não foi assim que ele imaginou dizer a Flora que admirava a voz dela. Ai, meu Deus.

— Você e a nossa empregada são de cor — disse Annabel. — E a mamãe diz que as pessoas de cor são as melhores empregadas. Às vezes a nossa empregada canta. Mas ela só conhece músicas de igreja.

— Olha! — disse Flora. — Que história interessante. — Ela parecia querer encerrar o encontro tanto quanto Henry. Ele esperava que Annabel tivesse esgotado todas as oportunidades de humilhá-los.

Quase, mas não completamente.

— Posso ficar com isso? — Annabel mostrou o lenço.

O rosto de Flora se suavizou.

— Sim, pode ficar.

— Vou dividir com o Henry. Prometo.

Flora riu de novo.

— Tenho certeza que ele vai adorar. — Ela ajeitou o chapéu, puxou as luvas e deu um sorriso aliviado que quase contradizia a expressão estranha. — Agora eu preciso ir. Foi bom te ver de novo.

Flora virou em direção ao cemitério ali perto e, enquanto se afastava, Henry a chamou.

— Flora! Foi... — O que ele queria dizer? Que foi ótimo vê-la também? Ele já tinha dito isso, e ia parecer falso de qualquer maneira. Ele afastou o cabelo da testa. — Eu... eu te vejo por aí. Espero.

Ela olhou para trás por sobre o ombro e acenou levemente. Ele queria dizer mais alguma coisa, algo mais definitivo. Ou até mesmo educado, para salvar os restos de sua dignidade. Mas não conseguiu encontrar as palavras. Apesar de eles estarem a apenas alguns metros de distância, parecia que quilômetros de vergonha se estendiam entre os dois.

Ela virou na direção da trilha e seguiu caminho.

15

Do chão do Domino, os degraus brancos que levavam ao palco pareciam sólidos. O tipo de mármore usado para esculpir um anjo para igreja ou cemitério, o tipo de coisa que resistiria a longos períodos de chuva e raios. De cima, não era nada disso. Eram de madeira, pintados com um branco brilhante para refletir o máximo de luz dos candelabros, e frágeis o suficiente para vibrar com a música da banda. Flora precisava ficar atenta para não pisar no lugar errado, senão eles afundariam. Tantas coisas na vida não eram o que aparentavam. Era um milagre ela confiar em algo.

Mas ela confiava em si mesma enquanto descia os degraus, consciente do público, consciente da firmeza da linha do contrabaixo de Grady apoiando-a. Essa confiabilidade. Devia ser suficiente. Flora colocou uma das mãos no microfone, depois a outra, como se estivesse aninhando um rosto. Só que não era em Grady que ela estava pensando.

Ela abriu a boca e deixou a primeira nota se erguer, totalmente consciente de que Henry não estava lá pela primeira vez em semanas, provavelmente por causa do encontro inesperado no parque. Que desastre, apesar de ter quebrado o estranho feitiço entre os dois. Ela estava mais decepcionada com a ausência dele do que podia acreditar, e a sensação se esgueirou para a canção. Mas ela não se importava. Havia pouca diferença entre decepção e anseio.

Flora fechou os olhos e cantou, concentrando-se na técnica. Não ver o público ajudava e, ao fim do número, ela se sentiu mais como si mesma. Abriu os olhos e lá estava ele, na mesa de sempre. A surpresa a fez perder a entrada para a próxima música por meia batida, e ela precisou se apressar para acompanhar. A banda lhe deu cobertura, mas Grady balançou a cabeça e olhou para ela com pena.

Conforme sua irritação se fortalecia, virando raiva, ela podia perceber o sentimento colorindo a canção. Flora se preocupou que pudesse perder o controle da performance. Isso só a frustrou ainda mais, e ela ficou surpresa de perceber o efeito que teve sobre o público. As pessoas se inclinaram para a frente. Deixaram de lado seus copos de coquetel. Alguns deixaram o garfo pairar a meio caminho da boca. Estimulada, Flora se concentrou nas notas, tornando cada uma delas tão sentida quanto conseguia. O desastre total de seus sentimentos irradiou de sua parte mais profunda e inundou o salão. A banda respondeu, especialmente Grady, transformando o calor em som.

Ela evitou olhar para Henry até que um pensamento lhe ocorreu: Isso era apenas mais um jeito de dar poder a ele — e ao que havia entre eles. Ela se lembrou de quando começou a voar e tinha medo do contato com a terra e o perigo que aquilo representava. O jeito de dominar a situação, o capitão Girard ensinara, era ter em mente que quem estava no controle era ela. O avião faria o que ela mandasse. Ela não se machucaria. Era simples assim.

Ela se virou para Henry e cantou para ele, desejando não tê-lo percebido, mas esse era um erro do qual ela conseguiria se recuperar. Seu sangue era apenas um pouco do combustível que ela precisava queimar. E era isso que ela ia fazer.

Quando terminou a canção, o suor ensopava suas costas. A última nota a sair de sua boca soou no alto e depois caiu, batendo nas superfícies duras do salão, entranhando-se nas macias. A multidão explodiu. Seu coração parecia mais leve. Ela conseguira. Estava segura. Desviou o olhar de Henry e se permitiu sorrir enquanto desaparecia nos bastidores, ignorando o olhar magoado e perplexo de Grady.

Ela encarara Henry e continuara no controle. Essa coisa que estava acontecendo — não importava o que fosse —, ela ia sobreviver a isso.

16

Quinta-feira, 6 de maio de 1937

O Jogo assombrava o Amor enquanto ele andava pelas ruas de Seattle disfarçado de James Booth, passando por homens de olhos vazios segurando cartazes implorando trabalho. Dias tinham se passado. Uma semana e abril virou maio, trazendo dias mais longos e terra mais macia, um calor crescente e uma visita da Morte. Ela se materializou sem avisar no barraco em Hooverville, onde ele estava deitado olhando para o céu através das fendas no teto.

— Não vejo como você espera criar algum tipo de amor com essa estratégia. — Ela se sentou num caixote de pêssegos virado, o rosto iluminado por uma vela no chão. As sombras enfatizavam uma expressão assombrada, apesar de sua voz irradiar arrogância. — Sinceramente. Você está facilitando demais.

— Você pode se surpreender. — O Amor encontrou uma garrafa de vinho e dois copos. Era um bom vinho, que ele tinha comprado em uma viagem rápida à França.

— Tinto? — perguntou ela.

— Não vou mais ser supersticioso com as coisas. Não vou lhe dar esse poder.

Ela bebeu do copo. O Amor levou seu copo aos lábios, mas não conseguiu beber.

— O que você fez na Espanha. — Sua voz tremeu.

— Pare. — Ela levantou a mão. — Você não sabe o que eu passo.

— Às vezes... — Ele fez uma pausa, pesando as palavras antes de jogá-las para ela por sobre a mesa. — Às vezes eu acho que você não tem coração.

— Você não sabe nada do meu coração.

— Por que você está aqui?

A Morte tomou um gole do vinho. Ela estava escondendo seus pensamentos, como sempre. O Amor tentou decifrar o rosto dela, mas não conseguiu.

— Para dizer que não é tarde demais — respondeu ela.

— Tarde demais para quê? Certamente é tarde demais para todas aquelas pessoas na Espanha.

— Me deixe pegá-la agora — disse a Morte —, e não tiro mais ninguém do seu jogador.

— Desistir do Jogo? É isso que você está dizendo?

A Morte nunca tinha feito isso antes. No entanto, ela nunca parecera tão terrível. Ele quase ficara preocupado o suficiente para perguntar, para saber se havia alguma coisa que pudesse fazer. Mas repreendeu a si mesmo pela tolice. Ela estava preocupada: preocupada que ele pudesse vencer.

Ele riu e terminou o vinho. A Morte reduziu-se à forma de uma gata e saiu para a noite. A vela se apagou. O Amor encheu o próprio copo e deixou a escuridão cercá-lo enquanto bebia. Ele havia cometido um erro: rir dela. Precisava ser mais cuidadoso.

17

NINGUÉM GOSTA DE SER RIDICULARIZADO, MUITO MENOS A MORTE. DESSA vez, ela não foi tão longe quanto a Espanha, mas para a costa Leste, onde tinha duas tarefas. Se ele não queria desistir do Jogo, ela iria piorá-lo. Piorar muito.

Sua primeira parada foi em Lakehurst, New Jersey, onde ela esperou à margem de uma pista de decolagem naval, observando o céu. Ela estava impecável e moderna de terno preto e cloche vermelha, embora sentisse como se tivesse sido recheada com as cinzas de um apocalipse.

A tarde estava tempestuosa. Havia um peso no ar, com cheiro de poeira e ozônio. As nuvens se agrupavam; os humanos faziam a mesma coisa. Às sete da noite, um dirigível prateado surgiu, sua sombra formando uma faixa preta no chão. A aeronave parecia uma baleia cega e era a maior coisa que já havia voado. Os humanos já tinham conquistado a terra e o mar. Com o *Hindenburg*, eles dominariam o céu.

A Morte ajeitou o chapéu e permitiu que um sorriso estendesse seus lábios. A tripulação de terra acenou para a aeronave partir, e o capitão a virou diretamente para o sol poente. As emoções do homem se derramavam sobre a Morte da mesma maneira que a sombra da aeronave. Ele estava tenso. O sorriso dela agora mostrava os dentes.

Quatro minutos depois, ele mudou a abordagem. A Morte guardou as luvas na bolsa. Ela fez um gesto, com os dedos nus, e o vento mudou. Nenhum dos humanos por perto percebeu o modo como as mãos da elegante mulher tremiam nem o leve brilho de suor que se desenvolvia sob a barra do seu chapéu.

O capitão, lutando contra o vento, virou o dirigível para longe da luz do sol, que agora desvanecia rapidamente. A Morte estendeu as mãos, com a palma para cima. A tripulação jogou fora enormes quantidades de água: primeiro, trezentos quilos, depois mais trezentos e, por fim, mais de quatrocentos quilos, para equilibrar a aeronave que se inclinava. O líquido caía no chão, fazendo barulho como se o céu estivesse desabando. Ninguém no solo falava enquanto a névoa se instalava em ombros e rostos e mãos, misturando suor e poeira.

Durante um instante, a estratégia parecia ter funcionado. A aeronave se estabilizou, formando uma silhueta sob a última luz filtrada do sol. Dois cabos de ancoragem foram soltos, caindo quase noventa metros até o chão. Os trabalhadores os prenderiam a um molinete que traria o *Hindenburg* para baixo.

O primeiro cabo foi preso. A aeronave quicou, e a tripulação de solo correu para pegar o segundo cabo. O ar estremeceu e, no alto, o céu manchado de nuvens continuou a escurecer. Em seguida, na borda superior do grande dirigível, o tecido de algodão ensopado com produtos químicos e esticado sobre a estrutura de alumínio do zepelim esvoaçou. O movimento foi sutil o suficiente para parecer um truque da luz que diminuía.

Mas não foi nada disso. E, nos trinta segundos desordenados que se seguiram, a aeronave desapareceu, engolida por uma língua de fogo que devorou sua pele e transformou o esqueleto de metal numa pilha de ossos vermelhos retorcidos e fracos. Presa ao solo, a aeronave ferida se retorceu. Os gritos vindos de todos os cantos eram intensos. A Morte observou as chamas devoradoras, mais uma coisa para o Amor ficar sentimental, sem dúvida.

A Morte recolheu as almas ascendentes como flores, decorando sua mente com o resíduo da experiência humana enquanto o fogo iluminava e aquecia seu rosto. Faminta, ela procurou o capitão através da fumaça e das chamas. Sua essência vital seria infinitamente gratificante numa época em que ela precisava de toda a força e conforto que pudesse ter.

Ela andou pelo cenário procurando por ele, preocupada que ele tivesse sido consumido rápido demais para ser percebido. Quando se virou para ir embora, decepcionada, a Morte sentiu algo atrás de si. Parou de andar e espiou por sobre o ombro, empoeirado com cinzas ainda quentes. E lá estava ele, a pele queimada do rosto fumegando no brilho do fogo. Ele estava tentando voltar a bordo para tentar salvar mais algumas almas perdidas.

Seria esplêndido beijar aquele rosto, sentir o calor e a fumaça nos lábios, inalar todo o sofrimento do homem. Ela estava prestes a se aproximar quando o primeiro oficial pulou para a frente e puxou o capitão para longe dos escombros. Ele se debateu e caiu no chão. Vivo! Ele ficaria marcado por dentro e por fora. Mas poderia viver, e ela assim permitiu.

Ela buscaria o capitão depois; na verdade, até preferia, quando ele estivesse amadurecido nas lágrimas agridoces da sobrevivência.

Enquanto isso, ela tinha um trem para pegar.

18

Sábado, 8 de maio de 1937

FLORA ESTAVA PREPARANDO O CAFÉ DA MANHÃ QUANDO A AVÓ LEVANTOU O jornal da manhã.

— Misericórdia — disse Nana. — Você viu isso?

Flora deu uma olhada na manchete. *"HINDENBURG* QUEIMADO: 35 MORTOS."

— Posso ver? — Lendo por sobre o ombro de Nana enquanto a linguiça fritava na panela, Flora percorreu a notícia sobre o acidente que ocorrera dois dias antes. Ninguém tinha certeza do que o provocara, embora vários comentaristas estivessem gostando de sugerir que era Deus se opondo às incursões humanas ao céu. Ela duvidava disso. Às vezes, coisas ruins aconteciam sem motivo. A morte de seus pais, por exemplo.

Mas a foto do zepelim no instante após pegar fogo a deixou enjoada. Não era difícil Flora imaginar o pavor que as pessoas deviam ter sentido com chamas correndo na direção delas enquanto estavam penduradas a quase quinze metros do chão, elevadas por um gás explosivo.

— Eu me preocupo com você no céu desse jeito. — Nana aceitou o prato que Flora ofereceu. Era sábado de manhã, e ela ainda estava de penhoar, como era seu costume. Assim como o café da manhã de torrada com canela e linguiça frita.

— Não vou pilotar um zepelim — disse Flora. Ela mordeu uma linguiça. — Prefiro aviões.

— Não fale com a boca cheia — disse Nana. — Aviões, dirigíveis. Tudo a mesma coisa, dominando o céu azul de Deus.

Flora engoliu.

— Se Deus pensasse assim em relação ao céu, não teríamos tantos pássaros.

— Foi Deus quem colocou os pássaros no céu — disse Nana. — Ele não colocou os homens lá. Nem as garotas. E se esse artigo estiver certo? E se Deus não quiser que você faça o que está fazendo?

— Se Deus não quisesse que eu voasse — disse Flora, estendendo a mão para o café —, por que teria me dado tanta vontade de voar? — Ela bebeu um gole de café, que caiu maravilhosamente na garganta, aliviando e revigorando ao mesmo tempo. Estava muito feliz porque Nana finalmente lhe dera permissão para bebê-lo. — Não vou morrer num avião, Nana. Eu prometo.

Nana se afastou da mesa, levantando o nariz do jeito que sempre fazia quando se sentia ignorada.

— Esse não é o tipo de promessa que uma garota pode fazer, Flora. Mantenha a humildade, senão eu vou morrer de preocupação.

— Sinto muito, Nana — lamentou Flora. Ela estendeu a mão e Nana a pegou, dando três pequenos apertos. *Eu te amo.* Flora retornou quatro apertos. *Eu te amo mais.* — Eu lavo a louça, Nana. Fique sentada. Coloque os pés para cima.

Flora não conseguia evitar de se preocupar; parecia que a avó estava ficando com mais dificuldade de respirar a cada dia. E ela estava sempre esfregando os tornozelos inchados. Nana nunca reclamava, mas Flora percebia que ela sentia dor.

— Vamos lavar juntas — disse Nana. — Muitas mãos aliviam o trabalho.

— Sente, Nana. Por favor — Flora pediu. — Não consigo comer se você não estiver descansando.

— Só um minuto. — Nana abriu um armário e pegou uma lata com a palavra açúcar escrita. Colocou a mão lá dentro e pegou um maço de notas, a maioria de pouco valor, que obviamente tinham sido guardadas ao longo de um grande intervalo de tempo. — Você realmente quer voar? — perguntou.

— Mais que tudo.

— Então aqui está. Deixe eu te ajudar. Eu sei que não é tudo que você precisa, mas acredito que uma garota tem que seguir seu coração.

Flora interrompeu.

— Não, não. Esse dinheiro é seu, Nana. Você pode precisar.

Nana sentou, e Flora escutou o ruído nos pulmões da avó.

— É para os seus sonhos. É para isso que eu vivo. — Ela colocou o dinheiro sobre a mesa. — E isso é tudo que eu tenho a dizer a respeito.

O olhar que ela lançou a Flora deixou claro que não aceitaria questionamentos. Flora se rendeu. Aceitou o dinheiro para fazer Nana se sentir melhor, mas nunca o usaria. Ela guardaria de volta na lata mais tarde, quando Nana não estivesse olhando. Por mais que quisesse voar, não ia aceitar um centavo da avó. Não podia. De qualquer maneira, a quantia não seria suficiente. Ela mal conseguia pensar nas muitas coisas que se colocavam entre ela e seu sonho de voar ao redor do mundo. Primeiro, precisaria de dinheiro para se inscrever no Bendix. Depois, precisaria persuadir o capitão Girard a lhe emprestar um avião. Em seguida, precisaria vencer e, mesmo que isso acontecesse, o prêmio ainda não seria suficiente para comprar seu próprio avião, quanto mais pagar o combustível e o salário de um navegador para a grande viagem. Era suficiente para fazer Flora querer arrancar os cabelos. Ela comeu um pouco do café da manhã, apesar de não ter mais tanto estômago para isso. Depois levou Nana até uma poltrona confortável na sala de estar, o mais longe possível da louça.

— Traga a minha colcha, chuchuzinho. Estou muito perto de terminar — disse Nana.

Durante o tempo em que a avó cantarolava e costurava na sala, Flora limpava a cozinha. Enquanto fazia isso, ela se lembrou de algo no qual não pensava havia anos: o dia em que Charles Lindbergh fora até a cidade. Aquele garoto que quase a atropelara com a bicicleta. Enquanto esfregava a panela, pensou no que tinha sido feito dele. Havia algo adorável no garoto que a levara até em casa, quando não precisava fazer isso, e que ficara tão feliz de comer o pão de mel da Nana. E ele tinha ficado tão animado de contar como foi apertar a mão do sr. Lindbergh; isso deu a Flora a sensação de que ela havia feito a mesma coisa.

Apesar de esse menino ainda ser uma criança em sua memória, ele devia ser quase adulto agora. Flora tentou imaginar como ele seria, e o rosto que lhe veio à cabeça foi o de Henry. Sem dúvida porque ele ia vê-la com tanta frequência na casa noturna e estava fresco em sua mente. Um pouco irritada pela intromissão de Henry na quietude de seus pensamentos, ela os voltou para outros fatos: mil coisas para resolver, um milhão de coisas para fazer antes do trabalho daquela noite.

Ela tomou banho e se vestiu e, no caminho antes de sair, deu uma última olhada na bola de fogo que antes fora a maior coisa a navegar pelas nuvens — em seguida, tirou o acontecido da mente. Era uma tragédia, mas era do outro lado do país. Um desastre desse tipo não estava no seu destino. Ela não via motivos para desperdiçar energia com essa preocupação.

19

Quinta-feira, 6 de maio de 1937

UMA MAÇÃ. UMA MAÇÃ SAQUEADA POR UMA MINHOCA. ERA ISSO QUE A PRIMA de Ethan, Helen Strong, pensava de si mesma. Havia algo errado com ela, alguma coisa interna. *Como foi que todos cresceram e ficaram limpos e puros?*, ela se perguntava. *Como ousam?* Esse ressentimento desconcertante a tornava propensa a atacar todo mundo ao redor. Ela não queria ser assim, mas não conseguia encontrar outro jeito de ser.

E tinham sido semanas ruins. Helen não se arrependia do incidente no baile de debutantes. Jarvis Bick mereceu levar uma joelhada em certa costura da calça, especialmente quando disse que ninguém ia se casar com ela, depois que a flagrou beijando Myra Tompkins na chapelaria — bem quando as coisas estavam ficando boas. (Myra tinha uma boca muito doce. Como cerejas frescas.)

Helen nunca teve vontade de se casar, de qualquer maneira, mas como ele tinha coragem de dizer uma coisa dessas? Era culpa de Jarvis ela estar sendo mandada para o oeste para ficar pendurada como um pedaço de chocolate na frente do repulsivo Ethan. Digamos apenas que havia um motivo para ela querer estar totalmente bêbada e irremediavelmente atrasada para pegar o trem. Ela esperaria no Salão dos Beijos sob o Biltmore Hotel, na Estação Grand Central, até o último instante possível, para ver o que ia acontecer.

— Eu preferia estar morta a fazer isso — murmurou ela. Helen então levantou o olhar. Alguém com sua exata aparência, até com o terninho de viagem salpicado de bolinhas, parecia feliz demais por vê-la. Helen tomou um gole do frasco de peltre que guardava no bolso. Semicerrou os olhos e tentou corrigir o que havia de errado neles.

Seu outro eu não desapareceu, como uma boa alucinação. Em vez disso, sentou-se a seu lado, depois tirou as luvas e segurou a mão de Helen. Alguma coisa fluiu para fora dela. Alguma coisa pesada e horrível, da qual ela ficou feliz de se livrar.

— Venha comigo — disse a Outra Helen.

Helen adorou fazer isso. Era uma sensação boa o que tinha acabado de acontecer. O que a perturbava antes? Ela não se lembrava. As duas andaram sob o teto turquesa imponente da Grand Central, com suas estranhas constelações invertidas. Um balão de hélio solitário estava grudado nas estrelas. As mulheres chegaram perto dos trilhos, e o rugido do trem que se aproximava sacudiu o chão sob seus pés. Ele jogou uma rajada de vento na direção delas, bagunçando os cabelos, levantando a barra das saias. Helen colocou a mão na testa e cambaleou. A Outra Helen colocou o braço ao redor da cintura de Helen.

— Isso — disse Helen. — Eu não... O quê? — Era tudo tão confuso.

Elas ficaram paradas à margem dos trilhos. As rodas do trem que se aproximava gemeram ao longe. A mulher virou para encará-la. Era estranho ver a si mesma em outra pessoa desse jeito. Mas também era maravilhoso, quase como se ela finalmente pudesse ser compreendida. Ela estendeu a mão para tocar seu reflexo. Elas ficaram paradas, as palmas unidas. Os joelhos de Helen falharam, e a mulher, com os olhos brancos, sustentou seu olhar. Helen sentiu sua vida se esvair; viu cenas de seu passado através dos olhos da desconhecida.

Depois ficou parada na plataforma, numa confusão entorpecida, enquanto uma mulher que se parecia com alguém que ela devia conhecer embarcou no trem.

A garota — como era seu nome? — não conseguia lembrar o que estava fazendo ali. Para onde devia ir. Não se lembrava de nenhum de seus planos futuros, mas também não se lembrava das tristezas passadas. Nem mesmo da sua própria aparência.

Pessoas vieram até ela, pessoas que a colocaram em um quarto branco num hospital tranquilo, com janelas gradeadas. Elas sussurravam que alguém tão bem-vestido devia ter uma família que ia procurá-la. Mas, durante muito tempo, ninguém procurou essa garota. Não até ser tarde demais.

20

Terça-feira, 11 de maio de 1937

Quando o trem parou na Estação de King Street cinco dias depois, gritando e soltando vapor, a Morte mal conseguia se conter. Ela poderia ter viajado até Seattle instantaneamente, mas não queria encarar o Amor enquanto estava tão cheia das almas do *Hindenburg* nem carregada com o que havia consumido da vida de Helen. Ela foi para o oeste no trem como um humano faria, bebendo chá e comendo sanduíches velhos, olhando para uma multidão de almas através de suas capas de carne, fingindo que eles não a atraíam, conversando sempre que alguém falava com ela.

Seu autocontrole não foi facilitado pelo fato de que a estação de Seattle tinha sido reformada inspirada em Campanile, em Veneza, lembrando a ela que o Jogo terminaria onde começara. E mais: estava a apenas alguns quarteirões do Domino e não muito distante da mansão Thorne, onde ia morar, nem da pequena casa verde que ela visitara pela primeira vez havia tanto tempo. Todos os elementos estavam se acumulando no pescoço de uma ampulheta, e não ia demorar muito até o chão se abrir para o mergulho final.

Ela saltou do trem, um passo delicado de cada vez. Henry e Ethan estavam lá, esperando e prontos para recebê-la em casa.

— Beijinho beijinho — disse a Morte.

Ethan colocou as mãos nos ombros da prima e fingiu dar uma bitoca nas bochechas dela.

— Não fique feliz demais de me ver, primo — disse ela.

Atrás, o enorme trem soprou vapor nas mãos e no rosto deles.

— Eu sempre fico feliz de te ver, Helen — disse Ethan. — Chutes na canela, xingamentos, coisas feitas com aranhas no meio da noite. Você é uma graça. Não acredito que se passaram tantos anos desde a sua última visita.

— Nós éramos *crianças* — retrucou a Morte. O nome Helen, Helena, tinha significado para ela havia muito tempo, e o Amor nunca a perdoou pela coisa toda com os mil navios. Como ela poderia saber que a guerra iria durar dez anos e matar um semideus? — Agora somos adultos.

— Você trouxe muitas malas — disse Ethan. — Quanto tempo planeja ficar?

— Quanto for preciso — respondeu a Morte. Em seguida, olhou para Henry e lançou um sorriso muito sedutor. — Quem é o seu amigo?

A Morte ficou feliz de devorar Henry com os olhos. Ele não era lindo feito uma estrela de cinema, como Ethan. Mas havia algo nele de que ela gostava ainda mais, desde a pequena abertura entre os dentes da frente até o modo como o cabelo escuro se recusava a obedecer ao pente. Ela gostava da curva da maçã do rosto e do maxilar quadrado, melhor ainda para ver o crânio sob a pele.

Devagar, ela pegou uma caixinha esmaltada na bolsa. Abriu e apreciou o rosto no espelho por uma variedade de ângulos. Era um rosto de que ela aprendera a gostar. Passou pó no nariz e aplicou batom vermelho. Em seguida, pegou o braço de Henry e se preparou. Estava quase em casa.

Os Thorne não tinham mais um servente devido à natureza instável da época, apenas uma empregada e uma cozinheira, de modo que Ethan e Henry carregaram as malas de Helen para o conjunto de quartos que ela iria ocupar no segundo andar. Quando eles terminaram, Helen e a sra. Thorne estavam paradas ao pé da escada. A sra. Thorne segurava um cesto de tulipas cortadas.

— Sim, estão divinas — disse Helen. — Muito frescas. Quase como se não tivessem percebido que foram cortadas. — Ela sorriu envergonhada para Henry. — Vou subir e trocar de roupa.

— Ethan, querido — disse a sra. Thorne. Ela jogou o cesto de flores nele. — Preciso que você segure isso enquanto faço os arranjos. A Helen vai vestir uma roupa de tênis. Ela disse que adoraria jogar. Achei que o Henry...

Enquanto Helen deslizava escada acima, Ethan mantinha as mãos nas costas, como um soldado em repouso. Mas seu humor não estava em repouso.

— A senhora sabe o que o papai diria se me visse arrumando flores.

— Ah — respondeu a sra. Thorne, irritada demais até para falar alguma coisa.

— Eu ajudo — Henry ofereceu. Ele estendeu a mão para pegar o cesto. A sra. Thorne segurou com força.

— Prefiro jogar tênis — disse Ethan. — Até mesmo com a Helen.

— Ethan — disse ela. — Que grosseria.

— Eu adoraria ajudar. — Henry estendeu as mãos mais uma vez, e a sra. Thorne, relutante, colocou o cesto nelas. Helen reapareceu no alto da escada, vestida com uma saia branca e blusa sem manga.

— Quem quer jogar? — perguntou ela. — Eu mataria por um pouco de ar puro. — Ela olhou diretamente para Henry.

Ele deu de ombros e mostrou as tulipas.

— Sinto muito, mas estou ocupado.

— Pensando bem, eu posso cuidar disso sozinha — disse a sra. Thorne. Ela pegou um vaso de vidro decorado e apontou com a cabeça para as flores. — Pode colocá-las na mesinha, Henry.

— Eu jogo — Ethan falou. — Me dê um minuto.

— Você também, Henry — disse a sra. Thorne. — Eu insisto.

— Depois que terminarmos aqui — disse Henry. A verdade é que Helen o deixava desconfortável. Ele não sabia se isso era bom ou ruim. Mas não estava inclinado a passar mais tempo com ela do que o necessário.

— Vocês já se perguntaram — Helen questionou, descendo a escada na direção dele — se as flores sentem dor quando são cortadas? — Ela pegou uma no cesto. — Ela parece ter sofrido?

— Ah, Helen — disse a sra. Thorne —, que coisa curiosa. Tenho certeza de que o Henry nunca pensou nisso.

Era verdade. Mas ele percebeu que nunca mais conseguiria olhar para uma flor novamente sem se perguntar se ela havia sofrido e se alguém se importava com isso.

Um minuto depois, Ethan desceu a escada segurando duas raquetes e uma caixa de bolas de tênis Slazenger.

— Você não tem Dunlop? — perguntou Helen. Ethan lhe lançou um olhar de repulsa. — Ah, só estou provocando. Eu jogo com qualquer coisa.

— Você está presa a mim — disse Ethan. — O Henry está ocupado.

Helen pegou uma das raquetes da mão de Ethan, colocou-a sobre o ombro e olhou para Henry, dando uma piscada.

— Ela não é animada? — perguntou a sra. Thorne depois que Helen e Ethan tinham desaparecido lá fora. — Animada e inteligente. — Ela colocou uma tulipa atrás da outra no vaso. — Essa coisa toda com... É só que... Ela é de boa família — disse a sra. Thorne. — Isso devia bastar. Mas no leste eles são um pouco... — Ela fungou e, de algum jeito, conseguiu alongar o espaço entre o nariz e os lábios, apenas o suficiente para parecer um cavalo ofendido.

Mesmo com todas as frases pela metade, era claro o que a sra. Thorne queria dizer. A possibilidade fez Henry sentir — ele olhou para as tulipas à sua frente — como se estivesse prestes a perder algo vital.

— Já falei sobre a escola que ela frequentou? — comentou a sra. Thorne enquanto levava Henry até a biblioteca do sr. Thorne. Ela limpou as mãos já secas no avental de linho branco.

— Falou, sim — respondeu ele. *Duas vezes.* — Parece um ambiente rigoroso.

— E ela tirava notas altas lá. — A sra. Thorne inclinou a cabeça para analisar seu trabalho. Ajeitou uma flor para a esquerda e moveu o vaso para o canto da mesa de trabalho do sr. Thorne.

Henry fez um sinal de positivo com a cabeça e observou a flor voltar ao ponto original. *Notas altas, exceto pelo tempo que ela passou na sala da diretora, acusada de coisas das quais ninguém tinha provas.* Ele tinha ouvido os pais de Ethan sussurrarem a respeito.

Parecendo satisfeita com o arranjo, a sra. Thorne pegou a velha fotografia de Helen na prateleira. Ela a levantou e observou o rosto de Helen e de Henry, lado a lado.

— Bom — disse a sra. Thorne depois de colocar a fotografia no lugar. — Acho que terminamos aqui. Você pode, por favor, mandar o Ethan entrar para fazer o dever de casa? — Ela alisou o avental e saiu da sala com o cesto vazio e um sorriso satisfeito nos lábios.

— Claro.

Ele foi até a janela que dava para o oeste. O sol do fim de tarde se espalhava pelo gramado e atravessava as árvores, banhando tudo numa luz dourado-esverdeada. Helen rebateu um saque, com um cigarro pendurado nos lábios. Ethan fez um lob sobre a rede, e Helen jogou sua raquete para ele. Tanto a raquete quanto a bola passaram por cima da rede. Ethan as pegou, parecendo irritado, enquanto Helen se jogava no gramado, rindo, com o cigarro na mão esquerda. Ethan jogou a bola nela, que a pegou com a mão direita e a jogou na cerca de cipreste.

— Ei! — gritou Ethan. — Ela é praticamente nova. — Ele correu atrás da bola. Helen pegou Henry espiando pela janela. Ele se escondeu nas sombras da cortina, depois percebeu que isso fez com que parecesse mais bobo. Quando olhou de novo, ela lhe jogou um beijo, segurando o cigarro quase consumido entre os dedos. Quando ele pensou em acenar, ela já tinha se virado para Ethan, que voltara da cerca, parecendo pronta para a revanche.

Henry então saiu para buscá-lo. Helen também entrou. Ele se perguntou se algum dia se acostumaria com o braço dela no dele — rígido e frio, mesmo através do tecido da manga. Não era como pensava que seria e, se fosse totalmente honesto consigo mesmo, ele não se importava com o perfume dela nem com o cheiro dele misturado ao tabaco. Mas talvez fosse com isso que uma pessoa precisava se acostumar. Talvez aceitar os fatos significasse crescer.

No jantar, Henry sentou em frente a Helen, que ficou com o assento de honra, à direita da sra. Thorne.

— Você deve estar morrendo de fome, minha querida, depois da longa viagem que fez — disse a sra. Thorne a Helen, que tinha tirado a roupa branca de tênis e usava um vestido listrado preto e branco com um broche de rosa vermelha laqueada preso sobre o coração.

— Confesso que estou bastante faminta — disse Helen. Ela tomou um gole de vinho tinto. — Apesar de ter comido muito bem no caminho. — Levantou o garfo, deixando-o flutuar sobre o prato.

— Carneiro ao curry — disse a sra. Thorne. — E salada Waldorf. Temos bolo de chocolate de sobremesa.

Annabel apontou para o prato de carneiro.

— Não quero... isso amarelo. Posso comer só pão com manteiga?

— Isso é comida de prisão, Annabel — disse o sr. Thorne. — Você vai comer o que a sua mãe planejou, e vai gostar. Mesmo que seja... Deixe para lá. Não sei por que você não pediu a Gladys para assar um pernil. Todo mundo gosta de pernil.

— Achei terrivelmente moderno — disse Helen. — Bom, exceto pela salada. Ela já apareceu em Nova York há séculos e séculos. Mas carneiro ao curry! Nossa!

Henry ficou admirado. Tudo que saía da boca de Helen na frente dos Thorne mais velhos era perfeitamente educado. Apesar disso, alguma coisa no jeito como ela falava, no modo como se portava — talvez fosse o sorriso lento e amplo —, parecia fora de lugar. Perigoso até, por mais boba que essa ideia parecesse.

— Parece comida de gato — comentou Ethan.

— Ethan! — O sr. Thorne abafou uma risada, apesar de repreender o filho.

— Bom, então eu devo ser meio gato — disse Helen. — Acho que está delicioso. — Ela colocou uma garfada enorme na boca e mastigou, fechando os olhos de prazer.

A sra. Thorne parecia feliz por ter encontrado uma aliada.

— Henry — disse ela —, você não tem nada para dizer a Helen? Pergunte a ela sobre a viagem.

— Prefiro falar sobre pernil — disse Ethan. — Helen, pernil também é terrivelmente moderno?

— Ou pão. — Annabel deslizou na cadeira até ficarem apenas seus olhos visíveis acima da toalha da mesa. — Eu prefiro pão de centeio. É terrivelmente delicioso.

Henry tentou pensar em uma pergunta para Helen, de preferência que não envolvesse comida. Ele sentiu o olhar dela e, quando levantou os olhos, teve de desviar por vergonha. Ela riu e esvaziou a taça de vinho. Seus lábios e dentes ficaram manchados.

— Como estava o clima na viagem? — Foi a melhor pergunta que ele conseguiu imaginar.

— Dentro do trem? — Helen secou os lábios vermelhos com um guardanapo. — Nenhuma tempestade, imagino. Se bem que o clima estava ruim na costa Leste, bem quando estávamos partindo. Raios e trovões. Eu quase morri de pavor.

— Tempestade elétrica — comentou o sr. Thorne. — Derrubou o *Hindenburg*. Se eles o tivessem lançado daqui, onde esse tipo de tempestade é raro, essa tragédia poderia ter sido evitada. Mas, não, tinha de ser Alemanha, Rio e New Jersey. New Jersey! — ele disse, como se New Jersey fosse a sala de espera do inferno.

Todo mundo ficou calado por um instante, exceto pelos garfos raspando na porcelana. Henry olhou pela janela para o céu crepuscular e sentiu algo puxar em seu âmago, como se alguém tivesse chamado seu nome de uma longa distância.

— Mãe — disse Ethan. Ele tinha a mão no peito, e seu rosto estava pálido. — De repente não estou me sentindo muito bem.

— Ora, Ethan — disse a sra. Thorne —, o que aconteceu?

Ele estendeu a mão para a taça de água e bebeu até tossir.

— Posso ir lá fora tomar um pouco de ar. Talvez dar uma volta de carro.

— Ele realmente parecia mal.

— Eu posso ir? — perguntou Helen.

A sra. Thorne pareceu preocupada.

— Ethan, se você está se sentindo mal, é melhor ir direto para a cama.

— Está bem, mãe — disse Ethan. Ele colocou o guardanapo sobre a mesa, afastou a cadeira e saiu.

— E você, Henry? — perguntou Helen. — Poderia me levar para dar uma volta de carro?

— Que ideia maravilhosa — disse a sra. Thorne.

Henry entrou em pânico. Isso atrapalharia seus planos de ir ao Domino.

— Pode usar o meu carro — disse o sr. Thorne. — Um agrado especial.

— Depois do bolo — comentou a sra. Thorne. — Foi feito especialmente para a Helen.

— Que adorável — disse Helen.

— É receita da sua avó, querida — disse a sra. Thorne. — Que Deus a guarde.

— Sim — Helen concordou. — Que Deus a guarde.

Henry conduziu o carro do sr. Thorne pela Fairview Avenue em direção ao centro da cidade.

— Você está nervoso? — perguntou Helen. — Parece agitado.

— Nervoso? Não. Só pensando nos deveres da escola, acho. — Henry não estava pensando em nada parecido, mas o que Helen não sabia não iria magoá-la. Ele tinha resolvido deixá-la de fora dos locais que sempre frequentava e, em vez disso, a estava levando para Queen Anne, onde poderiam andar de teleférico até o topo da colina e ver as luzes da cidade e a orla lá de cima.

Ela riu com leveza, mas Henry a sentia observando-o. Eles estacionaram na base da colina, e ele a conduziu até um dos carrinhos do teleférico, com a mão pousada levemente — educadamente — no cotovelo dela.

— Não entendo como eles funcionam — disse Helen. E cobriu a mão dele com a sua, enluvada.

— Pense em forças opostas. — Henry aproveitou a oportunidade para libertar a própria mão enquanto demonstrava como os carrinhos funcionavam. — Tem um contrapeso embaixo. É mais ou menos como um carro com sobrecarga que passa por um túnel no subsolo a cerca de um metro do chão. No topo da colina, eles liberam o carro com sobrecarga. Enquanto desce, ele puxa os carrinhos de passageiros para cima. Depois, quando os carrinhos descem, eles puxam o contrapeso para cima.

— Interessante — disse Helen. — Eu adoro forças opostas. Elas deixam as coisas animadas, você não acha?

— Acho que sim. — Parecia muita coisa para se preocupar quando tantas pessoas tinham automóveis. Eles subiram no carrinho e sentaram. Helen inclinou a cabeça para fora da janela. O vento jogou seu cabelo para trás, e Henry não pôde deixar de notar como ela parecia adorável sob a luz noturna.

Ela voltou para dentro.

— Parece terrivelmente perigoso.

— Às vezes os cabos se partem — disse Henry. — É por isso que colocam tantos sacos de areia lá embaixo. Eles impedem a batida. Planejando, é possível administrar muito bem o perigo.

— Sacos de areia. — Helen riu. — Sacos de areia contra uma força elemental e um carrinho que pesa milhares de quilos.

— Bom, ele não vai quebrar agora, se é com isso que você está preocupada. — Henry sentia que devia tranquilizá-la, apesar de não ter a menor ideia se o cabo ia partir. Se isso pudesse ser previsto, não haveria necessidade de sacos de areia e de outras precauções.

Helen pareceu pensar na possibilidade do desastre.

— Não — disse ela, com as mãos no colo. — Acho que não vai quebrar.

Eles desceram do topo da colina até o Parque Kerry, que tinha sido doado à cidade por amigos dos Thorne uma década antes.

— O que estamos vendo? — perguntou Helen.

Henry apontou para a baía de Elliott e para o centro da cidade.

— Durante o dia, às vezes dá para ver o monte Rainier. — Seu olhar foi até as margens lamacentas, e ele pensou em falar de Hooverville e James Booth e sobre a história que eles estavam pesquisando, mas algo o impediu.

— Você não adora a sensação de estar no topo do mundo? — perguntou Helen. — Eu adoro altura.

Henry não sentia uma necessidade específica de impressionar Helen, mas também não queria dizer a verdade.

Ela insistiu:

— É uma vista tão romântica. Obrigada por me trazer.

Henry engoliu em seco.

— Vai escurecer logo. É melhor a gente voltar para casa.

— Só se você não conseguir pensar em mais nada para fazer. — Ela olhou para ele com seus olhos escuros. Ele desviou o olhar.

Ele esperava que seu desconforto não fosse evidente.

— Bom, não quero que você fique fora até tarde.

Em algum ponto, talvez ele se acostumasse a ela ou ficasse menos constrangido pelo plano transparente da sra. Thorne. Mas ele não sentia nenhuma conexão com Helen. Nada em comum, além talvez da idade. E havia uma pungência em Helen, não só na linha de seu sorriso, mas, de algum modo, encravada nela. Fazia com que ele se lembrasse do cheiro de uma comida que tinha acabado de apodrecer. Havia uma ameaça latente ali.

E, apesar de claramente ser muito educada com Henry, ela era espinhenta com Ethan. Ela não parecia ser alguém em quem ele pudesse confiar.

— Foi um passeio agradável — disse ela quando eles voltaram para casa. O céu escuro e frio estava sem lua e repleto de nuvens altas. Uma fileira de postes de luz iluminava a entrada da casa. O ar tinha cheiro de terra fresca e flores da primavera. Até mesmo um toque de lírio, apesar de não haver nenhum no jardim da sra. Thorne.

Helen parou para pegar uma tulipa. Ela passou os dedos pelo talo verde e pálido. Em seguida, enfiou o nariz no bojo da flor e inspirou.

— Não sei se você devia fazer isso — disse Henry. — A sra. Thorne não gosta que mexam no jardim dela.

Ela se inclinou e pegou várias outras. Colocou cada uma nos braços de Henry, até formar um buquê.

— Ela não vai perceber. E você está encantador, parado aí com os braços cheios de flores sem vida.

Henry estremeceu.

— Frio? — perguntou Helen.

— Não. Só cansaço, acho. Ou isso, ou um pássaro voou sobre o meu túmulo.

— Que expressão. — Helen fingiu um bocejo e estendeu o braço. — Não tenho dúvida de que vou dormir como um defunto hoje à noite. Não me adaptei ao fuso horário. Meu corpo acha que já é meia-noite.

— Vou te levar para dentro então. — Henry sentiu a leveza da súbita possibilidade, ajeitou o buquê e pegou o braço de Helen. Eles andaram até a casa. — Vou colocar as flores na água.

— Vejo você pela manhã — disse Helen enquanto virava para subir a escada. Henry se apressou até a cozinha, procurando um vaso. Mas, assim que ficou sozinho, mudou de ideia sobre o que fazer com as flores. Ainda estava com as chaves do carro do sr. Thorne. Ele encontrou um pedaço de papel, embalou as tulipas e escapou pela porta lateral. Foi até o Domino, se perguntando o que o incomodava enquanto dirigia.

Tinha acabado de chegar à casa noturna quando percebeu o que era. O Cadillac de Ethan não estava lá. Aonde ele poderia ter ido?

21

O AMOR TINHA SENTIDO SUA OPONENTE VOLTAR PARA A CIDADE HORAS ANtes. E disfarçada como a prima. Não era surpresa o rosto ser reconhecível. Foi uma jogada inteligente, diabolicamente inteligente. Quando seu trem parou, ele e um pequeno grupo de homens de Hooverville estavam em pé ao redor de um barril em chamas cheio de restos de madeira e lixo, discutindo as melhores refeições que já tinham comido. Ele não podia mencionar as ostras em Paris nem o chocolate em San Francisco, por isso inventou algo sobre os biscoitos da mãe. Então ele sentiu um tipo mais sombrio de fome, e sabia que era dela.

Seu primeiro impulso foi o de se unir a ela. Estava desesperado para passar um sermão pelo que ela fizera com o zepelim. Mas isso não mudaria o que acontecera. Ele se acalmou observando as chamas se devorarem no triste monte de sucata. Em seguida, o Amor direcionou seu coração para o de Ethan, chamando-o à distância de quilômetros.

Ele gostava do jovem, surpreendentemente. Mas estava igualmente consciente de que Ethan estava no caminho dos jogadores. Não era apenas a atração velada de Ethan por Henry, mas também seu crescente interesse numa aliança entre Henry e Helen. O Amor não poderia quebrar a regra de não interferir diretamente no coração dos jogadores. Mas e no de alguém próximo a eles? Especialmente um alguém tão cheio de charme? Seria um prazer.

Ethan bateu na porta de James ao pôr do sol, ainda sob o pretexto de estar pesquisando para o artigo do jornal.

— Você não está anotando nada — disse o Amor, depois que eles passaram duas horas dentro do barraco discutindo filosofia e política.

— Eu tenho boa memória.

— É disso que os homens esquecidos de Hooverville precisam. Da sua memória.

Mesmo sob a luz fraca que entrava pela porta, o Amor percebia que Ethan não sabia o que fazer com essa observação. Ele encostou no antebraço do jovem para garantir que não era um golpe. Ele estava falando sério: ser visto, ser lembrado, ter importância. Era disso que aqueles homens — e todos os outros — precisavam.

O gesto desmontou Ethan. O Amor não queria provocar danos com isso, e estava tão mergulhado na pele de James Booth que se esquecera do poder do seu toque, especialmente numa pele tão eletrizada quanto a de Ethan. Ele pegou uma pequena lamparina na estrutura do barraco. O Zippo clicou, a chama se acendeu e o cheiro de óleo queimado e fumaça se fez presente. Ethan prendeu a respiração.

— Pronto — disse o Amor, com a voz baixa e suave. — Um pouco de luz.

Ethan expirou. Suas mãos tremiam. O Amor olhava para ele de um jeito que dizia: *Estou vendo você*. Ethan olhou para baixo, depois de novo para o Amor. Os corações começaram a bater no mesmo compasso. Henry teria gostado do ritmo, da conexão. O Amor gostou. Era mais do que ele previra. Isso significava que havia mais profundidade em Ethan.

— Preciso ir — disse Ethan. — Eu...

— Ou você pode ficar — disse o Amor.

Ethan não fez objeção quando o Amor passou os nós dos dedos no seu rosto, parecendo levemente uma lixa, porque a barba estava começando a crescer. Como uma corda, o ar puxou com força entre eles. A tensão era excruciante: o Amor quase sentia as fibras estalando.

Ele fechou a porta improvisada de compensado, selando o ambiente para Ethan não ter de ouvir os sons do mundo lá fora: a voz dos homens, o grito dos motores a vapor ao chegarem à estação ali perto. Os únicos sons seriam da respiração deles, de suas roupas roçando, de pele se movendo em pele macia.

O barraco era pequeno e humilde, mas aconchegante e discreto, e iluminado por uma luz que não parecia vir totalmente da lamparina.

Depois de tudo, Ethan chorou, e o Amor sussurrou coisas que tinham a intenção de fazê-lo se sentir em segurança. Se fosse possível, ele teria trocado sua imortalidade para continuar com aquela alma maravilhosa, para concentrar todo aquele amor num humano que precisava tanto dele.

22

O BUQUÊ DE TULIPAS ESTAVA AO LADO DE HENRY NO ASSENTO DA FRENTE. Ele parecia estar mudando de ideia. O que iria fazer: dar as flores ao leão-de-chácara e pedir que as entregasse? Melhor jogá-las no lixo.

O ar do lado de fora tinha um brilho rosado de umidade. O verão estava chegando, com seus dias longos e quentes. Ele escapou para o beco atrás da casa noturna e viu uma lata de lixo ao lado da porta onde tinha encontrado o tio de Flora pela primeira vez. Enquanto Henry levantava a tampa, uma gata preta disparou de trás da lata e se enroscou nos seus tornozelos. Ele quase teve um ataque cardíaco; não era muito fã de gatos.

— Desculpe — disse ele, mas não de um jeito indelicado. — Não tenho comida para você.

O bicho miou de maneira sôfrega. Henry virou para descartar as flores. A porta se abriu, e Flora apareceu segurando um pires com leite. Ela estava usando um roupão, apesar de estar penteada e maquiada. Ao ver Henry, ela se assustou, derramando o líquido no chão. Eles se encararam durante um instante, até que Flora quebrou o silêncio.

— Eu trouxe um pires de leite para você. — Ela o estendeu para ele, com o rosto mortalmente sério.

— E eu trouxe esta tampa para você. — Henry lhe ofereceu a tampa. — Um item muito raro. Uma peça semelhante foi vendida por milhões num leilão.

Flora riu, e a gata miou de novo. Ela pousou o pires.

— Às vezes ela me segue até aqui.

Henry colocou a tampa de volta na lata e estendeu as flores.

— Sei que vai parecer que eu tirei do lixo, mas não foi isso. Fui covarde demais para entregá-las. Mas, agora que você me pegou em flagrante, posso receber o crédito pelo gesto.

Ela riu de novo e ajeitou o roupão em volta das costelas.

— São lindas. Obrigada. O crédito é todo seu.

— Será que estou ficando mais envergonhado ou menos, enquanto esta conversa avança? — Ele enfiou as mãos nos bolsos.

— Se estivermos falando de níveis relativos de vergonha — disse ela —, um de nós está parado aqui de roupão. — Sua expressão mudou. — Espere! Estou vestida por baixo do roupão. Eu gostaria que isso fosse registrado.

— Como eu pensei — disse ele. — Mais envergonhado a cada segundo.

Flora cheirou as tulipas.

— Podemos fingir que isso nunca aconteceu?

A gata miou de novo. Henry a empurrou para o lado com delicadeza.

— Vamos fingir que eu me encontrei sem querer com você em um lugar melhor que um beco, e eu não estava tropeçando em gatos de rua nem segurando tampas de latas de lixo, e que eu te dei flores porque gosto de como você canta, e ninguém fica humilhado nesse processo. Assim ainda tenho algumas corridas no campo.

— Corridas no campo? Não percebi que estávamos num jogo — disse Flora.

— É um lance de beisebol. Agora eu vou parar de falar. Na verdade, estou prestes a concordar que isso nunca aconteceu.

Flora sorriu.

— O Sherman vai torcer o meu pescoço se eu não me aprontar. Estaremos no palco de novo daqui a poucos minutos.

— E eu vou pagar a entrada e achar uma mesa e não vou dizer mais uma palavra. E você não me viu. Sou um fantasma.

Flora estendeu a mão para a porta. Depois, olhando por sobre o ombro, ela disse:

— Fiquei feliz por você ter voltado. Já me acostumei com você no meio da multidão.

A porta se fechou depois que ela entrou, tão presa quanto o coração de Henry.

23

Mais tarde, Flora limpava a sobrancelha no camarim. Ela se inclinou na direção das tulipas, inspirando o perfume fresco. O que tinha acontecido no palco? Ela percebeu a presença de Henry no meio do público outra vez, seus olhos nos dela, suas mãos sobre a mesa, o modo como a luz da vela dourava seu rosto e seu cabelo.

Dessa vez, no entanto, sua imunidade tinha desaparecido. Ela teve uma vontade impressionante de olhar para ele, de cantar para ele, e isso a apavorou. Ela lutou contra. Mas, quando chegou a hora de cantar "Walk Beside Me", era como se alguém tivesse encontrado a fonte da música dentro dela e estivesse puxando as notas para fora com mais força e rapidez do que ela pretendia. Ela só conseguiu resistir por um instante, antes de ceder totalmente.

Ela cantou para Henry, e só para ele. E, depois que entregou a voz desse jeito, não conseguia se lembrar de mais nada do espetáculo. O que ela cantou. Como tinha sido. Se tinha cantado bem. Houve aplausos no fim. Isso ela sabia, apesar de o refletor tê-la desorientado o suficiente para ela sair correndo do palco. Seria a última vez que permitiria que seus sentimentos a tomassem assim.

Precisando de ar puro, ela saiu do camarim e disparou pelo corredor estreito e acarpetado. A luz estava fraca; apenas alguns candeeiros com uma lâmpada se enfileiravam nas paredes. Ela colocou a mão na maçaneta sob a placa de saída.

O ar noturno foi como um borrifo de água fria. Flora pensou em voltar para pegar um casaco, mas desistiu. Saiu e fechou a porta, certificando-se de que estivesse destrancada. A escada de incêndio estava ao alcance. Feliz por estar usando um vestido mais curto, ela subiu na lata de lixo e escalou até uma pequena janela no segundo andar. Alguém tinha mexido no rejunte dos tijolos e deixou uma escada apoiada na parede. Ela puxou o corpo para cima da borda do prédio e chegou ao telhado liso, coberto com piche.

Foi aí que ela ouviu a voz dele.

Sentada na borda do telhado, Flora se inclinou para a frente. Henry estava em pé no beco, olhando para todos os lados, menos para cima. Sua respiração ficou presa no peito. O que ele estava fazendo?

— Flora!

Ela não aguentou vê-lo lá embaixo. Ele precisava de uma resposta.

— Olhe para cima.

Os olhos de Henry a encontraram.

— O que você está fazendo?

— Tomando um ar.

— Não tem o suficiente aqui no chão?

— É melhor aqui em cima — respondeu ela.

— Se você está dizendo. — Ele coçou a cabeça e olhou para a porta.

— Você vai subir?

— Subir? Não sei...

— Não me diga que tem medo de altura.

— Não é isso.

— O que é, então? — Será que ele não queria vê-la, afinal? Ela tentou descobrir se isso a magoava ou aliviava, ou ambos.

— É que... É que eu tenho um medo *mortal* de altura.

Ela sorriu e balançou as pernas na beirada. Depois dessa confissão, seria grosseria mandá-lo embora.

— É uma subida fácil. Eu te encontro na sacada.

— Não, tudo bem. Não é tão ruim. — Houve um grunhido quando ele pulou em direção à escada de incêndio.

— Não olhe para baixo — disse ela, tentando parecer despreocupada.

Henry, agarrando a escada com força, olhou para baixo e, depois, para ela lá em cima. Seu rosto parecia pálido.

Ele escalou a escada de incêndio e, em seguida, a outra escada, puxando o próprio corpo por sobre a borda com um movimento único e fluido. Ele se apressou para longe da borda do telhado.

— Como é a vista aqui do meio? Ufa. É seguro. Agora, sobre sua música hoje. — Ele virou para encará-la.

— Shhh — disse ela. — Ninguém gosta de críticos. — O coração dela martelava. — Precisamos parar de nos encontrar desse jeito. Os gatos de rua vão começar a falar. — Ela encontrou um lugar para sentar no telhado, a poucos centímetros dele, e sentiu seu cheiro no ar noturno. Limão e especiarias.

— Talvez eu esteja escrevendo outro artigo e precise de uma entrevista — disse ele.

— Você está? — perguntou ela. Flora sentiu uma ponta de esperança de que ele fizesse isso e ela encontrasse um patrocinador. Mas ela sabia que não fazia sentido.

— Não, mas gostaria. — Ele sentou perto dela. — Me fale sobre isso. Por que você gosta de voar. Para onde gostaria de ir.

Ela se recostou sobre os cotovelos, virando o olhar para cima. Ele estava perto, mas não tão perto a ponto de os corpos se tocarem. Ela não conseguiu olhar para ele. Nem ele conseguia olhar para ela, parecia. Mas ela o sentia do mesmo jeito enquanto falava sobre o Staggerwing, sobre a aviadora Bessie Coleman, que viajou até Paris para estudar, que ficou famosa como dublê.

— O que aconteceu com ela? — perguntou Henry. — Por que eu não ouvi falar dela?

— Ela morreu — respondeu Flora. — Num acidente.

— Isso é terrível — comentou Henry.

Flora não sabia o que dizer em resposta. Era terrível. Mas a morte acontecia o tempo todo. Não adiantava se preocupar com isso, ou você nunca faria nada na vida por medo da tristeza. Era por isso que era melhor não se importar tanto, pelo menos quando se tratava dos outros.

Eles ficaram em silêncio durante muito tempo, olhando para o céu repleto de nuvens, ouvindo vozes lá embaixo — pessoas conversando e saindo do prédio —, além da respiração suave dos dois. Ela se perguntou rapidamente por Grady e esperou que ele achasse que ela havia ido para casa sozinha.

Então eles falaram sobre suas famílias — Nana e Sherman. E sobre o fato de Henry morar com Ethan e os Thorne, porque ele tinha perdido a sua família. Flora não perguntou a Henry sobre seu trabalho no jornal, se isso era o sonho dele, assim como voar era o dela. Ela não precisava saber mais nada sobre o que estava no coração dele.

O tempo passou. Era difícil dizer quanto. Não havia estrelas nem lua visíveis para medir os minutos que se passaram. A luz dos postes chegava ao telhado, brilhando no rosto de Henry. Ela o analisou e concluiu que gostava do seu rosto. Muito. O que ela estaria pensando se Henry não fosse branco? Ele seria uma possibilidade?

Ela se repreendeu em silêncio, primeiro por pensar em possibilidades, depois por pensar que mudaria alguma coisa em Henry. Ela nunca iria querer que alguém tentasse mudar alguma coisa nela. E mais: havia algo tão certo nele. O modo como ele agia com Annabel. O modo como ele prestava atenção em sua música e perguntava sobre voar e sobre sua família. E mais alguma coisa que ela não conseguia identificar. Algumas pessoas, como algumas músicas, simplesmente são mais que a soma de suas partes.

Ela fingiu inspecionar as unhas, envergonhada porque seus dentes tinham começado a bater. Ela se levantou.

— Você está com frio. — Ele ficou parado ao lado dela.

Ela fez que sim com a cabeça. Seu corpo tremia, porém mais por tentar se impedir de abraçá-lo. Ele colocou seu paletó nos ombros dela.

— Obrigada. — Era um milagre ela conseguir controlar a voz, especialmente quando um sorriso tímido se espalhou pelo rosto de Henry e ele colocou no lugar um cacho solto na testa dele. O gesto a dilacerou. Ele só queria deixar as coisas em ordem. Ela conseguia entender isso. Ela se concentrou no calor e no cheiro do paletó dele até seu corpo parar de tremer.

— Nós provavelmente devíamos ir para casa, não é? De volta para a nossa vida normal. Acredite se quiser, eu tenho uma prova amanhã. E um jogo de beisebol depois.

Ela fez que sim com a cabeça, surpresa porque, pela primeira vez na vida, não era ela quem estava se afastando.

— A menos que... — disse ele.

Ela olhou para ele, intrigada.

Ele assobiou a abertura de "Danúbio azul".

— Uma valsa? Isso não pode ser sério.

— Tão sério quanto o escorbuto para piratas — disse ele. — Sei que devíamos ir embora, mas eu quero só mais um minuto disso, e também estou

com frio. Mais um minuto, um pouquinho de calor. É tudo que eu peço.
— Ele fez uma expressão grave. — Por favor?

Ela riu.

— Você é muito dramático. — Mesmo assim, ela hesitou. Como seria se ela ainda estivesse na escola, estudando para provas e indo a bailes e coisas assim? Seria desse jeito? Ou ela ainda estaria perseguindo outros sonhos, maiores?

Ela estendeu a mão para a mão levantada dele e olhou em seus olhos, cuja cor lhe lembrava da parte curva no céu, no fim do horizonte, para onde ela sempre mirava o avião. Mas não era só isso. Era a bondade sincera neles, tanta que ela se esqueceu da solidão que a dominava a maior parte do tempo.

Ele fechou a mão esquerda sobre a dela. Moveu a outra para o meio das costas de Flora, e isso foi quase mais do que ela suportava, o calor do toque dele, essa conexão em dois pontos. Ele moveu os pés. Ela moveu os dela em resposta. E aí eles estavam dançando juntos no telhado, unidos por um fio invisível que ela precisava romper antes que isso a matasse.

— Um pedido, Henry.

— Qualquer coisa. — Ele olhou nos olhos dela, e ela demorou um instante antes de conseguir mexer a boca.

— Sem assobiar.

— Mas precisamos de música.

— Que tal deixar essa parte comigo? A música é mais coisa minha do que sua, afinal. — Se ela conseguisse encontrar a própria voz, conseguiria encontrar seu equilíbrio.

Ele sorriu e pareceu prestes a falar, mas não o fez. E ela murmurou o restante da música enquanto ele a movia em círculos. Ela colocou seu próprio toque na melodia, de modo que era mais swing que valsa, e ele entendeu a dica, soltando-a apenas para puxá-la de volta, mais perto do que antes. Atrás dela, a gata preta, que tinha conseguido achar o caminho até o telhado, miou.

O som a trouxe de volta a si. O que ela estava fazendo? Aquilo era um erro por tantos motivos, no mínimo por causa de Grady. E havia as diferenças de histórico, o erro de pensar em um garoto branco como algo diferente de alguém com quem ter cuidado quando estava por perto. Mas esse não era um garoto qualquer, nem um garoto branco qualquer. Havia alguma coisa nele. Algo que valia a pena conhecer. Isso era certo.

A gata sibilou e deslizou por sobre a borda do telhado, e a sensação que havia dominado Flora durante o espetáculo voltou depressa. Ela o empurrou e se afastou.

— O que foi que eu fiz? — perguntou ele.

— Nada. Não podemos. Sinto muito. Não sei o que eu estava pensando.

— Talvez — disse Henry — algumas coisas não devam ser pensadas.

— Mesmo assim, não podemos fazer isso. Não podemos. Por muitos motivos.

— Quem sabe um dia? — perguntou ele.

Ela não conseguiu evitar de recuar, como se as palavras em si tivessem se formado para magoá-la. Henry não disse mais nada, mas seu olhar a despedaçou.

Enquanto eles desciam pela escada, Henry olhava direto para a frente. Ficou feliz porque Flora ainda estava vestindo o seu casaco. Ele teria suado até molhar o paletó se o estivesse usando. Seu medo de alturas o envergonhava. Há muito tempo ele se perguntava como algo que só existia na sua mente podia afetar tanto seu corpo. Mas, por outro lado, medo não era a única emoção que funcionava desse jeito. O amor não era algo que você pudesse ver ou tocar. Ele vivia totalmente dentro de você, invisível. E mesmo assim podia mudar tudo.

Um passo de cada vez, um passo de cada vez. E aí ele estava no chão, andando atrás de Flora, deleitando-se com o aroma do cabelo dela, se sentindo mais feliz do que se sentia havia séculos. Ela estendeu a mão para a maçaneta, movimentou-a e olhou para Henry.

— Estava trancada quando você saiu? — perguntou.

— Sinceramente? — disse ele. — Não tenho ideia. Meu único pensamento era te encontrar.

— Não estava. Eu me certifiquei. E agora está. Estamos trancados do lado de fora.

— Isso é um problema?

— Minha carteira está lá dentro — disse ela. — Meu dinheiro e minhas chaves. Não vou poder entrar em casa nem pagar para alguém me levar.

Ele pegou a mão dela.

— Vamos até a frente e bater na porta como loucos — sugeriu. — Talvez alguém escute.

Ela puxou a mão com violência.

— Todos já foram embora. Eles foram embora e não vamos ter para onde ir até amanhecer. E agora isso. — Ela estendeu a mão. — Chuva.

Henry olhou para cima. Uma gota quente de chuva atingiu seu rosto.

— Talvez não seja tão ruim assim.

Enquanto ele falava, a porta se abriu. Em sua boca escura estava o contrabaixista.

— Grady! — disse Flora. — Achei que você tinha ido para casa.

— Eu teria ido — ele respondeu, encarando Henry com os olhos cheios de dor e maldade. — Mas você deixou as suas coisas, e eu fiquei preocupado. Quem é esse, Flora?

— Esse? Esse é o Henry. Ele ajudou a escrever aquele artigo do jornal, aquele sobre o Staggerwing...

Grady a interrompeu:

— Eu te procurei. Por toda parte. O que está acontecendo?

— Nada — respondeu ela. Henry desviou o olhar. — Só estávamos conversando.

— Você sabe que horas são? — perguntou Grady. — Eu estava te esperando.

— Grady — disse Flora. — Sinto muito. Não sei o que me deu. Eu precisava de ar e encontrei o Henry no beco. — Ela tirou o paletó e devolveu a ele. Henry mal conseguia sustentar a expressão nos olhos de Grady.

— Vamos — disse Grady. — Vou te levar para casa, onde você devia estar. Sua avó deve estar morrendo de preocupação, como eu estava.

Ele puxou Flora para dentro do Domino. Henry segurou o paletó sobre a cabeça enquanto começava a chover de verdade. Permaneceu parado no dilúvio até ficar encharcado. Mas não podia estar infeliz. As mãos macias da chuva na sua pele o fizeram sentir que tinha tropeçado na borda de um lugar mágico. Ele não sabia muito bem que direção tomar a seguir. E se perguntou se Flora estava falando sério quando disse que essas coisas não podiam acontecer, nem mesmo um dia.

24

Henry chegou à mansão Thorne com todos os nervos acesos. Ele sentia Flora em seus braços, ainda respirava sua essência no paletó. Achou que todo mundo estava dormindo quando entrou sorrateiro, grato porque a porta da frente sempre estava bem lubrificada. Tirou os sapatos e se arrastou em direção à escada curva.

E Helen chamou seu nome.

Sua voz vinha da cozinha. Ele a encontrou sentada ao balcão, carregado com comida suficiente para alimentar uma família cheia de fome. Frios, pãezinhos, maçãs fatiadas, queijo, um pedaço de bolo de chocolate de quatro camadas e, bem na frente dela, um pote de geleia de morango com uma colher dentro.

— Chegou tarde. — Seu tom era mais ríspido que antes. Ela pegou uma colher muito cheia de geleia e a enfiou na boca. — Você poderia ter me convidado, Henry.

Isso não tinha lhe ocorrido. Mas ele estava feliz por não ter convidado, por mais que se arrependesse de magoar Helen.

— Achei que você estaria cansada demais. Peço desculpas.

— Ah, Henry. — Helen limpou a boca com as costas da mão, deslizou a geleia para longe e procurou a próxima vítima na mesa. — Eu sempre vou me animar por você.

O colarinho de Henry pareceu apertado.

— Então, onde você estava, afinal? — Helen enfiou quase metade do sanduíche na boca. Os olhos de Henry se arregalaram. — O que foi? Eu sinto fome. Muita fome. Você não acreditaria.

Ele teve de desviar o olhar por um instante.

— Tem o suficiente para dividir.

Helen empurrou os pratos de pãezinhos e frios na direção dele. Henry, que não era de recusar comida, fez um sanduíche.

— Você simplesmente precisa me contar. Onde você estava? Tem alguma coisa diferente em você agora. — Ela terminou o sanduíche e puxou o bolo para perto. — Devo ficar com ciúme?

Henry mordeu o sanduíche para ganhar tempo. Uma conversa com Helen devia ser parecida com a sensação de um tomate quando se depara com uma faca. Ele mastigou e engoliu.

— Ouvindo música.

— A julgar por sua aparência, deve ter sido... — ela lambeu algo vermelho no dedo — ... um belo espetáculo. Na próxima vez, você simplesmente precisa me levar.

Ele deu outra mordida, menor, com a intenção de se esconder atrás do sanduíche pelo tempo que conseguisse. Helen enfiou uma quantidade enorme de bolo na boca. O modo como ela estava olhando para ele fez com que Henry verificasse o zíper da calça, só para garantir.

— Claro — disse ele, desejando realmente querer, desejando que não parecesse a pior ideia do mundo.

E se... — ele analisou Helen, suas mãos, seus pulsos e seu rosto em forma de coração — e se ele a escolhesse? Tentou imaginar aquela vida que ele supostamente devia querer, a segurança que isso representaria, o modo como agradaria aos Thorne e pouparia os sentimentos de Helen. E Flora dissera que eles nunca poderiam ficar juntos, nem mesmo um dia. Ele balançou a cabeça e se esforçou para manter o foco.

Helen sorriu e levantou outra garfada de bolo.

— Maravilhoso. Quando vamos?

Ela encheu a boca. Enquanto mastigava, não piscou nem uma vez. Ela estendeu a mão por sobre o balcão e bateu de leve na mão dele com a ponta do dedo. O ambiente escureceu, e Henry perdeu a sensação dos pés e das pernas. Ele agarrou a borda do balcão.

— O que há de errado? — perguntou ela.

— Nada, acho. Provavelmente só estou cansado. — A sensação passou. Ele bocejou. Então ouviram passos, e Ethan apareceu na outra ponta da cozinha, parecendo desgrenhado, mas surpreendentemente acordado. Seus olhos se arregalaram.

— Ora, ora — disse Helen. — Aí está a nossa outra coruja noturna.

Ela farejou o ar, e isso deu a Henry uma sensação opressiva de haver algo de predador nela.

— Eu estava trabalhando, Helen — disse Ethan. — Dá uma folga. — Ele pegou uma maçã na tigela e a mordeu com selvageria.

— Não duvido. Henry e eu estávamos fazendo planos para ouvir um pouco daquele jazz perspicaz que ele adora. Não quer se juntar a nós?

— Não estou interessado — respondeu Ethan. Ele deu outra mordida e limpou o suco do queixo com o polegar.

— Você pode levar um amigo — disse ela. — A pessoa com quem estava trabalhando até tão tarde. Meu Deus, espero que não fique exausto na escola amanhã. Você sabe o que seus pais vão dizer se suas notas piorarem.

Ethan alinhou os ombros.

— Tudo bem. Mas só para ter certeza de que você não vai devorar o Henry, como está fazendo com esse bolo.

Helen se inclinou sobre o prato, enfiando bolo na boca do mesmo modo que um pedreiro enche um buraco.

— Você não mudou desde criança, sempre comendo doces com as mãos — disse Ethan, analisando os destroços do lanchinho dela. — Você às vezes para com essa gulodice nojenta?

— Não — respondeu Helen, com a boca escura por causa da cobertura. — Não paro, não.

Não muito tempo depois, quando Henry deitou na cama e sentiu o corpo sucumbir ao sono, ele praticou um riff de jazz na cabeça, um que ainda não tinha conseguido acertar. À medida que sua mente se abria, ele entendeu o que seus dedos precisavam fazer e como suas mãos precisavam trabalhar juntas, e teve certeza de que, pela manhã, conseguiria tocá-la de verdade se não tivesse de acordar e ir para a escola.

Respirou fundo. Em seus últimos instantes de consciência, percebeu que nunca tinha conversado com Helen sobre que tipo de música ele andava escutando.

Ethan devia ter falado alguma coisa sobre jazz com ela. Surpreendente, já que ele odiava tanto a prima. Mas Helen conseguia arrancar das pessoas o que queria.

25

Quarta-feira, 12 de maio de 1937

FLORA NÃO ADMITIRIA ISSO POR NADA, MAS GOSTAVA DE TOALHAS DE MESA limpas. Adorava. Desembrulhar a embalagem de papel marrom enrugada que a sra. Miyashito usava. A sensação macia das superfícies passadas a ferro. O ato de colocá-las no armário perto do bar, com as pontas alinhadas como ossos. A própria ordem impessoal ali era uma coisa linda. E, apesar de o ciclo da lavanderia ser tão fútil quanto o ciclo da vida, era igualmente verdadeiro que ninguém derramava lágrimas por causa de um guardanapo sujo. Talvez a sra. Miyashito, mas ela era a exceção.

Como não havia ninguém para ouvir, Flora cantava enquanto trabalhava, uma pequena mentira em forma de música romântica. "Easy Living."

Era a mais nova favorita de Grady. Ela se sentia culpada até mesmo de pensar nele, depois do tempo que passara com Henry. Sua amiga Billie a tinha gravado para um filme programado para estrear no verão. Era a última de uma série de músicas que Grady ensinara a Flora depois de começar a cortejá-la. Ela não tinha nem dezesseis anos quando começou. Tinha acabado de sair da escola para poder cuidar de Nana durante o dia, e nem tinha imaginado esse papel para si mesma até Sherman informar que havia dado permissão para Grady cortejá-la. *Permissão.* Como se coubesse a ele.

Ela comunicou sua falta de interesse, o que apenas aumentou o de Grady. No início, ela deixou que ele ensinasse as músicas para eles terem o que conversar além de bobagens floreadas. Depois ela concordou em vê-lo fora da casa noturna, para que ele parasse de incomodá-la sobre seus sentimentos lá dentro, chamando atenção para a situação toda na frente da banda. Em seguida, pareceu mais fácil deixar as coisas cozinhando em fogo baixo, sem nunca chegar a uma fervura emocional, porque isso a protegeria contra o interesse de qualquer outro garoto.

Ah, Grady. Ele era um músico razoável. Bonito. Atencioso. Educado com Nana. Mas o relacionamento dos dois não era nem um pouco parecido com a vida tranquila da canção. Parecia forçado, e ela se sentia observada. Observada e controlada. Como quando eles iam à igreja aos domingos... Ela se sentia incomodada porque todo mundo olhava para eles como um casal que um dia se casaria. Ou quando andavam no parque e ele segurava o cotovelo dela e a conduzia num passo que não combinava com o dela, e ele sorria e balançava a cabeça quando ela queria parar e dar uma olhadinha para o céu.

Todas as vezes que ele tentou beijá-la, Flora o empurrou para longe. Uma vez ele até a pediu em casamento, provavelmente pensando que esse era o tipo de coisa que a faria finalmente concordar. Ela entrou em pânico e disse que ainda não, mas na verdade queria dizer nunca. Ele estava esperando que ela completasse dezoito anos para oficializar a situação. Flora pretendia afastá-lo até fazer seu voo e, depois, se tudo corresse de acordo com o planejado, ela estaria livre. Poderia deixar a casa noturna nas mãos de Sherman e passar o resto de seus dias como Bessie Coleman tinha passado. Ela já teria partido se não fosse por Nana e pela questão do dinheiro.

Apesar do que ela pensava de Grady, "Easy Living" era uma boa música. Talvez boa demais, porque ela fechou os olhos para realmente sentir o segundo verso. Quando fez isso, viu Henry em sua mente. Ela não conseguia entender o que isso significava, não quando estava cantando.

A batida de uma porta distante a salvou de seus pensamentos obscuros. Em seguida, passos na escada. Ela parou no meio de uma nota.

— Não pare por nossa causa. — A voz pertencia ao primeiro dos três homens de terno parados na base da escada. — É uma música quente, essa que você estava cantando.

Ele abriu o paletó e revelou um crachá preso ao bolso interno. O retângulo reluziu à meia-luz da casa noturna. Fiscais de impostos.

— Meu tio não está no momento. — Flora se arrependeu de sua preferência por trabalhar sozinha.

— Bom, que pena — disse o fiscal. Ele estendeu a mão. — Edgar Potts. Departamento de Álcool, Tabaco e Armas de Fogo.

A palma da mão dele estava úmida, e Flora desejou poder secar a mão no vestido sem parecer grosseira.

— Posso ajudá-lo, sr. Potts?

— Provavelmente sim. — Sua voz lenta pingava com algo pior do que transpiração. Ele deu uma olhada para os dois homens ao seu lado. Ficou claro que, qualquer que fosse a piada do sr. Potts, era à custa dela. Eles não iriam conseguir irritá-la com tanta facilidade. Flora esperou. Se o sr. Potts desejava algo, ele teria de falar. O silêncio engrossava conforme os segundos passavam, uma técnica que ela aprendera enquanto enrolava Grady.

O sr. Potts finalmente cedeu. Ele pegou um lenço encardido no bolso e secou a testa. Flora desejou que ele chegasse ao ponto no lábio superior. Mesmo à luz fraca, estava úmido o suficiente para brilhar.

— Estamos aqui para verificar seus impostos — disse ele.

Flora não respondeu imediatamente. Impostos não eram sua área, e Sherman normalmente a enxotava no instante em que esse tipo de homem aparecia. Agora ela entendia o motivo. Havia um quê de velhaco nos olhos do sr. Potts. Ele estava procurando uma oportunidade para atacar, e Flora não queria dizer nada que acidentalmente provocasse confusão para a casa noturna. Os dois homens que estavam com o sr. Potts deram meio passo à frente, de modo que os três formavam um muro entre ela e a saída. A pulsação de Flora latejou nas têmporas.

— Tenho certeza de que meu tio Sherman ficaria feliz de revisar os impostos com vocês amanhã à tarde, quando estiver aqui. — Ela manteve a voz suave e calma. — Posso oferecer alguma coisa para comerem? — O pão de milho de ontem ainda devia estar bom, apesar de que deveria ser levado para os pobres. O sr. Potts hesitou, e Flora esperou não parecer tão nervosa quanto se sentia.

— Vamos aceitar — disse o sr. Potts finalmente. — E queremos algo para beber também. E depois — ele fez uma pausa e tossiu na mão úmida — vamos dar uma olhada nos seus livros. Hoje. Agora mesmo. Sabemos que a casa noturna é tão sua quanto dele. Afinal, seu nome está no registro fiscal.

Flora o encarou com seriedade, certa de que ele havia escolhido de propósito aparecer num dia em que Sherman não estava lá, pensando que ela seria uma presa fácil. Ele teria uma surpresa. Seus livros estavam limpos como as toalhas de mesa, e ela tinha mais experiência de vida do que a maioria das pessoas de sua idade. Outras casas noturnas podiam tentar dar uma volta nos impostos de bebidas alcoólicas, mas não o Domino.

— Ótimo, então. Podem me seguir, por favor... cavalheiros? — Eles não eram os únicos que sabiam fazer piada.

Ela passou pelas portas vaivém da cozinha e sentiu o peso quente de uma mão no bumbum. Rangendo os dentes o suficiente para quebrar uma pedra, ela desviou do aperto do sr. Potts e foi até o longo balcão de madeira no meio do cômodo sem dizer uma palavra.

Escolheu a maior faca que Charlie tinha para cortar o pão de milho. Isso não facilitou o trabalho, especialmente porque suas mãos estavam tremendo. Mas transmitia uma mensagem, ela esperava, enquanto usava a ponta para colocar três quadrados amarelos em três pratos brancos. Ela serviu três copos de leite, sabendo que não era esse o tipo de bebida que o sr. Potts tinha em mente. Mas ele não podia reclamar. Afinal, não devia beber em serviço. A respiração dela se aprofundou um pouquinho enquanto se sentia assumindo o controle da situação, algo parecido com o que ela sentia quando estava no palco, criando uma barreira de notas entre ela e o público.

— Vocês não querem sentar, por favor? — Ela apontou a faca para uma mesa redonda no canto, onde ela e Sherman e o restante da equipe comiam nos intervalos. O sr. Potts e seus lacaios a deixaram servir o pão de milho e o leite, que ele olhou como se estivesse vendo um bode de um olho só. Flora se permitiu um sorriso pleno. Talvez ela tivesse sorte e ele engasgasse.

— Volto com os livros num instante.

Ela sentiu os olhos deles a seguindo até o cofre no depósito, onde Sherman guardava os registros. Alguém assobiou um "fiu-fiu" — não foi o sr. Potts, que estava no meio de uma tosse esponjosa. Ah, cortar os três em quadradinhos e servi-los em pratos brancos limpos. Isso seria o máximo. Ela encontrou o livro de registros e parou a alguns passos da mesa, segurando junto ao peito o volume envolto em cartolina marmorizada.

O sr. Potts saiu do transe.

— Vamos ver, então.

Ela o colocou na frente dele e afastou o leite e o pão de milho.

Ele abriu o livro e encontrou as entradas mais recentes.

— Como é que eu vou saber se vocês não mantêm outros livros?

— Outros livros? Não sei o que isso pode significar. Mas acredito que meu tio diria que já é trabalho suficiente manter um só.

O sr. Potts analisou os números de maneira ostentosa. Ele fazia sinais de positivo com a cabeça e rosnava enquanto estendia a mão por sobre a mesa e enchia a boca de pão de milho, deixando cair migalhas gordurosas nas páginas em que Sherman trabalhara.

— Tem mais alguma coisa para nós? — perguntou ele. — Alguma outra fonte de receita para relatar? Seu *tio* — o modo como ele disse a palavra indicava que ele não acreditava que o relacionamento era verdadeiro — não entrou num ramo de negócios mais antigo, entrou?

Flora levou um instante para entender a sugestão de que Sherman era um cafetão e ela, sua prostituta. E, por "mais alguma coisa", o sr. Potts queria dizer um suborno.

— A menos que os cavalheiros queiram mais pão de milho, isso é tudo que eu tenho. A maioria dos clientes diz que é a melhor opção no cardápio. Receita da minha avó.

O sr. Potts fechou o livro. Ele secou os lábios com o lenço sujo, deixando passar, mais uma vez, a transpiração sob o nariz.

— Bom, o negócio é o seguinte — disse ele. — Impostos são complicados, e eu não espero que uma jovem... senhorita... como você os entenda completamente. Seu tio não estar disponível em horário comercial me dá a certeza de que ele está escondendo alguma coisa ou tem algum negócio ilegal. Então vamos ter que fechar este lugar. A menos que...

— A menos que o quê? — Flora olhou em sua carteira. Tinha se esquecido de devolver o dinheiro de Nana para a lata. O sr. Potts registrou o olhar, e um sorriso se espalhou em seus lábios.

— Ora, ora — disse ele. — Estou vendo que você pode ser mais esperta em assuntos comerciais do que demonstrou.

Flora desviou o olhar. A ideia de dar a esse homem o que ele queria — de abrir mão do dinheiro de Nana — fez seu sangue ferver. Mas, se fosse para se livrar dele, talvez valesse a pena. Ela hesitou, desejando que Sherman estivesse ali para cuidar dessas coisas. Esse era o dinheiro da sua avó. Dinheiro que Nana queria que ela gastasse no seu voo, não que ela tivesse a intenção de fazê-lo. Mas, se ela não pagasse, eles fechariam a casa noturna.

Flora entrou em pânico. Naquele momento, o que ela mais queria era que aqueles homens fossem embora, e queria que o Domino continuasse de portas abertas. Ela poderia pagar tudo a Nana algum dia. Ela abriu a carteira e pegou metade das notas. O sr. Potts olhou descaradamente o que tinha sobrado. Com as mãos trêmulas, Flora deu tudo a ele.

— Satisfeito? — Ela não conseguiu resistir a injetar veneno na palavra.

— Não tenho a menor ideia do que você pode estar dizendo, senhorita.

— O sr. Potts abriu o paletó, onde o crachá estava pendurado no bolso. Ele enfiou as notas ali e alisou o volume no peito. Ela olhou para a porta.

— Se isso for tudo — disse Flora —, tenho trabalho a fazer. Espero que voltem para o espetáculo. — Ela também esperava que seu tom deixasse claro que ela queria que eles fossem embora para sempre.

— Sem querer ofender — disse o sr. Potts —, seu tipo de música... não é nosso estilo.

Enquanto se dirigia à escada, o sr. Potts roçou lentamente no peito de Flora. Ele rosnou ao fazer isso, e ela engoliu os protestos. Era importante escolher suas batalhas quando se tratava de homens como aquele. A questão não era vencer, e sim sobreviver.

Quando eles foram embora, Flora se recostou na porta do depósito. Seu corpo todo tremia, mas ela não chorou. Mesmo que não estivessem lá para ver, ela não ia dar essa satisfação a eles. Flora esperava que Sherman não ficasse decepcionado com o modo como ela lidou com a situação. O dia em que ela estaria livre de tudo isso não podia demorar.

26

Não muito tempo depois, o Amor seguiu Grady Bates até uma região perigosa da cidade, alguns quarteirões ao sul do Domino. No início ele apareceu como James Booth, em seu terno surrado, com o cabelo dourado reluzindo sob a luz. Preocupado com testemunhas, o Amor aumentou seu corpo, encolheu sua postura e acrescentou um pouco mais de história às roupas e ao rosto. Ele se mantinha dois quarteirões atrás de Grady, seguindo-o através dos raios benignos do sol do início de tarde.

O bairro era sombrio em comparação com outras partes da cidade, especialmente comparado com o local onde Henry morava. Uma fileira de bordos magrelos plantados ao longo da calçada proporcionava pouca coisa de sombra ou ornamentação. Pedaços amassados de papel-jornal amarelo se espalhavam por espaços vazios, e cacos de vidro de garrafas quebradas brilhavam.

Um único pensamento circulava na mente do Amor enquanto ele caminhava, uma ideia louca que ele deveria ter cuspido como um pedaço de carne estragada.

Matar Grady Bates.

Isso o perturbava, para dizer o mínimo. Ele duvidava de que a Morte se sentisse assim enquanto perseguia sua presa, exposta e trêmula. Mas era a escolha certa. Grady era um perigo e um obstáculo, e o modo de removê-lo permanentemente era roubar uma jogada do livro da Morte.

Ela ficaria furiosa, é claro. O Amor se perguntou, brevemente, por que isso incomodava mais que a perspectiva do assassinato iminente de um homem.

Grady entrou em uma loja que vendia jornais, revistas e tabaco. Sem saber quanto tempo o homem ia demorar ali, o Amor se apoiou num poste de luz e esperou. Estava meio tentado a entrar e comprar um jornal, mas algo o impediu. Em vez disso, pensou em métodos de assassinato. O que ele faria se fosse humano? Usaria os punhos? Usaria uma garrafa quebrada como faca?

Punhos e lâminas eram muito íntimos. Quase tão íntimos quanto o próprio amor. A Morte costumava usar um toque, mas ele não conseguia imaginar que o que ela fazia era sequer parecido com o amor. Os poderes dela também eram muito mais fortes que os dele. Ela conseguia manipular a matéria, derrubar uma aeronave e parar o tempo. Em comparação, seu dom parecia patético. Tudo que ele conseguia fazer era encher um coração de amor.

Ele tirou o chapéu e massageou a testa, semicerrando os olhos contra o sol. A porta se abriu, e Grady surgiu com um jornal dobrado embaixo do braço. O Amor espiou dentro do coração de Grady. O próximo desejo do homem? Pão de mel — e um momento com a garota bonita que trabalhava atrás do balcão da padaria.

Essa pequena infidelidade normalmente teria incomodado o Amor. Agora, ele a apreciou. Então seguiu Grady até a padaria. A jovem atrás do balcão — devia ter dois ou três anos a mais que Flora — olhou para ele com um toque de suspeita antes de voltar sua atenção para Grady e sorrir. Doía ser tratado diferente por causa da cor da sua pele. Pensar na frequência com que a maioria branca da cidade olhava desse jeito para a pequena população de moradores de pele escura era preocupante. Como sempre, a Morte tinha sido perspicaz na escolha de seu jogador.

Ele percebeu um terceiro humano na padaria. O padeiro, um homem calmo de meia-idade, surgiu dos fundos, com o rosto cheio de farinha. Parecia acalorado, sem dúvida por passar o dia todo perto de fornos. Com remorso, o Amor mediu a profundidade do coração do padeiro, acrescentando camadas da mesma maneira que um pedreiro poderia construir uma parede. Ele precisava inserir uma overdose do tipo errado de amor, o tipo abrasivo e possessivo que faz um coração ficar bruto. Ele inseriu seu amor deturpado nos espaços sensíveis e o segurou ali para que a mente do homem não pudesse se livrar disso.

Agora o padeiro acreditava estar eternamente apaixonado pela garota atrás do balcão, a garota que estava rindo e flertando com Grady como se isso acompanhasse cada pão de mel vendido. O Amor sussurrou o nome do padeiro, sabendo que essa era a única palavra com probabilidade de fazê-lo surtar. O homem abriu uma gaveta embaixo da caixa registradora. Ele pegou um revólver. Grady recuou até uma prateleira de pães recém-assados, com as mãos para o alto.

— Agora — sussurrou o Amor.

O padeiro apontou a arma para Grady. O Amor prendeu a respiração enquanto a arma era destravada.

Nesse exato momento, uma figura se materializou na frente dele. Sua mente registrou quem era quando a mão dela voou em seu rosto. O golpe interrompeu a ligação do Amor com o padeiro, que soltou a arma. Ela disparou, atirando através da vitrine de doces. O padeiro e Grady cobriram a cabeça para se proteger da chuva de cacos de vidro.

A garota caiu de joelhos.

— Por favor — implorou. — Por favor, não.

Envergonhado, o Amor sentiu o rosto em chamas. A Morte estava parada a poucos centímetros, os olhos parecendo fendas, a boca, um talho de batom vermelho. Ela se parecia com Helen e, ao mesmo tempo, parecia ela mesma.

— O que você pensa que está fazendo?

— Você, entre todas as pessoas, deveria saber. — O Amor mexeu o maxilar, meio que esperando que ele se despedaçasse. Houve um flash quando o padeiro se inclinou para pegar a arma, que ele examinou como se tivesse vida própria.

A Morte congelou o tempo.

— É claro que eu sei *o que* você estava fazendo — sibilou ela. — O que eu quero saber é *por quê*. Como você *ousa*?

— Como ouso o quê? — perguntou o Amor. — Como ouso fazer o que você faz todos os dias?

A Morte cerrou as mãos, e o Amor se preparou para outra bofetada. Grady estava congelado, segurando no peito o jornal dobrado, como se quisesse se defender, com a boca aberta, porque estava prestes a falar.

— Ele está no caminho — comentou o Amor, incapaz de dizer o nome de Grady.

— Ele é um ser humano — disse a Morte. — Uma alma viva. E não é assim que se joga.

O Amor não conseguiu interpretar a expressão no rosto dela. Como sempre, a mente dela estava fechada para ele.

— O que você quer dizer? É assim que *você* joga.

— Exatamente — disse a Morte. — Você não é como eu. Você não...

— Eu não o quê? — Ele levantou o chapéu e alisou o cabelo. — Eu não quero vencer? É isso que você pensa?

A Morte fez um ruído de frustração e saiu da loja. O Amor a seguiu.

— Deixe-os em paz. Você não precisa fazer isso — disse ela.

O Amor olhou de volta para os humanos, ainda congelados na loja.

— Tudo bem. Não vou fazer.

A Morte liberou o tempo. Um olhar surgiu no rosto do padeiro. Ele olhou para o revólver, e o Amor lembrou, tarde demais, que o veneno continuava no coração do homem, mais que suficiente para ser perigoso.

A garota se encolheu.

— Por favor, não!

O Amor olhou para a Morte. Suas íris ficaram brancas quando o padeiro mirou a arma. Ela se materializou dentro da loja quando a arma disparou. Tarde demais para salvá-lo, a Morte pegou Grady por trás. A bala tinha atravessado o jornal. Uma flor vermelha profana surgiu através do papel e da tinta. Grady tossiu sangue, e a Morte o colocou no chão com delicadeza.

O padeiro gritou, seu coração martelando num ritmo frenético. Ele disparou na direção da garota, que tinha se encostado nos sacos de açúcar e farinha.

Houve um segundo tiro, depois um terceiro.

O Amor fechou os olhos.

— Não — sussurrou ele.

Alguns instantes depois, a Morte estava ao seu lado. Através da vitrine da loja, três corpos tinham sido arrumados lado a lado pela Morte, como se esse pequeno gesto de organização pudesse dar algum sentido àquilo tudo. Havia sangue respingado nas paredes e no chão da padaria. Os joelhos dela cederam. O Amor a segurou, encantado com quanto ela era pequena. Ela levantou a cabeça e olhou para ele, os olhos ainda no tom branco-prateado que assumiam quando ela se alimentava. Depois de um instante, a cor voltou. Ela o empurrou e secou os olhos.

Tinha abandonado o disfarce de Helen e era totalmente ela mesma, linda, eterna e forte.

— Meu destino é uma prisão. É a única coisa que a humanidade e eu temos em comum. Você era o único de nós que não tinha a necessidade de habitar uma prisão. Assumi a responsabilidade por essas almas no seu lugar, apesar de a morte deles ser culpa sua. Você deveria ser obrigado a sentir como é estar aprisionado.

Angustiada, ela desapareceu. O Amor sabia que deveria segui-la, apesar de ela não ter dito onde encontrá-la. Ao longe, a sirene da polícia soou. E, num momento repugnante de clareza, o Amor soube para onde ir.

A Morte esperou pelo Amor no pico fustigado pelo vento que vinha do presídio, olhando para Alcatraz por sobre as águas turvas. Sob o sol se pondo, a ilha escurecia como uma contusão no horizonte. Era a pior das prisões, e era isso que ela queria que o Amor visse. Uma brisa de eucalipto levantou o seu cabelo. Depois uma buzina soou, e ela sentiu a presença dele.

— É realmente impossível escapar daí? — perguntou ele, diminuindo a distância entre os dois.

— De onde, da prisão? — Dadas as circunstâncias, ela precisava perguntar.

Ele fez que sim com a cabeça.

— Alguém já tentou?

— Até agora só um. Faz pouco mais de um ano. — Ela vasculhou sua memória. — O nome dele era Joe. Um dia, ele tentou se matar quebrando os óculos e rasgando a própria garganta.

— Ele era louco?

— Pense em onde isso aconteceu — disse ela. — Além do mais, ele não acertou a carótida. Não queria morrer de verdade. Ele estava enviando uma mensagem de sangue. — O vento soprou seu cabelo de novo, e ela o ajeitou.

— O que mais você sabe sobre Joe? — perguntou o Amor. — Ele tinha amigos?

— Não. Nenhum. Mesmo entre os proscritos, ele era considerado uma aberração.

— Por que ele estava preso?

— Roubou dezesseis dólares e trinta e oito centavos num assalto aos correios. De vinte e cinco anos a prisão perpétua.

— Ele teria roubado mais, se houvesse mais dinheiro para levar — disse o Amor. — Não é a quantia. É o ato.

— Ele estava com fome. — A Morte aumentou a voz para ser ouvida acima do grito frio do vento da baía. — Ele estava com fome e não encontrava trabalho. Quer adivinhar qual foi a última imagem que ele me ofereceu?

O Amor balançou a cabeça.

— O rosto dele. Que ninguém olhava. Que não era visto. Que não era amado. Na vida, ele teve um momento de grande determinação: o momento em que decidiu escalar o muro de pedra e escapar. E aí o tiro do guarda encontrou suas costas.

O Amor engoliu em seco.

— E você sabe disso com um toque? Como consegue se lembrar de tudo?

— Como é que você se lembra das suas próprias mãos? — perguntou a Morte.

O Amor enfiou a mão no bolso e pegou uma barra de chocolate. Partiu um quadradinho e deu a ela. A Morte o colocou na boca, onde o doce começou a derreter.

— Amargo — disse ela.

— Parecia o ideal. O chocolate contém alguns dos elementos químicos que o cérebro humano produz quando está apaixonado. Estou surpreso de você gostar.

Ela o encarou.

— A arrogância não lhe cai bem.

Eles terminaram a barra de chocolate quando as estrelas surgiram na jaula infinita do céu, poucas de cada vez, belos monstros que não piscavam.

— Sinto muito pelo que aconteceu — disse o Amor.

A Morte apertou a mão dele.

— Jogue como você mesmo. Não como eu. Confie em mim.

O Amor concordou com a cabeça. Se algum olhar humano os estivesse observando naquele momento, teria visto um casal apaixonado sob um céu com uma lua pendurada num anzol.

27

Henry fez um acordo consigo mesmo. Se lesse cinquenta páginas do livro de história, poderia ir ao Domino. Não importava que ele ficasse fora até tarde de novo e certamente estivesse cansado demais para terminar o último problema de cálculo. Outros cálculos importavam mais: como convencer Flora a mudar de ideia sobre "um dia".

Pegando um feixe de peônias cor-de-rosa rebeldes do jardim da sra. Thorne, Henry disparou na direção da casa noturna. Ele se sentia tímido e empolgado e tinha um milhão de coisas para dizer. Principalmente, ele queria estar no lugar de costume, vendo Flora cantar. Não ia pressionar para ir além, mas precisava ficar perto dela.

Estava estranhamente silencioso na rua em frente à casa noturna. Normalmente, trechos de músicas escapavam lá de dentro. Ou casais a caminho de entrar conversavam uns com os outros e cumprimentavam amigos. Talvez fosse apenas uma noite tranquila. Ou talvez — ele acelerou — uma batida policial tivesse fechado o local. A lâmpada sobre a porta estava apagada. O leão-de-chácara não estava no seu posto. Alguma coisa estava errada.

Henry bateu na porta até a mão doer. Depois de um tempo, quando estava prestes a desistir, a porta se abriu. O tio de Flora surgiu das sombras.

— A casa está fechada — disse ele.

— Fechada? — Henry se sentiu burro por perguntar.

— Bom, eu sei que você não tem problema de audição, filho. De outra forma, não viria aqui com tanta frequência. Então não me faça repetir.

Henry mal conseguia sentir as pernas.

— Fechada... Fechada para sempre? O que aconteceu?

— Por enquanto, filho — respondeu o homem, com a voz amarga. — O contrabaixista levou um tiro e morreu, não que seja da sua conta.

Henry se sentiu mal, como se sua antipatia pelo homem tivesse causado a morte dele.

— Mas e a Flora, ela está bem?

O homem não respondeu.

— Vá para casa, filho. Você parece uma bola de pelo cuspida por um gato. — E fechou a porta.

28

Sábado, 15 de maio de 1937

Três dias depois, a banda se reuniu após o funeral de Grady para um piquenique no quintal de Flora. Vários músicos, ainda vestindo o terno de funeral, estavam distraídos com um jogo de croquet aplicando um conjunto totalmente não ortodoxo de regras. O núcleo da banda — o baterista, Harlan Payne, e Palmer Ross, o pianista — estava sentado ao redor da mesa, conversando com Flora e Sherman.

Apesar do peso da ocasião, era um belo dia para estar ao ar livre — quente e ensolarado, o ar repleto da doçura da grama cortada e do perfume de glicínias. Mas, no fundo, isso só aumentava o sentimento de culpa. A última vez que Flora tinha visto Grady foi depois de estar com Henry. Grady a deixara em casa sem uma única palavra, o que, naquele momento, tinha sido um alívio. Agora isso piorava a sensação de que sua morte tinha sido culpa dela. Flora queria entrar no avião do capitão Girard e sair da cidade, começar em outro lugar como outra pessoa. Ela nunca faria isso, não com Nana dependendo dela. Mas a vontade estava lá.

— Um mês fechado não vai fazer mal ao Domino — disse ela. — Isso vai dar tempo para a gente encontrar um novo contrabaixista e fazer tudo direito: trabalhar na seleção de músicas, aprender alguns números novos. O que acham de tirar férias?

— A música *é* estar em férias, para mim — argumentou Harlan. — Fico entediado sem ter o que fazer. — Ele tamborilou na mesa com um par de baquetas.

— Então vamos ensaiar — disse ela. — A gente só não se apresenta.

— Você sabe quem é bom? — indagou Palmer, alisando o queixo barbado. — Aquele cara novo do Majestic. Qual é o nome dele? Vocês sabem, Peaches Hopson. Acho que devíamos tentar levá-lo para a banda.

Sherman brindou o copo de chá gelado com Palmer.

— Boa ideia.

Alguma coisa roçou nos tornozelos de Flora. A gata, que procurava uma comidinha. Ela deixou cair um pedaço de frango. Os dentes da gata fizeram um barulho úmido de trituração da carne.

— Esse bicho está te fazendo de boba — disse Sherman.

Sem querer melhorar as coisas, Flora pegou uma coxa inteira. Ela a deixou pendurada entre o polegar e o indicador.

— Não! — disse Sherman. — Essa é a minha parte preferida.

Flora a jogou embaixo da mesa.

— Não acredito que vocês estão falando em roubar o Peaches do Majestic. Eles são nossos amigos — disse ela. — Como vocês se sentiriam...

— Eles são nossos concorrentes — retrucou Sherman. — É um negócio. O Doc vai entender. E achei que tínhamos concordado que, depois daquela situação com o fiscal, você se concentraria na música e eu cuidaria do restante.

Flora não estava no clima para ser lembrada do que acontecera com o sr. Potts.

— O sindicato pode ter alguma coisa a dizer sobre esse plano de vocês. — Todos eles eram membros do Local 493. — Seria melhor colocarmos um anúncio. Poderíamos publicar nos jornais daqui até Los Angeles. Para achar alguém disposto a fazer um novo show. E depois a gente usaria isso como um motivo para atrair mais clientes. Além do mais, o contrabaixista é a música.

— A menina tem um bom argumento — disse Harlan. — Eu não ia gostar muito se o Doc tentasse contrabandear o Palmer ou um dos gêmeos Barker.

Palmer riu.

— Ninguém além de nós aceitaria o Chet e o Rhett. — Chet e o trombonista, Sid Works, tinham prendido Rhett ao gramado com arcos de croquet ao redor dos tornozelos, punhos e pescoço. — Nem o Sid.

Na rua, alguém desligou o motor de um carro. Uma porta bateu. A gata se afastou.

— Essa coisa podre nem comeu a coxa toda — disse Sherman. — Que desperdício de comida gostosa.

Flora sorriu sem querer e tomou um gole de chá gelado.

— Então vamos colocar um anúncio. Fazer uma busca em Seattle, San Francisco, Los Angeles, New Orleans. Podemos procurar em Chicago e Nova York também.

Sherman esfregou o rosto com a palma da mão.

— Parece tão divertido quanto enfiar um picador de gelo nas unhas do pé. Ainda acho que a gente devia simplesmente pegar alguém de outra casa noturna. Acabar com isso e reabrir na próxima semana.

A porta de tela que dava para o quintal se abriu, e a cabeça de Nana apareceu.

— Sherman — disse ela. — Você pode dar um pulinho aqui dentro?

Atrás dela, a silhueta de uma pessoa se formava sob a luz do sol no início da tarde. Sherman deixou a porta de tela bater com força atrás de si. Flora esticou o ouvido — parecia que ele estava dispensando um vendedor ambulante. Eles sempre estavam tentando fazer Nana comprar enciclopédias, facas, escovas. Ela odiava dizer não, e pedia a Sherman para fazer isso sempre que ele estava por perto.

Houve um pouco de conversa e depois a voz de Sherman:

— Mais fácil encontrar sorvete no inferno.

— Ah, Sherman. — Era a voz de Nana. — Tem certeza? Que mal faria?

— Você sabe o que ele está querendo de verdade, não sabe?

— Não seja tolo, Sherman.

Flora se perguntou o que o vendedor estava oferecendo.

Mais murmúrios e em seguida:

— Falar com ela? — Era a voz de Sherman. — Como você a conhece? Ei, você não é aquele garoto que anda espiando pelo Domino? Eu não te reconheci à luz do dia. Agora suma daqui antes que eu desconte meu mau humor em você.

— Sherman! — Flora percebeu quem estava em sua casa. Não queria encarar Henry naquele momento, mas também não queria que o tio fosse grosseiro com ele. Ela subiu rapidamente os degraus. Henry não parecia o tipo que vendia coisas de porta em porta. Ele pode ter aparecido por um motivo totalmente diferente, um motivo que piorava tudo.

Com o rosto vermelho, ela abriu a porta de tela. Henry estava usando uma camisa limpa e tinha acabado de fazer a barba — havia um corte minúsculo em seu queixo, ainda vermelho de sangue. Ele tinha penteado o cabelo até brilhar. E, ao seu lado, no estojo, havia um contrabaixo.

— Henry — disse ela.

— Essa fatia de pão branco aqui está dizendo que quer ser o nosso novo contrabaixista — disse Sherman.

Desde quando ele tocava música? E desde quando alguém como ele tocava o tipo de música dela?

— Eu... ouvi dizer que vocês estavam procurando um — Henry explicou. — Vocês estão, não é?

— Por acaso — disse ela —, estamos. Mas...

— Estou interessado — Henry interrompeu. — A temporada de beisebol está quase acabando. Eu poderia ensaiar depois da escola. Eu vou me formar no próximo mês e vou ter que procurar emprego. — Ele se virou para abrir o estojo.

A gata preta deslizou pela porta de tela aberta e roçou nos tornozelos de Flora. Ela colocou a mão no peito, se sentindo tonta. Provavelmente por excesso de frango e sol e pouco chá gelado. Ela enxotou a gata, que se enroscou nos tornozelos de Nana.

— Aí está essa criatura de novo — disse Nana. — Juro que ela ainda vai me matar.

Flora balançou a cabeça. A ideia de Henry na sua banda era loucura. Apesar disso, ficou surpresa ao descobrir que ela queria isso. Sem saber por quê, e com a certeza de que nunca tinha desejado algo com tanta vontade. Era por isso que ela precisava dizer não, e com firmeza. Os dois iam sofrer quando ele tocasse e fosse horrível. Ela nunca seria capaz de encará-lo depois disso.

— Sinto muito — disse ela. — É só que...

— O quê? — perguntou Henry. — Você acha que eu não sei tocar? — Seus olhos a desafiavam. Flora quis dar meio passo para trás.

— Não é isso.

— O que ela está dizendo — explicou Sherman — é que esse é o *menor* dos seus problemas. Também tem a questão da idade. Se você tiver mais de dezoito, eu sou uma freira malabarista. Preciso conversar com o Banheira sobre quem ele deixa entrar no Domino.

— A Flora não tem dezoito anos — argumentou Henry.

— A Flora é dona do Domino. As regras não se aplicam a ela. Vá para casa, garoto.

— Flora. — Henry soltou o nó da gravata. — Posso pelo menos fazer o teste?

O modo como ele disse seu nome afundou dentro dela. Apavorada com que as pessoas adivinhassem seus sentimentos, ela deu um passo atrás e esmagou o rabo da gata sob o sapato. A criatura chiou e disparou para fora.

E foi aí que ela disse as últimas palavras que queria.

— Eu não... Você não serve para nós. Sinto muito. — Ela virou de costas. Enquanto descia os degraus e saía de novo, Flora ouviu a voz de Nana:

— Podemos pelo menos te oferecer um pouco de frango? Fui eu mesma que fritei.

Henry recusou com educação, e sua silhueta desapareceu da porta de tela.

Ele saiu apressado, tentando não bater o contrabaixo na moldura da porta. Ela nem quis ouvir, uma possibilidade que ele não tinha imaginado, não conseguia acreditar. Foi audacioso querer fazer um teste. Mas ele tinha talento e tocava as músicas dela desde o instante em que a vira pela primeira vez no palco. Ensaiou tanto que a ponta dos dedos estava com calos. E ela o dispensou sem ao menos uma explicação.

Ele achava que havia algo entre eles. O modo como se encontraram quando eram crianças. O modo como seus caminhos se cruzaram novamente na pista de decolagem e no parque, como se o destino os estivesse guiando em direção um ao outro. Como os dois entendiam a linguagem da música. A sensação dela em seus braços quando os dois valsaram no telhado sob um céu sem lua e sem estrelas, mas que parecia cheio de luz.

A diferença entre isso e como ele se sentia à mesa de jantar dos Thorne com Helen era enorme. Helen era a escolha certa de várias maneiras, mas errada em todas as que eram importantes. Então surgiu uma vaga para ele subir ao palco com Flora — de um jeito terrível, sim. Mas ele estava preparado para assumir a vaga. Ele se ofereceu. E ela disse não. Como ele pôde ter sido tão idiota?

Se era assim que ela queria, ele ia respeitar. Ele a deixaria ir. Daria mais uma chance a Helen. Talvez ele estivesse errado em relação ao amor. Talvez Helen pudesse ensinar outro jeito a ele.

Ele colocou o contrabaixo ao lado do carro de Ethan. Abriu a porta de trás e estava prestes a colocar o instrumento lá dentro quando um pardal cantou um riff exatamente igual ao que Henry estava tentando dominar. Coincidência, talvez. Ou quem sabe um truque de sua mente vacilante. De qualquer maneira, seus dedos começaram a se contorcer. Essa agitação subiu por seus braços e atravessou seu peito, e só havia um jeito de pará-la.

Ele fechou a porta do carro, tirou o contrabaixo do estojo, apertou a crina do arco e encontrou um buraco na calçada onde poderia firmar o espigão. Ele se afastaria dela, mas não sem lhe dar algo para se lembrar dele. Henry encarou a cerca ao redor do quintal de Flora, inclinou o contrabaixo em direção ao coração e verificou se as cordas estavam afinadas.

Ele começou o primeiro movimento de uma suíte de Bach que foi escrita para violoncelo, mas podia ser tocada no contrabaixo se a pessoa tivesse habilidade suficiente. Era uma boa peça de aquecimento: doce e calma. Em seguida, mudou para a sua própria versão de "Summertime" construindo uma ponte de notas que uniu as duas canções. Ele passou um tempo viajando por ela, como se fosse um homem sem peso. E depois, quase no fim, largou o arco e se inclinou totalmente para o estilo de jazz *pizzicato*.

A canção assumiu uma urgência. Seu impulso era fazer Flora escutá-lo e perceber o próprio erro. Mas a música o engoliu. Ele não queria magoá-la. Só queria tocar.

O tempo diminuiu o ritmo o suficiente para Henry transformar o que sentia em notas. Uma mecha de cabelo deslizou para sua testa, e sua pele ficou quente, mas as mãos continuavam leves e rápidas. Ele tocava como se não pudesse errar, como se tivesse de estar bem ali, fazendo o que nasceu para fazer. O chão e seu corpo e o céu não estavam mais separados, mas tão ligados quanto três notas poderiam estar numa variedade infinita de cordas.

Henry não percebeu quando rostos apareceram por sobre a cerca. A banda de Flora. Uma fileira de homens surpresos ao ver a origem do som. Enquanto escutavam, eles tiravam o chapéu. De vez em quando se entreolhavam. Ninguém falava.

Henry tocou até dar o seu recado. Sua camisa estava grudada nas costas, e uma gota de suor de sua testa caiu na calçada. Ele levantou o olhar e percebeu o seu público. Flora estava parada nos degraus da entrada, com uma das mãos no peito, apertando o vestido.

— Henry, espere — disse ela, com a voz rouca.

Ela começou a descer os degraus. Henry não esperou. Guardou o contrabaixo e o arco de volta no estojo, fechando-o com força. Depois virou, abriu a porta de trás do Cadillac, colocou o instrumento lá dentro e fechou a porta. Não olhou para trás enquanto sentava no banco do motorista, dava partida no motor e seguia para casa.

29

Sábado, 5 de junho de 1937

O CONTRABAIXO DE HENRY FICOU INTOCADO NO ABRIGO PARA CARROS DU-rante três semanas. Depois de declarar cessar-fogo temporário com o trabalho de cálculo da escola, ele estava deitado no colchão com as mãos sob a cabeça, analisando uma fina rachadura no teto, quando Ethan bateu na porta. Henry não se deu o trabalho de responder; Ethan ia entrar de qualquer maneira.

— O que você acha? — perguntou Henry. — Um velho ou uma bunda de urso?

Ethan pareceu confuso, e Henry apontou para cima.

— Bunda de urso, com certeza. — Ethan fechou o livro de Henry e o colocou de lado para poder sentar na mesinha. — Você vai ter que se levantar um dia.

Henry resmungou. *Um dia*. Essas palavras tinham sido corrompidas. Isso não existia.

Nas semanas desde que Flora o rejeitara, Helen tinha sido gentil. Ela servia os pratos de comida de Henry e fazia companhia enquanto ele comia, e ele achava lisonjeiro o interesse dela por ele e por sua vida e por suas opiniões sobre assuntos importantes. Ele não tinha reclamações sobre os sanduíches dela. Henry não tinha vontade de beijá-la ainda, mas talvez isso acontecesse um dia.

Ele tinha se obrigado a seguir em modo automático na escola e no beisebol. Teria sorte se passasse nas provas finais que se aproximavam, e ele já tinha sido tirado do time oficial e passado para o banco com os calouros. Quando andava pelos corredores, desgrenhado e sem foco, os alunos se afastavam, como se a mágoa fosse contagiosa.

O diretor o chamara no dia anterior, bem quando ele estava saindo da capela.

— Estou ouvindo coisas perturbadoras — disse o dr. Sloane, alisando alguns fios rebeldes do queixo com dedos manchados de nicotina. — Esperávamos mais de você do que estamos vendo na sala de aula e no campo.

O estômago de Henry revirou.

— Sinto muito, senhor. Vou me esforçar mais.

— "Como alto as suas decisões se elevam." — O dr. Sloane tinha uma citação de Shakespeare para cada situação. Ele tossiu com a mão na boca e deu um tapinha no braço de Henry. — Você me avisa se algo estiver errado? Se precisar de alguma ajuda? Uma navalha nova, talvez?

— Claro. — Henry resolveu aparar sua escassa plantação de bigode.

— Não há mais muito tempo para você nesta instituição, sr. Bishop. Sei que a incerteza pode ser difícil de encarar, mas não vamos perder o foco antes de cruzar a linha de chegada. — Ele empertigou os ombros e estendeu a mão.

Henry a apertou.

— Não vou perder, senhor. Obrigado, senhor. — Ele não conseguia se imaginar pedindo ajuda ao dr. Sloane por causa do seu coração partido. *Bom, sabe... tem uma garota que canta numa banda de jazz, e eu queria ser o contrabaixista dela, mas somos da cor errada um para o outro, e ela me disse não, e isso me deixou com um buraco no peito que está lentamente sugando o que restou de mim.*

A especialidade do dr. Sloane era a literatura, não a vida. Em todo caso, era impossível imaginar uma pessoa mais velha com o coração partido.

— É bom saber, Henry. É bom saber. Porque a última coisa que queremos é que você perca a sua bolsa de estudos tão perto da formatura.

O alerta fez Henry se sentir mal de novo. Ele estava atrasado na escola, talvez de um jeito irremediável. Tinha conseguido ajudar Ethan com os trabalhos escritos dele, mas os seus estavam pela metade, rabiscados, espalhados em pilhas e guardados em livros.

Ethan amassou uma folha cara de papel vegetal e a jogou para Henry.

— Viu? — disse Ethan quando Henry a pegou. — Você está ótimo. Já pode se levantar. Além do mais... ouvi falar de uma casa noturna nova. De jazz, na verdade.

Henry puxou o travesseiro para cima do rosto.

— Não me diga que vai desistir da música — comentou Ethan. — Só porque o velho Domino está fechado, não significa que você não pode ouvir jazz. O James diz que essa casa noturna é tão boa quanto o Domino. — Sempre havia uma pausa na voz de Ethan quando ele mencionava sua fonte em Hooverville.

Henry afastou o travesseiro do rosto e se apoiou no cotovelo.

— O James diz, é?

As feições de Ethan mudaram. Henry não conseguiu descobrir que expressão o amigo estava disfarçando.

— O artigo acabou se tornando mais complicado do que eu pensava. O papai não quer mais aumentar o meu prazo, mas quero fazer o trabalho direito. Por isso entrevistei o James algumas vezes, e acabamos nos conhecendo um pouco. Como pessoas. — Ethan foi até a janela e olhou para fora. Henry poderia jurar que as orelhas do amigo estavam vermelhas.

Henry não tinha pensado muito nas ausências de Ethan nas últimas semanas. Achava que ele tinha ido ao Guthrie's ou jantar tarde no Golden Coin. Ethan estava claramente escravizado, e Henry se sentia ainda mais culpado pelo trabalho que evitava.

— Não posso ir — disse ele. — Estou muito atrasado com os estudos.

— Olha. — Ethan encarou Henry. — Você não me contou o que está te devorando, então não posso ajudar com isso. Mas você não toca nem ouve música há semanas, e isso é como uma planta vivendo sem água.

— Tudo bem — disse Henry. — Eu sinto falta. Mas o que fez você se interessar por música agora? Eu precisava te arrastar para ir comigo ouvir.

Ethan olhou para os pés e coçou a parte de trás da cabeça, como se quisesse ganhar tempo antes de responder.

— Você sabe que eu sempre gostei de música. Talvez eu não toque como você, mas sempre ouço rádio. — Ele alisou o cabelo. — E andei falando um pouco sobre isso com o James, você sabe, como parte do artigo. Ele disse que gostaria de ouvir também, por isso eu o convidei para ir junto. Espero que você não se importe.

— Claro que não me importo. — Henry fez uma pausa. Ele não conseguia entender por que Ethan parecia tão constrangido por levar um amigo. Talvez porque James Booth morasse em Hooverville. Um pensamento o atingiu. — Temos um terno para emprestar para ele?

— Não precisa. — Ethan olhou de novo pela janela. — O James disse que tem roupas adequadas. Mas não vamos contar à Helen, está bem?

As tábuas do chão do lado de fora do quarto de Henry rangeram.

— Não vão me contar o quê? — Helen se apoiou na moldura da porta, passando uma lixa na unha do dedo indicador. — Achei que estava ouvindo vocês dois maquinarem alguma coisa. Vocês andam chatos como um cemitério há semanas. Se eu tiver que polir mais um castiçal com a sua mãe, Ethan, vou matar alguém. — Ela estendeu o dedo como se quisesse analisar seu trabalho.

Ethan deu uma olhada para Henry.

— Queremos ter certeza de que é o tipo de lugar que você vai gostar antes de te levar.

Se Henry não soubesse de nada, teria acreditado em Ethan. Havia alguma coisa acontecendo, algo que expunha uma vulnerabilidade. Henry pegou a bola de papel. Ele a abriu e começou a alisar os amassados. Teria sido galante fazer um convite, mas ele preferiu a amizade e a ilusão do cavalheirismo em vez disso. Ele continuou a alisar o papel, mesmo sabendo que era uma causa perdida.

Helen revirou os olhos.

— Eu não tenho medo de nada. Vocês já deviam saber disso a essa altura. — Ela voltou a atenção para a outra unha e, por um instante, não houve nenhum som além da raspagem da lixa.

Ethan esfregou as mãos, como se quisesse limpá-las.

— Então está combinado. Vamos juntos. Tudo bem assim, Henry?

Henry fez que sim com a cabeça. Ficou surpreso por Ethan ter recuado, mas Ethan sempre foi um cavalheiro.

— Ah, ótimo. — Helen se virou para ir embora, olhando para os dois por sobre o ombro. — Vai ser divertido.

Quando ficou sozinho, Henry colocou o papel amassado de volta na mesa, entendendo que era impossível salvá-lo, mas incapaz de jogá-lo no lixo. Ele o colocou entre as páginas de seu livro, sabendo que não ia ajudar. Mas pelo menos não teria mais de olhar para ele.

30

MAIS TARDE NAQUELA NOITE, DEPOIS DE TER DERRUBADO O ÚLTIMO PRO-blema de cálculo e terminado um trabalho comparando Atenas e Esparta ao norte e ao sul durante a Guerra Civil, Henry fez a barba pela primeira vez em três dias. Ele se demorou misturando o sabão, passando-o no maxilar e raspando com a navalha afiada. Sua jugular latejava no espelho. Tão pouca carne entre ela e a navalha. O corte certo seria letal. E mesmo assim não havia chance de ele fazer isso. Uma coisa era ficar triste o suficiente para querer morrer, mas outra totalmente diferente era ser louco o suficiente para se matar. O pensamento, por mais sombrio que fosse, fez com que Henry se sentisse melhor — e a perspectiva de ouvir música de novo era uma prova de que ele queria muito estar entre os vivos, de que, nesse ponto, ele não era igual ao pai.

Ele terminou de se barbear, enxaguou os restos de sabão do lóbulo das orelhas e do pescoço e passou loção pós-barba nas bochechas. Em seguida, se vestiu, ajeitou os livros e papéis sobre a mesa e olhou pela janela. Tinha sido uma tarde nublada e agora, como resultado, o pôr do sol estava desbotando lentamente para o preto. A lua minguante era pouco mais que um sorriso pálido atrás de uma cortina de nuvens. A chuva estava a caminho, mas isso era comum em Seattle. O céu podia ficar pesado de umidade durante dias.

Ethan andava de um lado para o outro na base da escada, mexendo nas abotoaduras.

— Precisa de ajuda? — perguntou Henry.

— O quê? Não. — Ethan olhou para cima. — Só estou gastando energia.

— Não gaste tudo. — Helen apareceu num vestido branco que marcava suas melhores curvas. Usava um par de luvas pretas de cetim até os cotovelos e uma estola de visom sobre os ombros, do tipo em que deixam a cabeça do animal. Um fecho escondido prendia o rabo do bicho dentro da boca, e seus olhos brilhavam de maneira cruel. Henry ficou feliz por ter se arrumado. Ele ofereceu o braço. Enquanto desciam a escada juntos, ele sentiu um sopro do perfume dela e lembrou por que não gostava do cheiro. Lírios eram as flores que compunham o único arranjo no funeral quase vazio de seu pai. Henry nunca soube se foi a pobreza súbita ou o suicídio que afastou todos os antigos amigos da família. Desde então, lírios faziam com que ele se lembrasse do desespero.

Seria muito mais simples se ele desejasse Helen. Mas, apesar de sua pele pálida e aveludada, de suas clavículas elegantemente visíveis acima do decote do vestido, a visão só o fazia lembrar que ela tinha um esqueleto por baixo da carne. Ele queria amor e, quando olhava para Helen, só conseguia pensar na morte.

— O Majestic não é longe — disse Ethan. — Podíamos até ir a pé. Mas tem alguém que vamos buscar antes.

— Uma garota? — perguntou Helen. — Ethan tem um par fixo?

Ele balançou a cabeça e deu um sorriso forçado.

— Você adoraria ter alguma coisa para fofocar com a minha mãe, não é? Mas não. São negócios. É algo relacionado ao jornal. Você não entenderia. É uma tarefa que o meu pai me deu. Pode perguntar a ele, se quiser.

— Não é que eu não entenderia. A questão é que eu não estaria *interessada*. — Helen abriu a carteira e pegou um cigarro num estojo de prata.

— Aqui não — disse Ethan. — Você sabe o que a minha mãe diria.

— E o Ethan nunca faria nada que pudesse custar a aprovação de um de seus pais. — Helen tirou o cigarro apagado dos lábios. — O Ethan é uma marionete perfeita. Sente direito, Ethan. Venha por aqui, Ethan. Faça uma reverência, Ethan.

— No carro também não — disse ele, ignorando deliberadamente a observação. — Você vai queimar os bancos.

Helen revirou os olhos e colocou o cigarro de volta no estojo. A ponta tinha sido marcada de vermelho por seus lábios, e Henry achou a visão ao mesmo tempo repulsiva e fascinante.

O ar noturno estava frio e úmido e fez Henry se sentir um pouco mais como si mesmo. Sob a luz da lua filtrada pelas nuvens, Helen parecia uma imagem em uma pintura. Ele não conseguia dizer se a sensação que tinha era agradável ou perturbadora.

— Mais alguma coisa que não tenho permissão para fazer hoje à noite? — perguntou ela.

— Uma lista enorme — respondeu Ethan. — Use a imaginação.

— Ah, vou usar. — Ela esperou por Henry e estendeu a mão para o braço dele, mas Ethan se enfiou no meio dos dois e a conduziu para o banco de trás.

— Henry, você não se importa de ir na frente, não é?

— De jeito nenhum. — Henry ficou feliz por Ethan estar tentando poupá-lo, mas não tinha certeza se queria continuar sendo poupado. No banco de trás, Helen brincava com o isqueiro, fazendo as chamas aparecerem e desaparecerem. Henry esperou que ela acendesse um cigarro, mas ela não o fez.

Ela não ia deixar Ethan em paz.

— Quem nós vamos buscar? Alguém que eu conheço?

— Não. — Ethan ligou o rádio, que transmitia notícias sobre a eleição de Neville Chamberlain como primeiro-ministro do Reino Unido.

Helen se opôs.

— Nossa, que chatice.

— São notícias internacionais, Helen. É bom se preocupar com eventos que moldam o futuro da humanidade.

— Por favor — disse Helen. — Já tive o suficiente para mil vidas.

Henry olhou pela janela, ansioso para evitar o fogo cruzado. Ethan desligou o rádio. Hooverville estava logo à frente, iluminada pela luz fumegante da fogueira que deixava o ar com um cheiro pesado e triste. Ethan parou o carro. Da escuridão, James Booth apareceu usando um terno cinza limpo, parecendo um dos colegas de turma de Ethan. Talvez sua sorte tivesse melhorado; Henry certamente conseguia imaginar de onde ele tinha conseguido ganhar algum dinheiro. Ethan saltou, e os dois deram um aperto de mãos. Ele abriu a porta de trás e James sentou ao lado de Helen, sorrindo mais amplamente do que parecia possível.

— Isso é algum tipo de piada? — Helen olhou para James como se ele fosse um cachorro fedorento.

— Não seja esnobe, Helen — disse Ethan. — Este é o prefeito de Hooverville. Se ele tivesse nascido rico, poderia até ser prefeito da cidade daqui a alguns anos. Ele tem um talento político incrível. Cheio de ideias inteligentes.

Henry observou pelo espelho retrovisor enquanto ela acendia um cigarro e soprava a fumaça no rosto de James.

— Helen. — James estendeu a mão. — O Ethan me falou muito de você.

— Engraçado. Ele não me falou nada de você. — Helen mal apertou a ponta dos dedos dele. O cigarro aceso dela ameaçou deixar a cinza cair nas costas da mão dele.

— A história tem uma Helen famosa: Helena de Troia — disse James. — Seu rosto lançou mil navios. Você tem um rosto que poderia lançar uma dúzia, e isso é um elogio e tanto. Os navios de guerra hoje são muito maiores. — Ele pegou o cigarro dos dedos dela e o apagou no cinzeiro. — Pronto. Não queremos pôr fogo em nada.

Helen riu.

— Veremos.

Henry olhou para Ethan, se perguntando se Helen e James poderiam ter se conhecido antes. A antipatia dos dois tinha uma certa familiaridade.

— Helen — disse Ethan. — Olhe a educação. O James pode não ter família rica, mas tem ideias e o dom da persuasão. Você até pode chamar isso de riqueza da era moderna.

— Ah, eu chamaria tipos como ele de muitas coisas — disse ela.

— Vá em frente. — James se recostou no assento, apoiando a cabeça nas mãos, como se gostasse de ser maltratado. — Sou todo ouvidos.

Ela o varreu com os olhos.

— A Helen da sua história era uma destruidora de lares, para começar.

— Pelo que eu sei de mitologia, ela era filha de um deus e foi sequestrada do marido.

— Ela não se importou nem um pouco.

— Você tem conhecimento pessoal?

— E se eu tiver?

— Eu diria que você está absurdamente conservada.

— Que adorável você ter percebido — disse ela, parecendo se divertir mais que qualquer outra coisa. — Quanto à Helen da história, ela não sobreviveu por muito tempo depois que o marido a resgatou. A morte é cruel com os amantes, não é?

— O amor é uma coisa terrível, se dá início a uma guerra de dez anos — disse Ethan. — Sem falar na destruição de lares.

Henry desejou saber mais da história. Mitologia e filosofia sempre foram mais do gosto de Ethan. Mas ele tinha de dar o braço a torcer para o amigo. Ethan não estava brincando sobre a inteligência de James.

— Não existe amor terrível — argumentou James, se inclinando para perto de Helen.

— Sempre é terrível — disse Helen, também se inclinando.

— Posso pensar em coisa pior — James praticamente sibilou para ela.

Os dois se afastaram depois que Ethan tossiu educadamente, e Henry ficou aliviado quando o amigo ligou de novo o rádio. O programa de notícias tinha terminado, e o locutor estava contando a história de uma mulher, sua empregada e um amor possibilitado graças à magia do sabonete Ivory.

— É o seu comercial, Helen — disse Ethan. Ele então cantou o jingle:
— "Hilda nunca vai conseguir um nariz grego usando sabonete de beleza, mas esperamos que ela consiga Henry."

— Hilda! — disse Helen. — Preciso escrever uma carta muito séria corrigindo o nome. Ou isso, ou o Henry vai ter que se explicar.

Eles chegaram ao Majestic. Henry esperava acompanhar Helen até dentro da casa noturna, mas Ethan e James ficaram um de cada lado dela, deixando Henry entrar sozinho.

Foi bom assim. Ele teve a chance de respirar melhor, de observar o toldo iluminado, o ritmo da banda, o peso das nuvens. Não havia leão-de-chácara, então Helen, James e Ethan entraram enquanto Henry ficou parado na calçada, aliviado por ter um momento sozinho. O ar ao seu redor pulsava de energia, e, se ainda fosse criança, ele teria sentido vontade de correr pela rua gritando bem alto, só para aliviar a sensação. Por mais que fosse perturbador, era melhor que a tristeza.

A chuva começou. Quando as primeiras gotas molharam sua pele, a atmosfera mudou. Ele secou a água com o lenço e respirou fundo, saboreando o aroma misterioso que as gotas tinham arrancado do solo. Passos leves ecoaram na calçada ao lado. Ele se virou e a viu.

— Flora. — Ele deu meio passo em direção a ela antes de lembrar a si mesmo. Ela estava sozinha, com um guarda-chuva preto pendurado no braço.

— Henry. Eu... — Flora pressionou os lábios. Parecia que ela preferiria estar em qualquer outro lugar.

Depois de um instante, ela desviou o olhar, e Henry percebeu que deixaria Flora partir seu coração um milhão de vezes se pudesse olhar para o rosto dela todos os dias.

— Por que a demora, Henry? — Helen estava parada na porta aberta do Majestic. Ela acariciou a cabeça do visom. — Estamos esperando.

Ele engoliu em seco.

— Com licença — disse para Flora.

Ele entrou na casa noturna sabendo que Flora estava atrás dele, sabendo que ela estava observando. Mas não se permitiu virar para trás nem falar com ela de novo. Ele estava ali com Helen. E iria honrar isso. Ele também iria manter Flora longe de Helen, que sabia ser chata. Além do mais, Flora não o queria, de qualquer maneira. Ele precisava ficar longe para resguardar o seu orgulho.

✈

Henry queria se perder dentro da música, uma canção complicada tocada no compasso cinco por quatro, uma polirritmia que parecia mortiferamente difícil de tocar. Mas Helen e James tinham começado a discutir de novo sobre a Guerra de Troia e as muitas outras vítimas da traição da outra Helen: a morte de Aquiles e seu amante Pátroclo, o isolamento de Ájax, a jornada infinita de Odisseu. Eles gritavam um com o outro para serem ouvidos acima da música, com um Ethan irritado se intrometendo para arbitrar.

— O amor matou todas essas pessoas — disse Helen.

— A guerra fez isso. A guerra. — James terminou seu drinque. — A guerra é um mecanismo da morte.

— O mecanismo foi iniciado pelo amor. — Helen colocou um cigarro entre os lábios e se inclinou na direção de Ethan para acendê-lo.

— Você fala do amor como se fosse a raiz de todo o mal — argumentou James.

— E você não conseguiu provar que não é. — A expressão no rosto dela surpreendeu Henry: sofrimento e raiva e medo. O que aconteceu com Helen para ela ficar assim?

Ethan sinalizou para o garçom pedindo mais uma rodada de drinques, mas Helen balançou a cabeça.

— Já aguentei o suficiente. — Ela se levantou.

— Helen, não seja assim — disse Ethan. Henry queria ecoar o sentimento, mas não conseguiu.

— Ser assim? — indagou ela. — É só uma discussão amigável. O sr. Booth aqui acha que existe alguma coisa mágica no amor, e eu digo que o amor é um dos caminhos mais rápidos para a ruína.

— Fico feliz que você e seu primo não pensem da mesma forma — disse James.

Ethan gaguejou.

— Vamos... vamos só ouvir a música.

Helen não se convenceu.

— Gostei de conhecer o seu amigo. — Ela estendeu a mão para pegar a carteira. — Ele é encantador. Mas eu realmente preciso ir para casa.

Ethan se levantou. James colocou a mão em seu antebraço.

— Eu cuido dela — disse. — Eu me sinto responsável pelo desconforto.

— Eu faço isso. — Henry se levantou.

— Não, eu cuido disso — disse Ethan. O garçom se aproximou rapidamente, como se estivesse preocupado de eles saírem sem pagar a conta.

— Sentem-se — disse Helen. — Vocês dois. O sr. Booth pode me acompanhar até lá fora, mas duvido que possa pagar o meu táxi.

— Eu posso. Acredite ou não — disse James.

Henry tentou se afastar da mesa para acompanhar Helen, mas se sentiu preso ao chão. Foi uma sensação muito curiosa. Ele olhou para Ethan, que deu de ombros, depois sentou e bebericou seu drinque. Helen e James saíram juntos, ainda discutindo.

— Esqueça os dois — disse Ethan. — Que fiasco. Ela é o beijo da morte nos momentos de diversão. Sempre foi. Desculpe, meu amigo.

Confuso, Henry caiu na cadeira ao lado. Bebeu o drinque de uma só vez. Que noite estranha; estranha e terrível.

Do outro lado do salão, ele viu Flora, que havia acabado de colocar sua taça vazia de champanhe na mesa. Ela retribuiu o olhar, mas, quando ele sorriu e levantou a mão para acenar, ela fechou os olhos. Por mais que ele quisesse poder olhar para ela e fazer isso significar algo para Flora, ele não se incomodou. Ela ficava linda, iluminada pela música. Tão linda. E nunca seria dele.

31

Presos como companheiros eternos, o Amor e a Morte nunca trabalhavam como aliados. Mas, naquele instante em que saíam do Majestic, eles se uniram pelo objetivo compartilhado de manter os humanos dentro da casa noturna, cada um com seus motivos particulares. A Morte fez o tempo seguir devagar, e o Amor enfraqueceu o coração de Henry e Ethan para que ficassem quietos na cadeira. Depois disso, o antagonismo voltou.

— O que você está fazendo com aquele garoto — disse a Morte. — É odioso. Irresponsável.

— O Henry? É você quem está brincando com ele.

— Estou falando do Ethan — sibilou ela. — Ele está um pouco próximo, não acha?

— Estou jogando o Jogo. O Ethan amava o Henry. Agora ele me ama. Já você... está indo direto para a matança. É estarrecedor. Nunca na história do Jogo...

Ela o interrompeu:

— Acho que você não tem o direito de fazer acusações nessa linha. Eu levei a cabo aquelas mortes para te poupar. Você não é forte o suficiente.

As palavras silenciaram o Amor.

Ela falou de novo, com mais suavidade agora:

— Eu, no entanto, ainda não tive sucesso no amor. O Henry mal olha para mim. E pensar que fiz pelo menos trinta e sete sanduíches para ele.

A confissão fez o Amor rir. A Morte também riu. Ao redor deles, a chuva ficou mais forte. Um vapor subia de seus ombros, se misturando à névoa da noite. O Amor colocou o braço ao redor do ombro da Morte.

— Vá para casa. Se seque. Beba algo quente.

— Casa — disse ela. — Qual delas?

— A do Ethan, é claro. Se você desaparecesse agora, James Booth seria enforcado.

— Não me tente. — Sua brincadeira agradou ao Amor, mesmo sendo à custa dele. — Mas não posso ir para casa agora. Tenho negócios para resolver. — Seus olhos escureceram. Ela foi embora antes que ele conseguisse perguntar o que ela queria dizer.

Deixando de lado a ansiedade pela partida rápida da Morte, ele se aproximou do carro de Flora. Pensou em abrir o capô e tirar uma peça necessária, um dente de engrenagem cheio de graxa ou uma daquelas maravilhas que soltam faíscas e fazem a fera rugir. Mas, para seu plano funcionar melhor, o vandalismo precisava ser visível.

Para evitar ser reconhecido por testemunhas, ele trocou o disfarce. A calça e o paletó agora eram pretos, assim como o boné que cobria seu cabelo dourado. Ele pegou um canivete no bolso — todo homem em Hooverville tinha algum tipo de lâmina — e levou a ponta até cada um dos pneus. Ficou parado na rua de paralelepípedos, observando o carro afundar. Enquanto a chuva caía em espiral, ele virou o rosto para as estrelas, as mesmas que estavam sempre penduradas ali, mesmo quando não podiam ser vistas. Estrelas que queimavam sua eternidade na fria solidão do espaço, perfurando a escuridão pelo tempo que podiam.

32

Flora tinha ouvido o que precisava. Peaches era bom, mas não o suficiente para o Domino, pelo menos não em longo prazo. Eles poderiam conversar com Doc para pegá-lo emprestado enquanto anunciavam conforme planejado. Ela decidiu cuidar disso no dia seguinte e se sentiu melhor do que nunca desde a morte de Grady. A clareza da decisão combinada com a agitação borbulhante do champanhe a encheu de um fluxo de ousadia — a mesma compulsão que sentia quando voava em círculo sobre o lago Washington.

Na saída, ela passou pela mesa de Henry. A garota com quem ele estava tinha saído, provavelmente ido até o toalete. Flora fingiu não perceber a presença de Henry até o último momento. Então, quando ele olhou para ela, Flora parou e levou os lábios até o ouvido dele, apoiando uma das mãos enluvadas em seu ombro.

— Ele é bom — sussurrou ela. — Mas nada comparado a você.

Seus lábios roçaram o lóbulo da orelha de Henry. Ela queria ficar ali, inalando o cheiro dele ou até mesmo virando o queixo perfeitamente esculpido na direção dela para poder beijar aqueles lábios só uma vez. Mas não fez isso. Esse tipo de coisa... não podia acontecer. Nunca.

Ela pegou seus pertences na chapelaria e saiu. A chuva estava caindo furiosamente, e ela abriu o guarda-chuva e o segurou acima da cabeça. Tinha quase chegado ao carro quando percebeu algo terrível: todos os pneus estavam furados. Ficou parada encarando-os durante vários minutos, dividida entre chamar um táxi e andar até em casa. Uma caminhada custaria menos. Bem quando ela estava prestes a sair, ouviu passos. Atrás dela estavam Henry, Ethan e um rapaz mais ou menos da idade deles. A garota não estava à vista.

— Parece que você está com um pneu furado — disse Henry.

— Ou quatro — retrucou ela.

— Temos um carro seco, se quiser uma carona. Não é problema nenhum.

— Não, obrigada — disse ela. — A caminhada vai ser boa.

— Flora — Henry insistiu. — É quase meia-noite. Está chovendo. Você vai ficar ensopada.

— Bobagem. — Ela levantou o guarda-chuva. Segurou a bolsa perto das costelas. Não eram mais que dois quilômetros. Mesmo de salto alto, ela não levaria mais que vinte minutos. E, depois da sua revelação, parecia mais seguro.

— Deixe a gente te levar. — Henry implorou com os olhos.

— Obrigada, mas não. — Ela virou e foi na direção de casa. Seus sapatos ficariam arruinados, e ela provavelmente pegaria um resfriado mortal, mas seu orgulho estaria intacto. Isso parecia suficiente. Querendo uma distância mais segura entre eles, ela andou mais rápido.

33

A Morte não voltou para a casa de Ethan. Em vez disso, entrou no disfarce de gata preta e miou lastimosamente até a idosa deixá-la entrar. A avó de Flora dava pontos pequenos e iguais numa colcha. Com ou sem Jogo, era a hora da mulher. Ninguém, nem o Amor, poderia culpá-la por isso. Ela havia quase terminado a colcha, que se derretia sobre as bordas da mesa diante dela. Era uma bagunça de cores e tecidos cortados de restos de sacos de farinha e dos próprios vestidos de Marion ao longo dos anos, reagrupados na estampa de um crisântemo.

Uma parte da Morte que tinha dado lugar à felina sentiu vontade de bater na agulha de prata e no rabo flutuante de linha que arqueava e se enrolava na ponta dos dedos da mulher. A Morte não ia ceder a esse desejo, mas se aproximou e olhou para a mulher com seus estranhos olhos negros.

— Estou vendo você aí, me observando — disse Marion. — Não pense que eu não sei.

A Morte lambeu uma pata e a passou atrás da orelha.

— Quando se chega à minha idade — disse Marion, dando um ponto pequeno e reto no tecido —, a gente vê as coisas como elas são.

A Morte abaixou a pata.

— Claro que não faz sentido falar sobre elas. — Marion examinou seu trabalho por um instante, depois completou uma fileira de pontos. — As pessoas iriam achar que eu tinha enlouquecido se fizesse isso. Eu não esperava que você tivesse essa aparência, mas estava preparada para esmagar o seu crânio se você fizesse alguma coisa com a minha Flora. Esmagar o seu crânio, ouviu? Talvez eu até usasse aquela luminária ali.

Ela apontou para uma luminária pesada de metal com o formato de um garoto assobiando.

Balançando o rabo, a Morte foi até a poltrona perto da janela, onde Marion costumava sentar esperando Flora voltar para casa. A cadeira tinha o cheiro da idosa, empoeirada e doce. Com graça, a Morte se transformou num disfarce humano, um que ela esperava que desse alegria a Marion.

A idosa deixou a agulha cair.

— Vivian?

— Não, apenas alguém que se lembra dela. — A Morte alisou as pregas de um vestido exatamente igual ao que a filha de Marion, Vivian, mãe de Flora, usava na noite em que morreu. — Pense nisso como um presente meu para você.

— É um presente — Marion sussurrou a palavra num suspiro trêmulo. Levantou os óculos e afastou as lágrimas que se acumulavam. — Estou feliz... feliz por não ser a única que se lembra. É isso que piora as coisas, claro. Sua filha morre e ninguém quer te perturbar falando sobre ela, e então, antes que você perceba, o tempo passou e todo mundo esqueceu. Todo mundo, menos você. — Ela tirou os óculos. As lágrimas caíram. — Me deixe olhar para você só por um instante.

Ela encontrou a agulha e a enfiou na camada superior do tecido, prendendo-a. Secou o rosto e cobriu a boca para impedir um soluço. Depois de um longo tempo, falou:

— Senti sua falta, filha.

A Morte ficou parada, odiando essa parte. *Não falta muito tempo, agora.*

— Você ficaria orgulhosa da sua menina — disse Marion. — Crescida. Tão independente. E ela canta. Mas não como você. Ela tem o jeito dela. E pilota um avião e tem o sonho de atravessar o oceano, apesar de eu saber que isso vai provocar a morte dela. — Ela se interrompeu, aparentemente lembrando com quem estava falando. Colocou os óculos e pegou a colcha, franzindo a testa para ela. — Uma pergunta prática, se me permite. Vou conseguir terminar isto? Não falta muito.

A Morte ficou tentada a ajustar o rosto para não ser mais a imagem cuspida de Vivian, mas alguém que pudesse parecer uma irmã. Parecia estranhamente intrusivo estar fantasiada num momento como aquele. Mas ela manteve a forma, sem querer matar a esperança da mulher.

— Continue costurando — disse ela. — Não vou interromper.

— Obrigada. Nunca fui de deixar as coisas sem terminar. — Marion deslizou a agulha no tecido. Olhou de novo para a Morte. — Sabe, você não conseguiu imitar totalmente os olhos dela.

— Ah, sim, os olhos. — A Morte deu de ombros. — Minha tarefa requer um certo tipo de visão. Eu sempre mantenho os meus olhos.

As duas mulheres ficaram sentadas num silêncio amigável até os ponteiros do relógio sobre o consolo da lareira marcarem mais uma hora. Meia-noite. O primeiro toque soou. Nana suspirou.

— Uma mulher sensata estaria na cama a esta hora. Mas eu sabia que precisava terminar isto hoje à noite. Eu sabia. — Ela deu mais três pontos, enquanto o relógio continuava a tocar, depois fez uma pausa e colocou a mão no coração. — Eu sabia que você estava vindo. Senti bem aqui.

— Está tarde — disse a Morte no terceiro toque. Colocou as mãos nos braços da poltrona, se preparando para levantar.

— Não vou conseguir terminar. — Marion olhou para a colcha estendida: milhões de pontos minúsculos representando milhões de momentos que jamais voltariam.

A Morte balançou a cabeça.

— Uma vida com todos os assuntos encerrados é uma vida vivida com cuidado demais. — Ela acreditava em cada palavra. Nunca mentiria para alguém, não num momento como aquele. — Agora vamos.

Marion olhou para a porta, e a Morte fez uma careta.

— O Sherman não vai aparecer. Nem a Flora. E, se você correr, eu vou atrás.

— Não é isso — disse Marion, quase sorrindo. — Se eu correr... de jeito nenhum! Eu estava pensando em como vai ser para a Flora. Não tem um jeito...

— Sinto muito. — E a Morte sentia mesmo, do seu jeito. Não podia se livrar do corpo da mulher. Isso faria Flora se sentir muito pior.

No nono toque, ela se levantou. Parando o tempo para todo mundo, exceto para ela e Marion, atravessou a sala de estar aconchegante na figura de Vivian, as lembranças daquela vida voltando apressadas, sem serem solicitadas. A Morte sentiu uma pontada de dor, porque Flora era nova demais para conhecer a mãe. Marion passou as mãos sobre o tecido da colcha, levemente enrugado, pela última vez. Então foi até o sofá e deu um tapinha no espaço a seu lado.

— Venha sentar comigo um pouco — disse.

Sentada ao lado de Marion, a Morte sentiu o cheiro da alma da mulher, e isso a deixou faminta.

— Como isso vai funcionar? — perguntou Marion.

A Morte pegou a mão dela. O braço macio de Marion envolveu seu ombro, e a testa dela encostou na da Morte quando as duas se aproximaram. No instante do contato, houve uma explosão de lembranças, de Marion e de Vivian, recortadas e recosturadas...

... e em seguida os olhos da Morte ficaram brancos enquanto a vida de Marion fluía para dentro dela, alimentando aquela fome infinita até sentir que poderia explodir.

Marion disse uma última palavra:

— Ah!

Seu corpo ficou pesado. A Morte se desvencilhou do braço da idosa e a ajeitou no sofá Davenport. Colocou a cabeça de Marion sobre uma almofada bordada, tirou seus sapatos ainda quentes e os colocou arrumados no chão. Tirou os óculos de Marion, mas deixou os olhos abertos.

A Morte olhou da colcha para o relógio e de novo para a colcha. Tirou a agulha da camada superior do tecido. Fascinante como um objeto afiado tão pequeno conseguia unir tantas coisas. Ela inspirou, sentindo-se reconfortada por uma variedade de aromas: algodão, talco de bebê, a cera de abelha que Marion usava para engomar a linha.

A Morte passou a agulha e a linha pelo tecido do melhor jeito que conseguiu, acelerando conforme se acostumava à tarefa. Depois, tão abruptamente quanto começara, ela se levantou e liberou o tempo. O relógio tocou uma, duas, três vezes mais — e a Morte se foi.

34

Henry pegou um guarda-chuva no Cadillac e acenou para Ethan e James seguirem em frente. Ele andaria alguns passos atrás de Flora, para garantir que ela chegasse em casa em segurança. Se ele combinasse seus passos com os dela, Flora nem ia saber.

Ele gostava de vê-la caminhar. Gostava do guarda-chuva apoiado no ombro, do jeito como o vestido farfalhava ao redor das panturrilhas a cada passo e do jeito penetrante como seus sapatos batiam na calçada. Sem hesitar. *Po-toc, po-toc, po-toc.* Uma pulsação do salto alto aliviada pelo sussurro delicado da chuva.

De vez em quando, ela parecia acelerar ou diminuir o passo. Henry há muito tempo estava acostumado a acompanhar o ritmo de outros músicos, então não teve problemas para responder. Mas, depois de vários quarteirões, ela o surpreendeu ao parar de repente. O clique arrastado dos passos dele ecoou na garagem de alguém. Flora ficou parada, como se estivesse escutando, e Henry esperou que ela virasse para trás. Ela não fez isso.

Quando ela voltou a andar, Henry a seguiu. Porém, depois de algumas passadas, ela fez um passinho de dança que ele jamais conseguiria imitar. Dessa vez, quando os passos ecoaram, ela parou.

— Achei que tinha ouvido uma sombra. — Ela virou para ele.

— A mais barulhenta da história das sombras. Desculpe se te assustei.

— Você deve ter me confundido com outra pessoa que tem medo de passos.

— À meia-noite? Na chuva?

Flora espiou para fora do guarda-chuva. Fingiu ser ferida pelas gotas de chuva que atingiam seu rosto.

— Nós podemos continuar assim — disse ela — ou você pode andar ao meu lado. — Fez uma pausa. — Apesar de eu não ter pão de mel desta vez.

Ela se lembrou daquele dia quando eles eram crianças, o dia em que Charles Lindbergh visitou a cidade. O prazer dele com aquilo o deixara incapaz de manter a mágoa. Nem agora, nem quando estava tão perto dela, pensando em sua voz, morrendo para saber o que ela havia achado do espetáculo. Não havia ninguém na vida dele para conversar sobre o que a música significava. Ele não percebeu, naquele momento, como ansiava por algo assim.

Os guarda-chuvas bateram um no outro sobre a cabeça deles enquanto andavam, derrubando uma rede de gotas de chuva, e Flora riu.

— Tem espaço embaixo do meu. Vem.

Ela levantou o guarda-chuva para fazer espaço, e Henry fechou o dele. Flora segurou o braço livre de Henry. Ela não era tão alta quanto ele se lembrava. O topo da cabeça dela ficava de três a cinco centímetros abaixo do ombro dele. Mesmo assim, Flora tinha o tamanho perfeito. O braço dele poderia envolver a cintura dela...

— O gato comeu sua língua? — Ela olhou para ele.

— Gato? O quê? — Henry ficou feliz por ela não poder ler sua mente. — O que você achou da música hoje à noite?

— Um dos melhores contrabaixistas que já ouvi — disse ela. — Mas não o melhor.

O coração dele acelerou, então eles entraram na rua de Flora. Henry queria que ela dissesse quem era o melhor e queria que fosse ele, e essa necessidade o envergonhou.

— Ahh, pare! — disse Flora. — Escute... É meia-noite. — Henry estava ao lado dela, sentindo a aba do chapéu de Flora em seu ombro, a saia dela na panturrilha, o sobe e desce da respiração da garota. Os sinos de uma igreja distante atravessaram as gotas de chuva. O tempo ficou lento, de modo que não havia nada além da vibração dos toques na pele dele. Os sinos pararam, e ele voltou a respirar.

Flora inclinou a cabeça e olhou na direção da própria casa.

— Estranho. A luz da sala está acesa. É tarde demais para Nana estar acordada.

Quando eles chegaram à entrada da casa, ela saiu de baixo do guarda-chuva e disparou pelos degraus. Encontrou a chave na carteira e destrancou a porta. Entrou correndo, deixando a porta entreaberta. Henry se perguntou se deveria segui-la. E aí Flora deu um grito.

Henry a seguiu, pronto para lutar contra um invasor. Em vez disso, encontrou Flora de joelhos ao lado do sofá Davenport, soluçando. A boca de sua avó estava aberta, e os lábios com um tom azulado, mas foram os olhos abertos que deixaram claro que ela havia ido embora.

Henry congelou. Era tarde demais para chamar um médico. Não havia nada que a polícia pudesse fazer. Ele se sentiu como um invasor. Mas não podia deixá-la sozinha. Não desse jeito. Sentou ao lado de Flora, em silêncio, até ela se virar para ele, um tempo depois.

— Posso ligar para alguém?

Ela balançou a cabeça.

— Meu tio... ele não tem telefone.

— Nenhum amigo? Nenhum pastor?

— Ninguém para quem eu ligaria a esta hora — disse ela.

— E o Ethan? Posso ligar para ele, e ele pode vir até aqui. — Ele teria que torcer para que nenhum dos outros Thorne atendesse. Eles fariam muitas perguntas que ele não queria responder.

— E depois?

Henry ficou momentaneamente em silêncio.

— Pelo menos devíamos ligar para o legista.

— Ainda não — disse Flora. — Quero ficar sentada com ela por um tempo. — Ela alisou o vestido simples da avó. Depois levantou a mão e fechou os olhos da mulher com delicadeza.

Um tempo depois, ela se inclinou por sobre o sofá. Flora soltou o chapéu e o colocou no chão, e Henry percebeu o que as pessoas diriam se soubessem que ele estava com ela ali, em sua casa depois de meia-noite, desacompanhados. Se ele se preocupasse com a reputação dos dois, iria embora. Ele engoliu em seco. Algumas coisas eram mais importantes que o julgamento dos outros.

Henry já tinha visto a morte antes. A partida rápida da mãe e da irmã por causa da influenza foi a primeira vez. Elas estavam bem em um dia e, no seguinte, as duas tinham febre. Nos dias que se seguiram, a terrível agonia de vê-las piorando, os lábios rachados, os olhos vidrados de incoerência. No fim, sua mãe tinha alucinado sobre o lugar de veraneio que visitara quando criança. Quase parecia que ela estava conversando com uma pessoa do além.

Ele aprendeu o que era uma morte verdadeiramente súbita quando o pai saiu de casa sem o chapéu por motivos que Henry, um garoto de apenas dez anos, não conseguia compreender.

O papai vai voltar quando perceber que esqueceu o chapéu, pensou ele. *Vou esperá-lo perto da porta, e ele vai ficar muito feliz por eu ter encontrado o chapéu.*

Henry estava sentado na cadeira de madeira do hall com o chapéu do pai no colo quando a campainha soou. Ele deu um pulo, segurando o chapéu, perguntando-se por que o pai não tinha simplesmente entrado. Ele abriu a porta pronto para dizer: "Pai! Olhe o que você esqueceu!"

Mas não era seu pai. Eram dois policiais com rosto sério e os próprios chapéus no peito. O que tinha bigode encurvado pediu para ele correr e chamar a mãe.

— Não posso, senhores — disse ele.

— É importante — disse o outro oficial.

— Ela faleceu — respondeu Henry. — Minha irmã também. Somos só eu e o meu pai agora. Tivemos que dispensar os criados, depois da Depressão.

Os oficiais o levaram para a delegacia em um carro grande. Eles o sentaram diante de uma mesa de madeira desgastada. Alguém trouxe uma sacola de papel da lanchonete da rua e, enquanto ele comia a rosquinha gordurosa que havia dentro, o policial de bigode informou que o pai dele tinha morrido. Henry não soube como até anos depois, quando ouviu sem querer os Thorne sussurrarem a respeito. Desde então, ficou com medo de altura.

Henry voltou a si com um pulo. Flora estava encarando a lareira.

— Está com frio? — Ele ansiava por algo útil para fazer.

— Frio? — indagou Flora. — Talvez.

Ele encontrou lenha e fósforos. Em pouco tempo, o fogo estava rugindo. Não estava frio o suficiente para isso, mas a atividade ajudou, e as chamas eram reconfortantes. Ele acendeu mais luzes na sala de estar, mantendo a noite afastada do melhor jeito que podia. Depois sentou de novo ao lado de Flora, próximo o suficiente para senti-la perto.

— Ela fazia o melhor pão de mel — disse Flora.

— Eu lembro — comentou Henry.

Ela moveu a mão para perto da dele.

— Você devia ter provado o frango frito dela. Agora... — Não conseguiu terminar a frase sem chorar de novo.

— Eu queria ter provado — disse Henry. — Queria...

— Eu queria não ter dito não — comentou Flora. — Eu não queria fazer aquilo. Fiquei surpresa ao ver você ali, com um contrabaixo, e me senti horrível pelo que tínhamos feito, e o Grady, e simplesmente não consegui... — Ela dobrou o dedinho sobre o dele, e a pulsação de Henry acelerou.

— Vamos esquecer isso — disse Henry, assim que conseguiu falar. — Eu apareci sem ser convidado. Entendo por que você achou estranho. E não somos, não temos... Vamos simplesmente esquecer. — Ele queria dizer algo sobre ela não ter obrigações em relação a ele, que ele entendia por que a família e os amigos dela não a queriam com alguém como ele.

— Não — disse Flora. Ela cobriu o rosto com as mãos. — Me desculpe. Tudo isso. Não consigo explicar. Não quero ser cruel. Alguma coisa em mim deu errado faz muito tempo. É melhor você ficar longe.

Henry ficou paralisado. Desejá-la desse jeito e não ser desejado em troca: a lâmina da navalha doeria menos.

— Está com fome? Posso cozinhar uns ovos ou outra coisa para você. — Ele se levantou.

— Acho que nunca mais vou conseguir comer. Mas fique à vontade se quiser alguma coisa. — Ela o conduziu até a minúscula cozinha. Sentou-se à mesa, mantendo uma distância segura, dobrando e desdobrando um guardanapo enquanto Henry começou a trabalhar.

Ele encontrou uma forma, espalhou fatias de bacon ali e a colocou no forno. Enquanto assava, pegou ovos na frigidaire e quebrou meia dúzia em uma tigela, mexendo-os com um pouco de creme. Então despejou a mistura na frigideira sobre fogo baixo.

— Exatamente como a Nana costumava fazer — disse Flora.

— Existe outro jeito? — Enquanto ele mexia com uma colher de pau os ovos que cozinhavam devagar, pensou em falar de novo sobre música.

Havia um milhão de perguntas que queria fazer, um milhão de coisas sobre as quais queria a opinião dela. Mas segurou a língua. Não era hora. Podia ser sua última chance, mas mesmo assim ele queria consolá-la acima de qualquer outra coisa.

Flora puxou o assunto por conta própria.

— O Peaches foi bem. Mas o seu ritmo é melhor, e você é mais ousado nos riffs.

Ele tentou não demonstrar quanto isso o agradava.

— A cantora deles... como era o nome dela? Não chega nem aos seus pés. Apesar de...

— A Ruby? Ela estava numa noite ruim. Ela é maravilhosa. — Ela retorceu os guardanapos e começou a dobrá-los de novo.

Quando os ovos ficaram prontos, ele procurou os pratos. Flora conseguia decifrá-lo como uma página de partitura.

— Segundo armário depois da pia.

Ele fez sinal de positivo com a cabeça, colocou os ovos nos pratos e enfeitou tudo com algumas fatias de bacon. Não parecia elegante, e ele não incluiu um raminho de salsa como Gladys fazia na casa dos Thorne, mas tudo estava com o cheiro que deveria ter.

— Apesar de quê? — Ela sentou em uma cadeira da pequena mesa e colocou um guardanapo sobre o colo.

Ele colocou um prato na frente dela.

— Apesar de que você tem mais para oferecer. Eu percebo isso.

Flora olhou preocupada para ele.

— Talvez. — Ela olhou para a comida e suspirou. — Eu provavelmente devia tentar comer. Vai ser um dia longo, e acho que não vou conseguir dormir muito.

— Só se você quiser — disse Henry. — Eu precisava me ocupar. E gosto muito, muito de bacon.

O relógio bateu uma vez. Flora levou um pouco de ovos até a boca. Uma lágrima escorreu em seu rosto. Ela engoliu e a secou.

— Vou ficar totalmente sozinha.

— Isso não é verdade. — Henry queria saber como consolá-la. — Você tem o seu tio.

— Não é a mesma coisa — argumentou ela. — Minha avó me criou.

Henry queria prometer que ela também teria a ele. Mas não conseguiu dizer essas palavras. Ela também tinha de querer.

— Vou ficar com você pelo tempo que precisar — disse ele.

— Até o legista chegar. Seria uma gentileza. — Ela suspirou e empurrou o prato. — Vou ligar para ele agora.

Ela foi até o nicho onde ficava o telefone. Discou para a telefonista, que conectou a linha. Em uma conversa breve, ela forneceu baixinho todas as informações necessárias. Sua voz falhou uma vez, e os olhos de Henry arderam ao ouvir essa breve falha.

Ela voltou para a mesa, tirou os restos do prato e começou a lavá-lo. Henry a seguiu.

— Me conte da sua avó. — Ele aceitou um prato molhado que ela oferecia. Enquanto o secava, ele pensou na vida depois que a mãe e a irmã tinham morrido. Seu pai não permitia que ele falasse nelas. Dizia que isso não ia mudar nada.

E, depois da morte do seu pai, ninguém queria falar no assunto por causa da vergonha envolvida. O silêncio o fez sentir como se sua família nunca tivesse existido fora de suas lembranças. Tanto tempo se passou que ele estava começando a duvidar de que aquilo acontecera, que ele um dia teve uma família e uma irmã que o amava, que um dia ele foi a coisa mais importante no mundo para alguém.

— O que você quer saber? — perguntou ela.

— Qualquer coisa que você queira lembrar.

Enquanto eles arrumavam a cozinha, Flora lhe contou uma história engraçada atrás da outra — sua avó uma vez guardou sobra de cobertura de bolo em um pote de maionese, e Flora acidentalmente fez sanduíches de frango e maionese com ela. Outra vez, Flora usou sal em vez de açúcar quando fez pão de milho. Mesmo assim, sua avó comeu o pão inteiro e disse que era a coisa mais deliciosa que já tinha provado.

— E ela fazia colchas — acrescentou Flora. — Sempre que alguém ganhava bebê, sempre que tinha material de sobra suficiente. Aprendeu com a avó dela, que as fazia para mandar mensagens secretas para escravos fugitivos. Elas costumavam esconder todo tipo de mensagem nas colchas e pendurá-las nas janelas e sobre as cercas.

Henry olhou para a colcha na mesa da sala de estar.

— Tem uma mensagem naquela ali?

Flora olhou para a colcha.

— Tenho certeza que sim. Ela sempre colocava uma mensagem em algum lugar, a mesma, todas as vezes.

— O que era?

— É bobo — respondeu Flora.

— Não precisa contar. — Henry colocou os pratos de volta no armário e começou a secar um copo.

— Ah, não é nada que eu não possa contar. É só que... bom, ela costumava dizer que me amava nas colchas. Ela sempre costura... costurava... um coração minúsculo em algum lugar da colcha.

— Gostei. Uma mensagem secreta — disse Henry. Ele não achava isso bobo de jeito nenhum. Na verdade, adorou. Mensagens secretas foram usadas para conquistar corações e vencer guerras durante séculos. Um general espartano chamado Lisandro costumava mandá-las em seu cinto. Era a única parte da Guerra do Peloponeso que tinha interessado a ele. — Vamos encontrá-la.

— Ela não terminou essa.

— Vamos olhar — Henry pediu. — Não vai fazer mal.

Flora segurou o tecido na ponta dos dedos, examinando-o de perto.

— Ora, ora.

— Encontrou?

— Não — disse Flora. — Ela terminou. Ela estava trabalhando nesta colcha desde sempre e finalmente terminou.

Houve uma leve batida na porta. Henry foi para o quintal quando Flora foi receber o legista. Um intervalo entre as nuvens revelava uma lasca de lua e um grupo de estrelas. Ele tentou lê-las como se fossem notas, para ver que tipo de canção o céu mantinha, mas havia tantas possibilidades que ele desistiu. Ele inspirou a noite, que tinha um cheiro limpo e esperançoso. Apesar de tudo, Henry estava calmo, como se tivesse feito por Flora o que tinha de fazer.

Quando o legista terminou, ela convidou Henry a entrar de novo. Eles ficaram sentados na cozinha; a sala de estar parecia estranha demais. O sofá até estava com a forma do corpo da idosa, e Henry não conseguia imaginar perturbá-la. Flora ficava se desculpando pelas lágrimas, e Henry queria dizer a ela que estava tudo bem, que ele entendia, mas não tinha certeza do que devia fazer.

— Está cansada? — perguntou ele.

— Exausta — respondeu ela. — Mas nunca mais vou conseguir dormir.

— Devo ir? Eu...

— Fique — disse ela. — Fique até não estar mais escuro lá fora.

Ela colocou a mão na dele. Henry não queria nada mais do que se inclinar na direção dela, tocar seu rosto e unir os lábios aos dela. Enquanto ele pensava isso, ela ficou vermelha e olhou para baixo, os cílios fazendo aquela dobra que o afetava tanto. O céu piscou branco e um trovão ressoou, e a chuva despencou mais uma vez, como letras caídas de um livro líquido.

Ele não a beijou. Ele queria. Mas resistir foi o presente que deu a ela.

Os dois estavam cansados demais para falar e, em vez disso, colocaram as cadeiras lado a lado e se apoiaram um no outro, afundando silenciosamente em um sono sem sonhos.

Quando ele acordou, a chuva tinha parado. A primeira luz perolada do dia estava visível através da janela. Flora já estava de pé, passando um café. Havia uma pilha de torradas sobre um prato no meio da mesa, mas ele não podia ficar. Precisava chegar em casa antes que sua ausência fosse descoberta — e certamente antes que algum vizinho visse e a reputação de Flora fosse arruinada. E a aula ia começar dali a poucas horas.

— Você tem alguém para ajudar com o carro? — perguntou ele, lembrando-se dos pneus furados.

Flora deu de ombros e pressionou as pálpebras com a ponta dos dedos.

— Vou dar um jeito nisso. Tenho que encontrar meu tio agora de manhã. E eu estava agendada para trabalhar no campo de aviação hoje à tarde. Não vai acontecer.

— Por favor, me ligue se precisar de alguma coisa. — Ele se permitiu encostar de leve no braço dela. — Sinto muito pela sua avó. — Escreveu o número do telefone em um pedaço de papel. Em seguida, engoliu um café muito quente, sem se importar com a dor.

Alguns minutos depois, quando ele estava parado na porta, Flora encostou no braço dele do jeito que ele tinha encostado no dela.

— Posso perguntar uma coisa?

— Claro. — Ele se preparou.

— Você ainda quer tocar na banda? A gente podia... a gente podia escolher você.

Ele pesou a resposta. Ela havia ferido seu orgulho terrivelmente. E mais, seria quase impossível explicar isso para os Thorne, e ele não sabia como combinar isso com os deveres da escola. Dizer sim era dizer não para todo o resto, tudo que dava a ele alguma sensação de segurança no mundo.

Mas ele disse assim mesmo. *Sim.* Sabendo que sua vida nunca mais seria a mesma.

35

Como o Amor suspeitava, Ethan não ficou triste ao ver Henry ir atrás de Flora.

— Ele é assim — disse Ethan. Colocou uma das mãos sobre a cabeça, tentando impedir a chuva de cair. — Sempre faz a coisa certa. Ir embora nos torna maus? — Ele abriu a porta e olhou envergonhado para o Amor.

— De jeito nenhum — disse o Amor. — Se importa se eu passar para o banco da frente?

Ethan pigarreou.

— Fique à vontade.

A voz de Ethan estremeceu, não o suficiente para um humano perceber. Mas o Amor, que era consideravelmente mais sensível a essas coisas, sentiu o corpo inteiro de Ethan produzir faíscas. Ele queria se inclinar por sobre o assento, ficar perto desse jovem espetacular, ajudá-lo a entender que o amor que ele queria não era nada a temer ou ficar apreensivo. Se ele não tinha permissão para encher o coração de Flora de coragem, talvez pudesse fazer isso por Ethan. E, se Ethan se sentisse à vontade para amar outro homem, certamente entenderia o amor de Henry por Flora. Talvez assim eles pudessem se unir como irmãos nesse assunto, mesmo que o mundo ao redor fosse hostil.

Mas ele não se aproximou de Ethan. Não naquele momento. Em vez disso, ligou o rádio, que transmitia um anúncio do limpador Sunbrite. Humanos e seu medo de sujeira.

— *Bem-vindos a mais uma reunião do Corpo de Enfermeiras Juniores Sunbrite! Vamos abrir nossa reunião, como sempre, com a saudação oficial e o credo. Fiquem atentos! Saúdem e repitam comigo!*

— Céus, eu adoraria ter um desses em Hooverville — disse ele, dando um tapinha no painel. — Claro que não temos eletricidade para fazer um rádio desses funcionar. Mas mesmo assim. Tão melhor do que ouvir os homens cantando e batendo numa bacia.

— *Enfermeiras Juniores, vocês sabem, é claro, que todas as sociedades, clubes e hotéis têm uma boa quantidade de negócios oficiais que devem ser mantidos em segredo de pessoas de fora. Agora, pensem no Corpo de Enfermeiras Juniores Sunbrite, por exemplo.*

— Exceto pelos anúncios idiotas. Enfermeiras juniores. Manter segredos. — Ele desligou o rádio. O constrangimento entre os dois era palpável, e o Amor lamentou a inevitável separação. Iria partir o coração de Ethan. Mas esse era o custo do Jogo. Às vezes, era mais do que um humano podia suportar.

O Amor pegou seu livro e sua caneta veneziana.

— Eu estava pensando naquele artigo que você está escrevendo — disse ele, usando plenamente o carisma de James Booth. — E me lembrei de um texto da filosofia grega.

Ele fingiu ler as palavras do filósofo para Ethan. Se o garoto fosse mais observador, teria percebido que não havia luz suficiente no carro para ler. Mas, como o Amor estava bem consciente, o sangue de Ethan estava gritando.

— "A homossexualidade" — ele parou para deixar a palavra ser absorvida — "é considerada vergonhosa por bárbaros e tiranos. Esses mesmos bárbaros, esses mesmos déspotas, também consideram a filosofia em si vergonhosa." — O garoto estava imóvel, os olhos grudados na rua. — "Esses governantes têm medo de ideias, medo da amizade e medo da paixão, três virtudes que a homossexualidade costuma gerar. Como essas virtudes não são do interesse dos corruptos, eles condenam seu resultado."

Ethan apertava o volante com tanta força que os nós dos dedos estavam brancos.

— Não vejo o que isso tem a ver. — Ele parou. — O que temos feito não é... não é isso. Eu não sou isso.

O Amor tocou a mão de Ethan para enchê-lo de calma. Mas não conseguiu afastar a tristeza.

— Você não percebe — disse o Amor — que o sistema que está descartando os dons de todos os homens de Hooverville, que não desejam nada além de um trabalho honesto, é o mesmo sistema que prefere a obediência em relação ao pensamento e às ideias? Os poderosos ficam felizes de mandar homens para as linhas de frente da guerra para que seus membros sejam arrancados ou coisa pior. Mas, se esse homem fizer uma pergunta, ele é um traidor. O mesmo sistema poderia condenar a injustiça, mas prefere condenar algo tão simples e fundamental quanto a busca pela outra metade. Todos nós nascemos querendo isso. Por que importa que forma essa outra metade assume, se os dois lados desejarem isso?

O Amor virou o rosto de Ethan para si e secou as lágrimas do garoto.

— Por que escolher o medo em vez do amor? Em que mundo isso faz sentido?

Ethan se dobrou sobre o volante e soluçou.

— Eu preferiria estar morto a isso.

— Não fale assim.

A morte de Ethan destruiria Henry. Poderia lhe custar o Jogo, o que significava que Flora também morreria. O Amor não conseguia suportar esses pensamentos, mesmo sem considerar seu carinho por Ethan. Ele colocou a mão nas costas do garoto. Dava para sentir sua pulsação, e ele fez a própria pulsação acompanhar a dele, para ser aquela outra metade, como ele sempre soube que seria, danem-se as consequências.

— Respire — disse ele. — Respire. — Uma vida inteira de vergonha e tristeza vazava de Ethan. O Amor absorveu tudo com uma das mãos e jogou fora, como se fosse insignificante, qual a teia de uma aranha.

— Quem é você? — Ethan levantou a cabeça. Tinha parado de chorar e parecia curioso. — Quem é você de verdade?

— Aquele que você estava procurando — respondeu o Amor. — Aquele que está aqui. Aquele que te vê. Aquele que é capaz de te amar do jeito que você é.

Ethan se aproximou e beijou o Amor. A chuva fustigava o carro, mas nenhum dos dois sentia nada além da emoção do outro.

Mais tarde, o Amor observava Ethan dormir. Tinha vestido o terno surrado diário de James Booth e guardado o Livro do Amor e da Morte no bolso, onde, pela primeira vez, parecia um estorvo. Apesar de ele ter maneiras de fazê-lo parecer pequeno, o livro era na verdade uma enorme coleção de histórias de amor sofridas. Ele o escrevia havia séculos, um pequeno ato de desobediência à Morte, a grande finalizadora de histórias. Para registrar os detalhes de como os jogadores se conheciam, o que percebiam no outro, o que capturava a imaginação deles: era assim que o Amor demonstrava seu afeto pelos humanos e seus corações estranhamente belos e otimistas.

Escrever as histórias. Era assim que até os perdidos continuavam vivos.

A necessidade do Amor de escrever o livro nunca pareceu pesada para ele antes de agora. Ele queria ser aliviado do fardo, mas não havia mais ninguém para carregá-lo.

36

Domingo, 6 de junho de 1937

O SOL AINDA NÃO TINHA NASCIDO, MAS O AR JÁ ESTAVA CHEIRANDO A GLIcínias e lavanda. O dia seria mais quente que o anterior, mas não muito. O clima suave era uma das coisas que Henry mais amava naquela cidade. A garoa não era amiga do beisebol — a chuva lavava boa parte da temporada —, mas Henry sempre jogou mais pelo ritmo e pela conexão do que pela competição, por isso não importava.

Manhã de domingo. Ele tinha uma prova de francês para fazer. Parecia ridículo que um dia indefinido como aquele, repleto de coisas mundanas como gramática francesa, pudesse vir depois de uma noite como a que ele teve.

Se o mundo fizesse algum sentido, um novo dia da semana nasceria, um que não o obrigasse a pensar na escola, um no qual ele pudesse deitar de costas no gramado e olhar para o céu e imaginar como seria fugir com Flora e não fazer nada além de tocar música e comer frutas e andar pelas ruas juntos enquanto eles estivessem vivos, sem sentir que o mundo inteiro estaria encarando e julgando ou coisa pior.

Uma pequena parte dele desejava nunca tê-la conhecido. Desejava nunca tê-la ouvido cantar. Desejava nunca ter comido ovos na cozinha dela. Se essas coisas não tivessem acontecido, sua vida seria escola, música e beisebol. Bolsa de estudos. Formatura. Faculdade. Ordenadamente, previsível, respeitável, seguro. Talvez até o casamento com Helen, seguido de uma vida de cafés da manhã, almoços e jantares. Coisas rotineiras, prolongadas e nutritivas que não encheriam seu peito de dor e pânico. A vida no compasso quatro por quatro.

Mas era apenas uma pequena parte. A parte maior não trocaria a esperança por nada. Era como se ele tivesse começado a ver pela primeira vez.

Ele não podia voltar à escuridão, não importando quanto doesse olhar para a luz.

O motor de um carro rosnou atrás dele. Henry olhou por sobre o ombro. Reconheceu o Cadillac de Ethan vindo não de casa, mas da direção oposta. Centro da cidade. Ou — um pensamento o atingiu — Hooverville. Ele ergueu a mão em um cumprimento, e Ethan parou. Sua gravata espiava de dentro do bolso do paletó, e a camisa estava parcialmente desabotoada. A parte mais estranha, no entanto, era como ele parecia feliz e relaxado.

— Parece que você também não chegou em casa — disse Ethan.

Henry entrou no banco da frente, de repente consciente de sua exaustão.

— Não.

— Canalha — disse Ethan. — Mas não se preocupe, não vou contar para os meus pais.

— O quê? Não — Henry se opôs. — Não foi nada disso. A avó dela... faleceu.

— Não brinca. — Ethan fez uma careta. — Deve ter sido terrível chegar em casa e encontrar isso. O que aconteceu?

— Velhice, parece. Ela simplesmente estava deitada no sofá.

Houve um silêncio entre eles durante um instante. Em seguida, Ethan falou, a voz pensativa:

— A vida é uma condição temporária, Henry. E incerta. É por isso que temos que aproveitar as chances quando as encontramos. Buscar o que queremos. Assumir riscos. Viver, amar... tudo isso. Todos nós, sem exceção, vamos morrer, mas, se não vivermos como realmente queremos, se não ficarmos com quem queremos, já estamos mortos.

Henry virou no assento para ver se alguém tinha substituído seu melhor amigo por um impostor idêntico.

— Desde quando essa é a sua filosofia?

Ethan entrou na rua da casa deles. Encheu as bochechas de ar e expirou com força, como um trompetista faria.

— Não consigo nem começar a dizer — explicou ele, olhando para Henry. — Mas alguma coisa aconteceu comigo. Só... É uma coisa que eu não posso falar. — Ele passou os dedos no cabelo, alisando os cachos desgrenhados. — Mas acho que provavelmente é algo que você pode entender.

Ele olhou de novo para Henry com entusiasmo, e Henry engoliu em seco. Até que ponto ele queria contar? E o quê, exatamente, Ethan estava lhe dizendo? Eles dirigiram em silêncio pela longa avenida com árvores enfileiradas.

Ethan entrou no acesso de carros e desligou o motor.

— Então é uma coisa boa? — perguntou Henry.

— Sinceramente? — Os olhos de Ethan estavam com uma expressão sofrida. Ele expirou profundamente antes de terminar o pensamento. — É tudo que eu sempre quis de verdade. Mas não sei se poderia chamar de bom.

Ele cobriu o rosto com as mãos. Henry se perguntou se devia falar alguma coisa. Então Ethan abriu a porta, saiu do carro e andou desengonçado em direção à casa, com o paletó jogado no ombro. Henry o seguiu até a porta da frente, que se abriu quando eles estavam a poucos passos de distância.

O pai de Ethan ocupava a porta.

— Fora a noite toda, garotos? — Seu rosto estava sério: a expressão que ele usava antes de dar um sermão.

— Sim, pai — respondeu Ethan, cruzando os braços sobre o peito. — A noite toda. Vi o sol nascer, na verdade. Você já fez isso quando era jovem?

O sr. Thorne parou e alisou o queixo.

— Na verdade — disse ele —, fiz sim. E é por isso que vou dizer para vocês entrarem pela porta dos fundos e usarem a escada dos empregados. Sua mãe está acordada, e, se ouvir vocês chegando a essa hora, teremos dor de cabeça durante uma semana. Mas que seja a última vez. Existem inspeções por aí, e seria complicado se vocês fossem pegos numa delas. As consequências para ambos seriam graves. Somos uma família importante, Ethan. Nada de me envergonhar.

Ethan jogou um braço sobre o ombro de Henry, e os dois garotos contornaram o lado norte da casa, coberto de hera, e seguiram pela entrada dos criados. Ela levava à despensa do mordomo e a uma escada estreita que dava no terceiro andar, onde ficavam os quartos dos garotos. Eles tiraram os sapatos e subiram a escada só de meia. Ethan deu um sorrisinho para Henry, que não conseguiu retribuir o olhar. Inspeções policiais poderiam ser um desastre para Flora.

37

Segunda-feira, 7 de junho de 1937

DEPOIS DE PASSAR O DIA ATENDENDO À PORTA PARA RECEBER VISITANTES E seus presentes culinários, Flora estava a sós na cozinha, com as mãos mergulhadas na espuma de uma panela suja. Tinha feito o máximo para se manter ocupada. Depois de consertar os pneus, ela teria de ir até o campo de aviação e explicar sua ausência para o capitão Girard, mas ele entenderia. Sua ambição lá parecia tão fora da realidade que quase não importava.

O jornal matinal tinha publicado uma pequena nota sobre a viagem de Amelia Earhart ao redor do mundo. A aviadora tinha voado da embocadura do rio Amazonas até Dakar, no Senegal, estabelecendo um recorde de atravessar o Atlântico Sul em treze horas e vinte e dois minutos. Há não muito tempo, esses nomes e locais exóticos, esse recorde mundial, teriam enchido Flora de uma adrenalina competitiva. Agora, no entanto, eram letras em uma página, tinta preta sobre papel barato que ia amarelar e ressecar num piscar de olhos.

E qual era o objetivo? Flora ainda queria o que voar oferecia: solidão, um bom salário, uma chance de ver o mundo como quisesse. Mas também queria Henry. E ela não podia ter as duas coisas, ser as duas coisas. A impossibilidade era paralisante. Mas, mesmo que escolhesse, um dia ela ia acabar como a avó. Todo mundo acabava.

Ela terminou o café e afastou os pensamentos perturbadores da mente. Exceto pelo relógio sobre o consolo da lareira, a casa estava totalmente silenciosa. Ela precisaria se acostumar à ausência de som. Nana estava sempre em atividade. Cozinhando, limpando as janelas, polindo a madeira dos móveis, trabalhando em uma colcha, ouvindo rádio.

Pensou em ligá-lo. Mas não havia nenhuma música que ela pudesse ouvir sem sofrer, e a ideia de um drama no rádio ou, pior, uma comédia... Não ia funcionar. Foi até a sala de estar e pegou a última colcha da avó, que tinha dobrado e colocado sobre a mesa. Sentiu o cheiro e depois a estendeu no chão, se aprofundando em cada centímetro até encontrá-lo, costurado em vermelho, na última seção que as mãos da avó tinham costurado. Quando tudo mais tinha sumido, lá estava ele, costurado na memória.

Ela dobrou a colcha e tentou reunir energia para cuidar dos pneus. Sherman estava ocupado com os arranjos do funeral, depois ia para o norte cuidar de uns negócios, então ficaria fora o dia todo. Mas isso pelo menos ocuparia o restante da manhã. Ela se lavou e pegou um vestido preto. Ouviu a voz de Nana em sua mente reprovando o uso do luto. Assim, achou uma saia longa de bolinhas e uma blusa. Vestiu um chapéu, sapatos e as luvas da mãe e foi na direção do Majestic.

Por mais insuportável que fosse o silêncio em sua casa, o clamor da vida do lado de fora era pior. O sol no alto parecia uma afronta, assim como os cães latindo e os carros rugindo. Se o mundo fizesse algum sentido, o tempo pararia quando alguém morresse. Só por um instante, só para registrar a perda. A calçada adiante ficou borrada, e Flora piscou para afastar as lágrimas.

Na casa noturna, ela foi direto cuidar dos pneus, feliz por ter alguma coisa para ocupá-la. Tinha dois pneus sobressalentes, mas teria de remendar os outros. Quatro pneus furados ao mesmo tempo. Pneus furavam com certa frequência, mas não quando o carro estava estacionado. Alguém obviamente estava querendo fazer algum mal. Flora desejou que a pessoa que tinha feito aquilo andasse embaixo da pior parte de um pombo doente.

Encontrou o macaco no porta-malas. Tinha acabado de levantar um lado do carro quando ouviu alguém parar atrás. Uma porta se abriu e bateu com força, e ela soube quem era sem olhar para trás.

— Olá, Flora. — A voz de Henry era gentil e acolhedora. — Precisa de ajuda?

— Você não tem aula? — Ela se levantou, consciente de suas mãos, como se não conseguisse lembrar o que devia fazer com elas.

Ele levantou o chapéu e coçou a cabeça.

— Não. Hoje não. — Mas seu rosto contava outra história.

Ela se perguntou o que ele estava perdendo. As provas finais, talvez, pela época do ano. Decidiu não pressionar, surpreendentemente grata pela companhia. Ela não perguntou como ele sabia que devia aparecer, porque já imaginava qual seria a resposta. Ele sabia que ela estaria lá, da mesma maneira que ela sabia que ele estava a caminho. Era como se eles estivessem tocando um dueto, mas em um palco muito maior.

— Você é bom em remendar pneus?

— Faço isso para o Ethan o tempo todo.

Eles se agacharam lado a lado, e ela não conseguiu evitar de sentir o cheiro de limão e especiarias da pele dele de novo. Ela gostava do cheiro, mas por algum motivo ele a deixava profundamente triste, mais consciente do que nunca de uma perda inevitável.

— Os remendos estão na mala. — Ela tentou parecer o mais profissional possível. — Lata laranja. Vou colocar os pneus sobressalentes, depois podemos consertar os que eu vou tirar, está bem?

Enquanto eles trabalhavam, ela se viu murmurando uma melodia, mais por hábito que por qualquer outra coisa.

— Que música é essa? — perguntou Henry.

— Billie Holiday. "Easy Living." Já ouviu?

— Não. Mas gostei.

Ela teve uma ideia maluca, que hesitou para dizer em voz alta.

— Posso te ensinar depois — disse. — Se você quiser. Pode ser o primeiro número que você vai aprender.

Houve uma longa pausa, e ela se perguntou se tinha dito algo idiota.

— Sim, claro — disse Henry. — Que mal faria?

Depois de consertarem os pneus e dirigirem até o Domino, eles desceram os degraus juntos.

— É diferente durante o dia — disse Henry, tirando o chapéu.

No início, Flora não entendeu o que ele estava querendo dizer que era diferente. Eles? O modo como interagiam? A estranha intimidade da noite da morte de Nana tinha desaparecido.

Imaginou que ele estava falando da casa noturna.

— A multidão e a música dão um certo toque. — Ela foi na frente para encontrar o interruptor do salão principal.

— Gosto mais desse jeito, na verdade. Tem uma sensação de expectativa. — Ele parou no pé da escada, e ela virou para olhar para ele. — Este é um lugar que quer ser ocupado.

Flora ficou feliz pela iluminação inadequada. Colocou as luvas sobre uma mesa e subiu os degraus até os bastidores, onde o contrabaixo de Grady ainda estava. Henry colocou seu chapéu ao lado das luvas e a seguiu.

— Eu pego. — Ele levantou o contrabaixo, carregando-o com braços treinados até o outro lado do palco.

— Então, os primeiros acordes... — Ela inspirou, do jeito que uma pessoa faz antes de mergulhar na superfície de um lago. — Não estou aquecida, mas são assim. — Ela cantou as notas para que elas correspondessem ao ponto em que caíam na melodia. — Lá menor com sétima, mi diminuto...

Henry verificou se o contrabaixo estava afinado e começou a tocar com Flora, como se estivesse pegando o jeito da coisa.

Ela cantou com cuidado, baixinho no início, aproveitando para aquecer a voz, garantindo que ele a seguia. Ele olhava para ela de vez em quando, depois voltava sua atenção para o contrabaixo, deslizando a mão esquerda ao longo do braço do instrumento enquanto encontrava as notas, tirando o som com a direita.

— Você está hesitante — comentou ele. — Por quê?

— Estou me aquecendo.

— Não, estou falando de modo geral. Acho que você poderia dar mais quando está cantando. Colocar mais seu coração na música. — Ele sorriu, como se quisesse avisar que não era uma crítica, era mais uma observação.

Ela levantou a palma da mão, como se dispensasse a ideia. Quando eles chegaram ao refrão, ela se soltou. Só para ver. E depois foi até o fim, como fizera antes no Domino. Era diferente cantar sem a banda toda. Mas Henry era bom, muito firme enquanto tirava sons de mais de uma corda de cada vez. Era um talento natural. Ele sabia se conectar. Ele improvisava aqui e ali e, pela primeira vez desde o dia em que se conheceram, ela sentiu alguma coisa dentro de si se abrir totalmente. A coisa que mais a surpreendia era o fato de ser mais fácil cantar desse jeito, quando ela deixava cada nota ser o que queria ser. Ela sentia isso no peito, na cabeça e, finalmente, em toda parte.

Quando chegou ao último verso da canção, ela ouviu passos. Alguém estava chegando. Mais de uma pessoa, a julgar pela batida irregular dos sapatos nos degraus. Flora xingou por dentro quando viu quem era: sr. Potts e sua equipe. E tinham levado um policial junto.

— Sinto muito, meu tio não está aqui ainda — disse ela. E disparou na direção deles, na intenção de conduzi-los para fora antes que Henry percebesse quem eram.

— Não viemos falar com seu tio. — O sr. Potts andou na direção dela.

Eles se encontraram no meio do salão. O policial se aproximou e pegou as algemas penduradas no largo cinto de couro.

— Estamos aqui para levar você — disse o sr. Potts. — Por causa daquele suborno que você nos ofereceu pouco tempo atrás. Acontece que esse tipo de atitude é contra a lei. Você, minha querida, está mergulhada num mundo de confusão.

Flora sentiu todo o sangue escapar de seu corpo. Eles armaram para ela. A casa noturna teria sido fechada se ela não pagasse um suborno. E agora eles iam prendê-la por pagá-lo. Tudo enquanto Henry observava.

— Isso não é justo — protestou ela, puxando as mãos para longe do policial, percebendo como as palavras eram idiotas. — Por favor. — Recuou meio passo e sentiu Henry atrás dela.

Flora olhou nos olhos do policial, depois para o nome no distintivo. "J. WALLACE, JR."

— Por favor, oficial Wallace. Isso é um engano.

O sr. Potts interrompeu:

— Srta. Saudade. Estamos agindo de acordo com os interesses da lei, e você é uma ameaça pública. — Ele foi para cima dela.

— Isso é ridículo! — disse ela. Flora desviou do sr. Potts, e Henry se colocou entre os dois.

— Não há nada que possa ser feito em relação a isso? — perguntou ele.
— Por favor, não a levem. Eu conheço algumas pessoas... — Uma expressão de incerteza o tomou.

— O que você está querendo dizer, garoto? — indagou o sr. Potts. — Está nos oferecendo um suborno? Fazendo ameaças? Porque, pode acreditar em mim, isso não vai terminar bem.

— Não — disse Henry. — Não é isso. Eu... — Ele estendeu a mão para pegar a de Flora. Ela apertou os dedos dele.

— Ah, entendo — disse o sr. Potts. — Um jovem tem necessidades, e às vezes encontra maneiras de cuidar daqueles que a sociedade não aprecia. Não é ilegal por essas bandas, ainda não, apesar de ser vergonhoso. Mas você não quer perder a cabeça aqui. Uma prostituta de cor como essa...

O punho de Henry foi como um brilho branco. Houve um estalo, e o sr. Potts levou a mão ao nariz. O sangue escorria por entre seus dedos.

— Você quebrou o meu nariz! — disse ele. — Quebrou de verdade!

Os homens seguraram Henry. O oficial Wallace, que não disse uma palavra, pelo menos foi gentil ao prender as algemas nos pulsos de Flora. Henry não teve o mesmo tipo de tratamento. Quando foi colocado no banco traseiro do carro de polícia ao lado dela, estava com os olhos roxos e o lábio cortado.

— Ah, Henry — lamentou ela. — Sinto muito.

— Tudo bem — disse ele. — A mira deles era péssima. Erraram totalmente meu nariz.

Ela não conseguiu rir da piada. O banco traseiro era largo demais para eles se tocarem, mas ela queria colocar gelo no rosto inchado dele. Queria secar o sangue dos lábios dele com um pano limpo e úmido. Queria beijar a testa dele e pedir perdão por levá-lo para o seu mundo desse jeito, com a dureza e a injustiça e as constantes humilhações. Ela virou o rosto para a janela. Nuvens fibrosas tinham surgido. Certamente ia chover de novo.

Henry murmurou as primeiras notas da canção que eles estavam tocando.

— Vamos fazer isso de novo. Eu juro. Um dia.

A testa de Flora queimava. Tomada de raiva por ter caído na armadilha, se perguntando qual seria seu próximo passo, ela flexionou os dedos e forçou as algemas. Com um susto, se lembrou das luvas da mãe. Ela as deixara perto do chapéu de Henry. *Droga.* Suas mãos pareciam nuas sem elas. Não era só porque elas cobriam sua pele e a deixavam adequada para ser vista em público. Elas representavam muito mais. Tentou dizer a si mesma que era apenas um par de luvas, e não sua mãe, que as mãos de sua mãe não entravam nelas havia muito tempo, e que qualquer parte dela que continuava ali dentro certamente tinha sido desgastada. Ela se esforçou para manter a compostura enquanto se recostava no assento.

— Claro — disse ela. — Um dia.

Quando olhou de novo para Henry, desejou ter conseguido manter a amargura longe da voz.

— Flora — disse Henry. — Tenha um pouco de fé.

Eles chegaram à delegacia. O oficial Wallace guiou Henry para fora do carro, depois Flora. Eles passaram por um grupo de crianças famintas apoiadas na lateral do prédio.

— Vão embora — o oficial Wallace cuspiu.

As crianças se espalharam como folhas secas.

— Quero minha ligação telefônica — Henry reivindicou.

— Tudo a seu tempo. — O oficial Wallace conduziu Flora até uma cela primeiro. Ele abriu as algemas. O retorno da circulação fez as mãos dela doerem. A porta bateu depois que ela entrou. O espaço era pequeno e escuro e sujo, equipado com algo que era mais um buraco que um vaso sanitário e uma cama que mal merecia esse nome.

Enquanto ela sentava no colchão fino, pensou que ninguém tinha lhe oferecido uma ligação telefônica. Não que isso importasse. Nana estava morta. Sherman estava do outro lado do estado, pegando um suprimento de bebidas em sua fonte barata, e só voltaria depois de algumas horas; e nem ele nem ninguém da banda tinha telefone, de qualquer maneira. Não havia ninguém para socorrê-la.

38

Primeiro Nana. Agora isso. Flora não queria nada além de cair no sono, se desligar temporariamente da tristeza do mundo, mas não podia fazer isso. A cela era úmida e fedorenta: o oposto do céu. Em algum lugar na penumbra, uma mosca zumbia. Não quis pensar no que o bicho estava comendo. Tentou se imaginar no avião, deixando tudo aquilo para trás, mas não conseguiu. Ela se apoiou na parede dura e úmida e desejou não sentir mais nada.

Foi então que ouviu a voz de Henry. Cantando. Não tinha lhe ocorrido que ele também era capaz de fazer isso. Parecia que a voz dele tinha sido desenvolvida para se ajustar apenas aos ouvidos dela. Flora se aproximou das barras para poder ouvir melhor.

A canção não era conhecida dela, apesar de ser do tipo que parecia imediatamente familiar, como sua própria pele.

You are the moon
And I am the sea
Wherever you are
You've got pull over me.

The whole of the sky
Wants to keep us apart
The distance is wearing
A hole in my heart.

Someday your moonlight
Will blanket my skin

Someday my waves
Will pull all of you in.

Someday I promise
The moon and the sea
Will be together
Forever you and me.*

Someday. Um dia. Desde que se conhecia por gente, Flora ligava essa expressão à certeza da morte: a dela e a de todo mundo que ela amava. "Um dia" sempre foi uma fonte de medo. Mas a doçura dessa canção mostrou a ela um jeito diferente de ver a questão, um jeito que doía menos.

Enquanto ouvia, seu luto por Nana, sua raiva da própria situação e sua culpa por Henry diminuíram. Ela poderia escutar a música e ficar suspensa em sua mágica durante séculos. Mas não era para ser assim. Um aplauso lento e o clique de saltos no concreto quebraram o encanto. Henry parou no meio da nota.

— Não pare por minha causa — disse uma voz aguda.

Flora espiou por entre as barras. Seu estômago se contraiu ao ver a garota de aparência intransigente que tinha ido com Henry ao Majestic. Se ela era a pessoa que ele chamava quando precisava de socorro, devia significar alguma coisa para ele. E fazia sentido. Ela era linda. Parecia inteligente. Era da cor certa. Era tudo que ele precisava.

Flora entendia isso e, apesar de a combinação oferecer uma vida feliz para Henry, ela invejou a garota de cabelo escuro por ter o que ela não podia ter, por ser o que ela não podia ser. Pior: a garota ia saber que a humilhação de Henry era culpa de Flora. Ela a desprezaria, e com razão.

A garota parou na frente da cela de Henry.

— Parabéns. Depois da fiança, você tem doze centavos no seu nome. Ainda bem que eu nunca me interessei pelo seu dinheiro.

Henry respondeu, baixo demais para Flora escutar.

---

* "Você é a lua/ E eu sou o mar/ Onde quer que esteja/ Você me atrai.// O céu todo/ Quer nos manter separados/ A distância está fazendo/ Um buraco no meu coração.// Um dia sua luz/ Vai cobrir minha pele/ Um dia minhas ondas/ Vão puxar você toda.// Um dia, eu prometo,/ A lua e o mar/ Ficarão juntos/ Para sempre você e eu."

— Você deve estar brincando — disse a garota.

Mais murmúrios de Henry.

— Você é um lunático — ela respondeu. — Você sabe o que os Thorne vão dizer, não sabe?

— Helen, por favor. Não conte para eles por que estou aqui. Eu imploro. E, depois que você terminar, se puder, busque o Ethan na escola e leve-o até o carro dele, então ele pode voltar para me buscar. Ele tem o dinheiro e não vai se importar de eu ter pegado o Cadillac. Por favor... eu preciso que você faça isso por mim.

Flora prendeu a respiração e desejou saber do que eles estavam falando.

Helen retrucou:

— É um jeito terrivelmente esquisito de me pedir um favor, Henry. O que me importa essa garota? Certamente não vou prometer meu silêncio. Não sem receber alguma coisa em troca.

Houve uma longa pausa, e Flora continuava sem coragem para respirar. Em seguida um sussurro de Henry, e Helen falou de novo, com a voz insolente e indiferente.

— Tudo bem — disse ela. — O funeral é seu.

Flora, desistindo de tentar disfarçar seu ódio por Helen, desejou que um piano caísse do céu bem na cabeça dela. Morte em si bemol.

Então, em um piscar de olhos, a garota estava diante de Flora, acompanhada de um guarda.

— Não fique parada aí feito uma pateta — disse Helen.

— Como é? — Flora tentou esconder seu desprezo pelo bem de Henry. — O que está acontecendo?

O guarda sacudiu as chaves, e Helen disse:

— Henry está sendo um tolo. Ele só tinha dinheiro suficiente para livrar um de vocês, e, como é um cavalheiro, uma qualidade que realmente admiro, escolheu você. Mas, se estiver confortável aqui para você, eu adoraria colocar algum juízo na cabeça dele.

Flora se sentiu um animal em exibição. A repulsa era palpável.

— Outra pessoa vai vir me buscar — disse.

— Não foi isso que eu ouvi dizer — comentou Helen. — É agora ou nunca. Decida-se.

Cansada demais para refletir sobre o assunto, Flora concordou.

— Tenho dinheiro na minha casa noturna para tirar o Henry daqui. Então, se puder me levar até lá, eu volto para libertá-lo.

— Seus planos me fascinam — disse Helen. — Obrigada por compartilhar.

Morte em si bemol. Seu reino por um piano caindo.

A cela de Henry foi a última pela qual ela passou ao sair. Ele se aproximou rapidamente das barras, mas o policial a carregava pelo cotovelo.

— Vou voltar e tirar você daqui — gritou ela por sobre o ombro. — Eu juro.

Mas esse seria o fim. Depois disso, era adeus. Não importava o que ela sentia por ele, como se sentia ligada a ele. Continuar só levaria à ruína, se é que já não tinha levado.

Quando saíram do prédio, Helen acenou para os policiais como se aquilo fosse uma visita social.

— Falo com vocês mais tarde.

O ângulo do sol disse a Flora que já era de tarde. Ela havia perdido o turno da manhã no campo de aviação. Não se sentia ela mesma quando não estava perto de um avião, mesmo que o capitão Girard fosse compreensivo em relação à sua ausência. Além do mais, ela não tinha aprontado o Domino para o serviço da noite e teria de correr, agora nervosa. As coisas não poderiam piorar.

— De quanto dinheiro precisamos? — perguntou Flora.

Helen mencionou uma quantia que a deixou pálida. Isso iria esvaziar o cofre, e explicar tudo para Sherman... Ela temia a conversa mais que tudo.

— Está com pouco dinheiro? — indagou Helen.

Flora não respondeu.

— Onde foi que você disse que estacionou?

— Eu não disse. E também não ofereci carona para lugar nenhum, mas talvez, se você pedir com muito jeitinho... — Ela deu um sorriso manipulador para Flora.

— Por favor — pediu Flora.

Helen olhou para trás por sobre o ombro.

— Vem comigo.

39

Helen acelerou em direção ao Domino como se tivesse um desejo de morte: rápido demais, sem se preocupar com os outros automóveis. Em certo ponto, enquanto pegava um cigarro na bolsa, ela desviou para a contramão, rindo histericamente. Flora esperava que Helen nunca se interessasse por pilotar aviões. Não ia durar muito.

Quando chegaram ao Domino, Helen tirou a tampa de um batom e o aplicou como se não tivesse nenhuma preocupação no mundo.

— Vamos?

— Vamos aonde? — Flora estendeu a mão para a fechadura da porta.

— Entrar e pegar o dinheiro da fiança, é claro. — Helen pressionou os lábios e se analisou no espelho retrovisor.

— É aqui que nos separamos — disse Flora. — Obrigada pela carona.

Helen não deu ouvidos.

— Eu adoraria entrar na casa noturna da qual tanto ouvi falar.

Flora queria recusar a princípio, mas também queria que Helen visse que o Domino era algo especial. Algo que sua família construíra. Algo que Henry admirava. Algo que tinha sobrevivido a todo tipo de adversidade.

— Está bem. — Ela encontrou as chaves e foi em direção à porta.

As duas entraram na casa noturna, passaram pelo retrato dos pais de Flora, desceram a escada e viraram à esquerda na cozinha, onde Charlie já estava trabalhando pesado na comida da noite. O ar estava com um cheiro bom, uma mistura de carne de cocção lenta e pão de milho.

— Eu te ofereceria algo para comer — disse Flora —, mas sei que você tem outros lugares para ir.

Deixando Helen por um instante, Flora foi até o depósito, abriu o cofre e tirou todas as notas, esperando que Charlie não perguntasse o que ela estava fazendo. Quando voltou para a cozinha, Helen estava sentada à mesa, e Charlie estava apoiado no balcão, com a mão na testa.

Os joelhos dele cederam, e ele se segurou no balcão. Flora correu até ele. Colocou o braço nas costas de Charlie e o segurou com firmeza.

— Não estou me sentindo bem, srta. Flora.

— Você devia ir para casa, Charlie — disse ela. — Posso assumir agora.

— Mas o Sherman ainda não voltou. Não tem mãos suficientes para fazer o trabalho e, se não se importa que eu diga, você já está meio atrasada com o salão de jantar.

— Charlie, tudo bem. Vá para casa. Sei todas as suas receitas e vou voltar logo. Eu chamo algumas das meninas. A gente cuida de tudo. Você não pode cozinhar se estiver doente. E arrumar as mesas não é complicado.

Charlie parecia pálido, e Flora esperava que seja lá o que ele tinha não fosse contagioso.

— Foi tão de repente — disse ele.

— Tudo bem, Charlie. Pode ir. Descanse.

— Acho que vou mesmo — disse ele. — Obrigado pela compreensão.

— Saiu da cozinha e subiu a escada. Ele alugava um quarto a meio quarteirão de distância, do contrário Flora o teria acompanhado.

— Ora. — Helen virou a cabeça devagar para olhar para Flora. — Que falta de sorte a sua. Ele parecia bem quando chegamos.

— Essas coisas acontecem — disse Flora. — Vamos dar um jeito.

Helen tinha tirado as luvas. Aparentemente ela havia planejado ficar à vontade. Que pena. Flora a conduziu escada acima, lembrando-se de seu próprio par de luvas sobre uma mesa ao lado do chapéu de Henry. Fez uma anotação mental para pegá-las depois de despachar Helen.

Na saída, Helen disse:

— O quê, nada de excursão?

— Não temos tempo — disse Flora. — Me desculpe. Obrigada, mais uma vez, pela carona.

Helen ofereceu a mão para Flora. Ela a pegou, principalmente para acabar com a conversa. Mas, quando as palmas se tocaram, Flora sentiu uma frieza assustadora. O mundo escureceu, e ela não estava mais em pé na calçada, mas dentro do Domino — ou pelo menos uma versão dele de muito tempo atrás. Seu corpo parecia estranho, como se ela estivesse debaixo d'água, afundando, a pressão aumentando a cada segundo.

O chão da casa noturna zumbia com barulho e movimento. Um homem de bigode usando camisa listrada e suspensórios marcava um ritmo barulhento. Dados quicavam em mesas cobertas de feltro. Copos longos tilintavam uns contra os outros, e vestidos bordados com contas farfalhavam e estalavam enquanto mulheres com cabelo chanel se apoiavam nos braços de homens de terno e viravam o rosto empoado na direção dos candelabros elétricos. Risos. Havia tantos. Mas, pensando bem, era claramente outra época.

Flora queria olhar ao redor, mas não estava no controle de seu olhar. Era como se estivesse dentro da cabeça de outra pessoa. Uma voz masculina interrompeu seus pensamentos:

— O que uma moça bonita como você está fazendo sozinha numa espelunca como esta?

A visão mudou para o barman, cujas mangas estavam enroladas sobre os antebraços largos. Ele se inclinou em direção a ela por sobre a placa de madeira polida. Um grupo de dedos brancos estavam entrelaçados a poucos centímetros de seu drinque. As mãos se achataram no balcão, e Flora sentiu alguma coisa fluir para dentro dela, algo que parecia forte e velho e tinha cheiro de abeto-de-douglas. Era quase como se ela estivesse sugando a vida do bar.

Em seguida, houve uma leveza súbita no ar, do jeito que ela se sentia quando seu avião saía do chão. A música do piano parou. As pessoas pararam de conversar, bebendo e jogando. O olhar virou para observar quando o pianista começou a falar.

— Senhoras e senhores, apresento... srta. Vivian Crane e a banda Starlight.

Vivian Crane. A mãe dela. Viva. Como isso estava acontecendo?

Os aplausos crepitaram como fogo. Flora observou sua mãe surgir das sombras até a faixa do refletor no centro do palco, virando de modo que ficasse de costas para o público. Mesmo de costas, ela exigia a atenção total de uma pessoa. Quando sua mãe finalmente virou para encarar o público, reflexos faiscantes dela encheram todos os olhos do salão. Mas ela só tinha olhos para uma pessoa. O contrabaixista. O pai de Flora. Seu coração ansiava por vê-lo, por ver os dois juntos assim, vivos.

A música começou, um brilho do prato da bateria, um grito do clarinete, o passo firme das cordas do contrabaixo tocado por mãos experientes.

Os lábios de Vivian se separaram, e o som que saiu era mais um sentimento que uma voz, um som que levou amor e desejo para dentro dos ouvidos emprestados de Flora, ao longo de seus pulsos, descendo a garganta e chegando direto ao seu centro. Era difícil respirar.

A visão mudou. Flora ainda estava dentro do Domino, mas agora estava olhando um homem jogando dados. De alguma maneira, ela sabia que havia um uniforme do esquadrão de polícia sob seu paletó. Também sabia que seus bolsos estavam gordos com o dinheiro do suborno, que ele estava gastando na mesa de dados enquanto bebia sorrateiramente alguns goles de gim do frasco no seu quadril.

Em seguida, ela estava do lado de fora, na neve, esperando em um conversível comprido e elegante com faróis altos e redondos e um pneu sobressalente com vários raios presos na lateral. Pela abertura da janela, o ar do inverno afiava as garras em sua pele enquanto ela permanecia sentada no banco do passageiro. O tempo passava. A neve se acumulava. As pessoas saíam do Domino. E finalmente o homem que jogava dados saiu cambaleando, apoiado por uma versão muito mais jovem do tio Sherman.

— Tem certeza que não quer um café, para ficar mais sóbrio? — perguntou Sherman.

O homem balançou a cabeça.

— O ar frio tem o mesmo efeito. — Ele deu um tapa no próprio rosto e foi em direção ao carro estacionado bem no momento em que seus pais saíram do beco. O pai de Flora puxou o colarinho do casaco de pele sobre os ombros da mãe dela. A luz da lua refletia na rua coberta de neve e os iluminava por baixo. O pai se inclinou para dar um beijo em sua mãe; Vivian riu e o encontrou no meio do caminho, erguendo um dos pés para trás antes de parar para respirar.

— Feliz Dia dos Namorados, meu amor — disse ela.

Não, não, não. Flora sabia o que tinha acontecido naquela noite.

O homem branco entrou no carro, fedendo a gim. Virou a chave. O carro engasgou. O motor pegou. Tentando colocá-lo em marcha a ré, ele xingou quando o carro quicou sobre o meio-fio. Em seguida, encontrou a marcha e acelerou para a escuridão atrás de si, com os pneus deslizando na neve. Ele se inclinou sobre o volante e engoliu o ar. Flora tentou gritar, mas a boca não respondia.

Os pais de Flora pisaram na rua. Ela tentou pegar o volante, mas o braço não se mexia. O pé do homem afundou no acelerador. Seus pais ouviram o motor e viraram para encarar o carro, ainda de mãos dadas. Os faróis iluminaram partes claras deles: olhos, dentes, joias que reluziam como estrelas cadentes na escuridão.

O homem pisoteou, mirando o freio, mas seu pé letárgico só encontrou o acelerador. E aí Flora estava do lado de fora do carro, segurando o pai. Sentiu a vida fluir para fora dele e entrar nela: o brilho da luz de velas no contrabaixo, a rachadura de um taco encontrando a bola nas manhãs de sábado, o cheiro de pão de milho assando no forno nas tardes de domingo. Em um momento lúgubre, ela viu relances de explosões irregulares prateadas na noite, sentiu o cheiro de pólvora, medo e sangue, o flash do rosto do capitão Girard iluminado por um tiroteio à meia-noite. E um retorno à luz suave, ao pedaço sedoso da pele de sua mãe entre a orelha e a clavícula, a sensação de beijos ali. E depois seu próprio rosto de bebê, apenas olhos castanhos e gengivas cor-de-rosa e bochechas gordas.

Os braços soltaram seu pai e pegaram sua mãe, e Flora viu lembranças de árvores de Natal enfeitadas, de vapor saindo de tortas recém-assadas, de tulipas na primavera e lagos verdes no verão, da sensação da música se erguendo do espaço tenro onde seu pé se conectava com a terra encurvada, subindo por seu corpo e saindo de sua boca. Em cada lembrança, mesmo quando Vivian era criança, o rostinho do bebê estava lá. O rosto de Flora, como se ela fosse tudo o que sua mãe sempre quis, o amor que ela carregava consigo até o dia em que conseguiu reunir tudo na forma de uma filha.

E aí ela estava morta.

O homem branco saiu cambaleando, trôpego, descontrolado, soprando nuvens no ar noturno gelado. Seu chapéu caiu, revelando uma careca pálida e com aparência frágil, coberta por alguns fios de cabelo branco. Ele se ajoelhou entre os corpos e soluçou. A neve derreteu em seus joelhos, escurecendo sua calça. Ele colocou as mãos no rosto, revelando um centímetro de pele nua e um relógio de pulso dourado com pulseira de couro no qual ele se esquecera de dar corda.

E Flora estava de joelhos ao lado do homem na neve.

— Por favor — disse ele, olhando para ela por entre os dedos. Um dos nós de seus dedos estava sangrando, de alguma forma, e um galo crescia em sua cabeça. — Não sei o que fazer. Não posso mais viver desse jeito.

— Você não tem que fazer nada — disse a boca. — Não vai demorar muito.

— Graças a Deus — disse ele, descendo as mãos para o colo.

Uma mão se estendeu para a do assassino. As imagens primeiro vieram desordenadas: o próprio homem de camiseta e suspensórios plantando árvores em um jardim, secando o suor da testa bronzeada; ele com o uniforme de polícia, dando uma boneca de pano para uma criança coberta de fuligem que chorava, sentada sozinha na delegacia; o mesmo homem, mais jovem, em seu casamento, o frasco de aço inoxidável de gim formando um volume no bolso de seu melhor terno. O frasco de gim que virou um copão e depois garrafas inteiras... o que transformara o homem risonho com cabelo preto liso e maxilar bem barbeado naquela bagunça de olhos turvos diante dela.

— O que está acontecendo? — perguntou ele. — Estou vendo...

— Você está vendo o que eu estou vendo — disse a boca. Sua mão inteira afundou sobre a dele, e Flora ficou enjoada de tristeza e perda. Os olhos do homem se arregalaram. Lá estava ele, uma criança usando roupa de batizado de linho branco. E ali, atravessando um gramado esmeralda, cambaleando sobre os pés descalços de um ano. Em seguida era um menino de cinco anos andando de pônei na feira da cidade. Depois, dez anos mais velho, escalando um vulcão coberto de neve. Aquele garoto, aos dezesseis, em uma estrada do interior no crepúsculo de uma noite de verão, inclinando-se para beijar uma garota que prendeu os dedos no cabelo dele. E, cinco anos depois, casado com a mesma garota, o amor de sua vida...

... exceto se você contasse o gim da garrafa, que nem mesmo a Lei Seca o impedira de beber.

— Eu a amava de verdade, sabe — disse ele. — Quase como respirar. — As palavras eram espaçadas, como se ele estivesse usando suas últimas forças para despejá-las.

— Eu sei. Mas essa é a questão com o amor. Ele não é tão forte quanto dizem.

— Não estou com medo — disse ele. — Feliz... feliz por você estar aqui.

A voz respondeu:

— A vida é muito mais apavorante que o seu oposto.

Ele pegou as mãos dela.

— Espere. Não quero ver tudo — disse ele. — Não a última parte...
— Seu estômago revirou, custando a ele o último gole de gim.

— Eles não sofreram. — O olhar mudou para os corpos dos pais de Flora, a pele açucarada com uma leve cobertura de neve. — E tem mais: vou deixar você carregar essa parte quando for embora.

— Eu a carregaria até o fim dos tempos se... se isso fizesse as coisas serem... diferentes.

— Você vai — disse ela, fechando os olhos por um instante. — Mas não vai mudar nada. Todo mundo morre. Esse é o único fim para todas as histórias verdadeiras.

A frase... Flora já a ouvira antes. Então lutou para voltar a si. A pele do rosto parecia tensa, como se estivesse sendo pressionada contra os ossos embaixo. Ela afastou a mão da de Helen, abriu os olhos e estava de volta na entrada do Domino, totalmente destruída. O que tinha acontecido com ela? Como ela viu os últimos momentos de seus pais desse jeito?

Helen estava parada a seu lado, mesmo enquanto verificava o relógio de pulso.

— Você está bem? Parece que pegou o que o seu cozinheiro tem.

— Estou ótima. — Flora não queria dar a Helen a satisfação de vê-la desse jeito. — O Henry está me esperando.

— Nem sempre a gente consegue o que quer — disse Helen. — Interpretamos os papéis que nos dão.

— O que você está dizendo, que estou tentando ser algo que não sou?

Uma expressão confusa atravessou o rosto de Helen, depois a compreensão.

— Eu entendo por que você diz isso.

— O Henry está me esperando — repetiu Flora. — Então, se me der licença.

— O que te faz pensar que ele ainda está lá?

— Quem teria pagado a fiança dele?

— Posso ter deixado um bilhete para os Thorne — disse Helen.

Flora achou que ia vomitar. Isso tornaria as coisas infinitamente piores para Henry. Ela precisava chegar lá primeiro.

— Não vá me dizer que você o ama — comentou Helen.

— Eu não disse isso.

— Tenho certeza de que você considerou o custo — disse Helen. — De quanto isso poderia magoá-lo.

— Eu não sonharia em magoá-lo.

— Mas... — Helen fez uma pausa, como se estivesse escolhendo as palavras com cuidado — você o escolheria, se pudesse?

— Escolheria para quê?

— Acho que você sabe.

— E acho que você sabe que isso não é da sua conta.

— Ora, ora. Não fique tão irritada. Em circunstâncias diferentes, poderíamos ter sido amigas. Não tem muita coisa nos separando.

— Tudo nos separa — argumentou Flora. — Você pode ir aonde quiser. Fazer o que quiser. Comer onde quiser. O mundo pertence a você e aos seus. Meu povo, nós estamos aqui para ser as mulas de vocês. Seu mundo se apoia nas nossas costas. Nós temos até que pagar pelo privilégio de entretê-los. E depois vocês nos prendem do mesmo jeito.

— Tão amarga — disse Helen. — E eu adoro isso.

— Terminamos aqui — disse Flora.

— Aqui, talvez — argumentou Helen.

Flora tinha subido metade dos degraus do distrito policial quando Henry saiu porta afora, com o rosto machucado abaixado, flanqueado por duas pessoas brancas parecendo atormentadas. A mulher usava um casaco de pele e um chapéu; o homem estava com uma careta que dividia sua testa.

— Henry? — chamou Flora. — Sinto muito. Vim o mais rápido que pude. — Veio tão apressada que esqueceu suas luvas e o chapéu dele para trás. Ela percebeu isso quando viu os cachos descobertos dele.

Henry levantou a cabeça, com os olhos arregalados.

— Quem é essa? — perguntou a mulher, parecendo horrorizada. — Como é que ela sabe o seu nome? Ela é o motivo para você estar neste lugar? Ela é... Não me diga que é alguém que você contratou. — Ela começou a chorar.

O homem puxou Henry escada abaixo, passando por Flora, que teve de dar um passo para trás para deixá-los passar. Ela deixou a carteira cair e o fecho frouxo se abriu. As notas que conseguiu reunir saíram voando.

As crianças famintas com roupas amarfanhadas à espreita na lateral do prédio vieram correndo e pegaram a maioria antes que ela conseguisse, mas Flora não tinha forças para se importar. Os protetores de Henry o enfiaram no banco de trás do carro, que se afastou da calçada com um guincho irritado.

40

A Morte observou Flora sair do Domino, sem dúvida indo para a cadeia com seu triste e pequeno maço de notas na mão. Ela dirigiu por uma pequena distância da casa noturna e estacionou. Era fim de tarde, praticamente uma zona morta para o bairro. Ninguém estava ali para ver a garota intensa de olhos escuros e vestido vermelho andar até a casa noturna e entrar pela porta trancada, que ela abriu com um único toque. Apesar de não ser observada, ela se apressou escada abaixo, sabendo exatamente por onde começar, esperando que o fim fosse como ela pretendia: tirar a última coisa de Flora que a estava mantendo em Seattle.

A Morte acendeu uma vela e a colocou no bar, inalando o aroma de cera queimada enquanto o brilho da chama solitária se encaminhava para os cantos do salão. O contrabaixo de Grady, ainda manchado com a essência do toque de Henry, estava deitado nas sombras. Apesar de ser do tamanho de um homem adulto, o instrumento pareceu leve em seus braços quando ela o tirou do palco, atravessou o salão e foi até o bar. Ela o colocou de costas, um eco de sacrifícios humanos que ocorreram ao longo dos milênios, presentes ofertados em nome de diversos deuses, e a todos eles uma morte que penetrava em vazios infinitos.

Ela se materializou do outro lado do bar, enchendo os braços com garrafas que tiniam: rum, vodca, bourbon, uísque. A Morte soltou cada uma delas. Tirou a tampa da primeira garrafa e a esvaziou sobre o instrumento como alguém untaria um cadáver. Depois, a segunda e a terceira e a quarta. A madeira gemeu com o ataque. Seus poros absorviam a bebida; poças de destruição escorriam para as fendas de clave de fá em sua face, batendo nas costas, deixando o ar com cheiro de poeira e destilado.

Ela apoiou as mãos no bar, lembrando-se da vida que tinha arrancado da madeira na noite em que levara os pais de Flora. Havia menos vida restante, menos para lutar contra as chamas. A visão seria espetacular. Ela pegou a vela e a segurou dentro da abertura encurvada.

Uma garra de fumaça se ergueu; as bordas da madeira ficaram vermelhas, depois viraram carvão. Então, como se o fogo tivesse descoberto sua própria sede, a madeira explodiu em chamas. Elas lamberam as gotas de bebida que vazaram sobre o balcão. Fluíram como um rio vermelho sobre as fronteiras do bar, encontrando lugares para destruir o chão, as prateleiras, as cortinas de veludo.

A Morte pegou as luvas que uma vez deixara na pequena casa verde. Eram suas, afinal, e ela sempre pegava o que era seu. Em seguida virou para ir embora, sentindo a fumaça e o calor nas costas, sabendo que era verdade o que o Amor dissera sobre o fogo. Este era um tipo próprio de criatura, uma alma singular.

Que queime por muito tempo.

41

Flora saiu da cadeia e foi para o Domino, onde tinha a intenção de terminar a preparação da comida do melhor jeito possível antes do espetáculo. Ela pegaria suas luvas e guardaria o chapéu de Henry. Encontraria um jeito de entregar a ele mais tarde, e depois deixá-lo em paz com a própria vida.

Ao longe, uma língua escura de fumaça tocava o céu. Ela queria acreditar que não era sua casa noturna em chamas, nem seu sustento sendo consumido, mas sentia a destruição bem no fundo, como se uma parte dela estivesse sendo reduzida a cinzas.

Parou o carro a pouca distância do local e correu em direção ao prédio em chamas. O calor pressionava seu rosto e seus braços, e a fumaça tinha um cheiro oleoso e tóxico, sem dúvida alimentada pelo bar e pela cozinha cheios de estoque, as cortinas, as escadas de madeira... tudo familiar para ela, as últimas partes do legado de seus pais. A pintura deles. Quando percebeu que isso estava perdido, assim como as luvas que adorava, ela não conseguiu evitar as lágrimas. Parou de correr.

Atrás dela, os sinos dos carros de bombeiro ecoavam, não que eles pudessem fazer alguma coisa para impedir que o fogo se alastrasse. Os ombros de Flora sacudiam. Na porta ao lado, os Miyashito estavam jogando freneticamente baldes de água no prédio deles. Os dois gritavam um para o outro em japonês, e ela se sentiu pior ainda. Também era tudo o que eles tinham.

Um carro de polícia estava estacionado do outro lado da rua. Quando os policiais viram Flora se aproximando, saltaram. Um deles tinha uma folha de papel nas mãos.

— Você é a dona desse estabelecimento? — perguntou o policial.

Flora fez que sim com a cabeça, sem confiar em si mesma para falar. Ele deu o papel para ela.

— Parece vergonhoso entregar isso agora, mas sou legalmente obrigado a fazer isso.

Flora vasculhou o documento. Uma ordem do município, fechando a casa noturna sob acusação de corrupção. Um floco de cinza pousou no rosto de Flora, mas ela ignorou a súbita pontada de dor. Virou para longe do policial, amassou o papel e o jogou no fogo.

Palavras ecoavam em sua mente, em uma voz familiar que ela não sabia identificar.

Um dia, todo mundo que você ama vai morrer. Tudo o que você ama vai desmoronar em uma ruína. Esse é o preço da vida. Esse é o preço do amor.

Esse dia tinha chegado.

42

A boca do sr. Thorne se contorcia enquanto ele estava sentado atrás da mesa de trabalho, fazendo a lista das muitas maneiras com que Henry tinha fracassado.

— Você roubou o carro do Ethan...

— Eu teria emprestado a ele — disse Ethan.

— Não me interrompa. Você roubou o carro, saiu da escola num dia em que tinha prova final, confraternizou com... com... uma artista de cor de uma *casa noturna*, por quem então você fez a prima Helen pagar uma fiança, expondo-a sabe Deus a que tipo de sordidez.

Henry ficou pálido. Não esperava que os Thorne descobrissem tudo isso; a traição de Helen o surpreendeu e magoou. Era possível, percebeu ele, que essa fosse sua retaliação por ele escolher Flora em vez dela. O restante da acusação — de que Helen era do tipo frágil, que poderia se prejudicar por ajudar alguém da idade deles — não fazia sentido. Mas Henry ficou de boca fechada.

— Isso dá conta de tudo? — perguntou o sr. Thorne. — Ou tem mais coisas que você gostaria de revelar?

Ele olhou para Ethan. Henry interpretou o olhar suplicante em seu rosto como um pedido para não dizer nada sobre visitar Hooverville ou socializar com James depois. E Henry certamente não ia confessar quanto tempo passava no Domino nem a que ponto suas notas tinham caído.

— Acredito que isso dá conta de tudo, senhor.

A boca do sr. Thorne se contorceu de novo. Ele apoiou as mãos na mesa de trabalho e se levantou. Sua forma volumosa bloqueava boa parte da luz da janela, e sua sombra atravessou o rosto de Henry como se fosse sólida.

— Você me colocou em uma situação terrível. Uma situação terrível.

— Eu sei. — A voz de Henry mal parecia ser a dele.

— Você sabe? Sabe como é ver alguém que você criou, quase como um filho, cometer um ato de violência contra um homem cujo trabalho é defender a lei?

— Mas ele prendeu...

— Nem fale o nome dela. Não quero ouvir uma palavra sobre ela. Por favor, me diga que não houve nenhum — ele acenou a mão com desprezo — encontro.

— Não — sussurrou Henry, humilhado por falar dessas coisas na frente de outras pessoas.

— Pequenas bênçãos. Significa que não é um desastre permanente. — O sr. Thorne sentou de novo na cadeira, passando a mão no couro cabeludo liso enquanto se recostava. — O jornal vai ter que cobrir a agressão e a prisão. Como você tem menos de dezoito anos, ainda não é adulto. Seu nome não será mencionado. Mas sua ligação com a minha família será revelada. A ética jornalística exige isso. É uma vergonha, uma enorme vergonha.

Henry engoliu em seco. Ele já tinha pensado nisso, e só se sentia pior por ouvir o sr. Thorne falar tudo.

— E nem preciso dizer que você não vai se formar com a sua turma. Já falamos com a escola. Eles nos contaram das suas notas em queda livre e, com a escapada de hoje, você foi expulso.

Henry se sentiu enjoado.

— E você perdeu a bolsa de estudos para a universidade. — O sr. Thorne se inclinou para a frente e se apoiou nos cotovelos. — Obviamente.

A bolsa de estudos era o futuro de Henry. E agora não existia mais. A perda o deixou horrorizado, mas de certo modo ele se sentiu como se estivesse esperando por isso a vida toda. Por mais que ele tentasse ser útil, seguir as regras, conquistar seu espaço, parte dele sabia que ele era um impostor neste mundo. Parte dele sempre esteve esperando para ser um excluído.

Mas também sabia o seguinte: havia um futuro que ele preferia. Um que ele sempre desejou mais. Um que tivesse a possibilidade do amor.

— Pai... — Ethan colocou as mãos na mesa de trabalho, implorando.

O sr. Thorne voou para cima dele, com o dedo indicador levantado.

— Não quero ouvir uma palavra sua, Ethan. Até agora você parece não ter culpa nisso, mas não quer me provocar para eu procurar e acabar descobrindo suas peripécias também, não é?

— Não, senhor. — Ethan recuou, enfiando as mãos nos bolsos.

— Por consideração à amizade que eu tinha com o seu pai e ao prazer que tive vendo você crescer sob o meu teto, não vou expulsá-lo totalmente — disse o sr. Thorne. Ele pegou um charuto na caixa e o acendeu, exalando um fluxo de fumaça azul. — Você pode ter um emprego, se quiser, trabalhando na equipe da prensa do jornal. — Ele fez uma pausa. — Mas vai ter que encontrar outro lugar para morar. Você não pode ficar aqui, especialmente com alguém vulnerável como a Helen em risco por causa do seu comportamento e dos seus cúmplices. E tenho que pensar em Ethan e Annabel. A reputação deles precisa ser protegida.

Ethan inspirou fundo, e Henry se sentiu mais triste por ele que por si mesmo.

— Eu entendo — disse Henry. — Obrigado, senhor.

O sr. Thorne pegou o charuto no cinzeiro de cristal, cujas bordas cintilavam como líquido sob a luz suave da biblioteca.

— Por nada — disse ele, estendendo a outra mão. — Fique longe de confusões. E boa sorte.

Ethan o seguiu até o andar de cima.

— Henry, você precisa pensar melhor.

— Pensar melhor? — Henry olhou pelo quarto para ver o que precisava empacotar. Não era muito. Algumas roupas. Fotografias de seus pais e de sua irmã. Seu contrabaixo, que ainda estava na cocheira. — Sem chance. Mas posso te pedir uma carona?

— Carona? Para onde você vai? — Ethan fechou a porta. — Henry, isso é loucura. Se você aceitar o emprego na prensa, vai ser um beco sem saída. Você nunca mais vai sair. Nunca vai conseguir ter uma casa, nunca...

— Não vai ser a única coisa que eu vou fazer — disse ele. Abriu a gaveta e pegou uma pequena pilha de camisetas dobradas, que colocou sobre a cama. — Tem o Domino. Flora me pediu para fazer parte da banda, e eu aceitei.

— Mas isso é... Implore por uma segunda chance — disse Ethan. Sua voz parecia tensa, não parecia ser dele. — Prometa que vai ficar longe da Flora e do Domino. Desista da música. Não tem segurança nisso. Você sabe, eu sei. É hora de aceitar.

Henry abriu outra gaveta e pegou suas calças. As do uniforme da escola ele deixaria para trás. Uma coisa boa. Elas pinicavam. Ele virou para olhar para o amigo.

— Ethan, não acredito numa palavra que está saindo da sua boca. Não foi você quem me disse para aproveitar o dia? Viver a vida que eu sonhava?

— Eu sei, eu sei — disse Ethan baixinho. Ele pegou as camisetas de cima da cama e as colocou de volta na gaveta, mas Henry o bloqueou. — E ainda acredito, suponho, no abstrato. Mas isso... encontrar um quarto alugado numa pensão em algum lugar e trabalhar em uma sala de prensa até suas mãos ficarem permanentemente manchadas de preto e você estar aleijado e surdo? Já vi esses caras da prensa. Sei o que acontece. E como você pode conseguir fazer isso e tocar à noite? Por favor, você não pode pelo menos ver se tem um jeito de terminar a escola? Se formar? Faltam apenas alguns dias, e eu... eu vou...

— Um diploma não vai me levar aonde eu quero chegar — disse Henry.

— E esse emprego é um começo. — Ele estendeu a mão para pegar as camisetas. Ethan as entregou, e Henry as colocou sobre a cômoda e tirou a velha mala do pai de baixo da cama. Ainda tinha as etiquetas de suas viagens. Itália, França, Inglaterra, Brasil... lugares que pareciam fora de alcance para sempre.

Ele foi até o armário para pegar seu único terno.

— Não me exclua ainda — disse ele. — Apesar de eu não ter dinheiro para um quarto. Gastei tudo, menos doze centavos, na fiança. E se eu procurar o James em Hooverville? Você acha que ele me ajudaria?

O rosto de Ethan ficou vermelho quando ele fez que sim com a cabeça.

— Não se preocupe — disse Henry. — Só até eu receber o primeiro salário. Como está o artigo, falando nisso? Já está precisando da minha ajuda para escrever? E o que o James achou da música? Não conseguimos conversar.

— Não... tudo bem, eu... Aqui, me deixe pelo menos ser útil. — Ele envolveu as fotografias da família de Henry em um suéter de lã e as colocou sobre todos os outros itens na mala. Depois foi até o armário para pegar o smoking emprestado que Henry usava para ir ao Domino. — Você vai precisar disso — comentou ele. — E eu te dou uma carona, se você quiser. É claro.

— Não vou levar isso — disse Henry, olhando para o smoking. — É do seu pai.

Enquanto dobrava a própria vida para colocar em uma mala, ele se sentiu como às vezes se sentia nos sonhos: querendo correr, mas sentindo que as pernas tinham virado cimento. Mas talvez isso significasse crescer e ver a possibilidade aparentemente infinita da infância se estreitar num instante. Você tinha de seguir em frente, por mais escuro e estreito que o caminho adiante parecesse.

Ethan tirou o smoking e a camisa branca do cabide.

— Escute, eu quero que você fique. Que peça mais uma chance aos meus pais. Você não pode ir embora agora. Não pode. — Ele deixou a roupa de lado e se sentou à escrivaninha de Henry, apoiando a cabeça na palma da mão. — Não sei o que vou fazer sem você, Henry.

— Vamos continuar nos vendo — disse Henry. — Seus pais não proibiram isso. E, quando você estiver administrando o jornal, pode me dar uma promoção.

Ethan riu, mas não foi um som feliz.

— Essa é uma desventura sua, e eu estou dando a impressão de que é minha. Sinto muito. Você e eu sabemos que estou condenado no que diz respeito ao jornal. É só uma questão de tempo até o meu pai descobrir a verdade. Eu sabia que isso ia acontecer um dia, mas parece que estou me afogando, está acontecendo tudo de uma vez.

— Ainda posso te ajudar — disse Henry. — Vamos escrever o artigo sobre Hooverville juntos.

— Não posso. — Ethan parou para recuperar a respiração. — Se eu não conseguir ler e escrever sozinho de um jeito competente, não vou conseguir administrar o jornal. É estranho, mas eu costumava pensar que essa era a pior coisa do mundo. Agora eu sei que não é, e estou quase ansioso pelo inevitável. Posso até pedir um espaço no chão da sua nova casa, quando você conseguir uma.

Henry fechou a mala e a tirou da cama.

— E se fôssemos embora juntos? Assim que eu tiver dinheiro para pagar a minha parte.

Ethan levantou o olhar para ele.

— Meu pai nunca permitiria isso.

Henry se sentiu imediatamente culpado.

— Sinto muito. Eu sei. E eu nunca ia querer que você deixasse tudo isso. Você tem sorte.

— Não parece assim a maior parte do tempo.

Henry levantou a mala. Tudo o que ele tinha, exceto o contrabaixo, dava para carregar com uma das mãos.

— Você vai me visitar. Não vou para longe. E posso te ajudar com qualquer coisa que você precisar. Seu pai... ele nunca precisa saber.

— Henry — disse Ethan, com a voz ficando tensa. — Admiro a sua coragem. Você devia ficar com a sua música. Mas, se você vai tocar, precisa se vestir bem. — Ele abriu a mala de Henry e colocou o smoking lá dentro. Depois pegou a mala. — Pegue o seu contrabaixo. Dane-se o meu pai e tudo o que ele tiver a dizer a respeito disso.

Annabel entrou correndo. Ela se jogou em Henry, com o rosto rosado e úmido de chorar.

— Henry! Você não pode ir embora! Eu não vou deixar!

Ele se agachou para ficar na altura dos olhos dela.

— Não vou para longe — disse. — Vamos andar de bicicleta juntos no parque.

— Promete? — perguntou ela.

— Prometo. E vou mandar um monte de cartas para você. Agora, onde está o seu lenço? Vamos limpar esse rosto. — Ela pegou o lencinho de Flora no avental, e Henry o passou no rosto dela, seus dedos tocando no pequeno coração costurado no tecido. Ele se perguntou o que Flora estava fazendo, se estava pensando nele. Não teve tempo de entrar em contato com ela desde aquele momento terrível na cadeia, e não sabia quando estaria perto de um telefone ou poderia andar até a casa dela.

Ele abraçou Annabel. Ela tinha cheiro de grama e pasta de amendoim, e a ideia de não ouvir seus barulhos toda manhã e responder a suas perguntas irritantes e vê-la crescer em câmera lenta... Ele exalou o ar com força, soltou a menina e se levantou.

Ethan estava esperando do lado de fora com sua mala.

— Pronto? — perguntou ele.

— Mais do que nunca.

Helen esperava ao pé da escada. Usava um conjunto de saia branca e suéter e um fio de pérolas, que segurava entre os dentes. Ela as cuspiu para lhe fazer uma pergunta.

— Aonde vocês dois vão com essa mala?

— Não é da sua conta — respondeu Ethan. — Tenho certeza de que você já sabe, de qualquer maneira.

Henry se sentiu envergonhado pela situação. Não que tivesse considerado Helen com seriedade. Mas isso significava que ele nunca ficaria com uma garota como ela, com pérolas e um suéter macio e cabelo brilhante. Do jeito mais superficial, ela o fazia se lembrar da própria mãe, mas sem o calor que envolvia suas lembranças. Ele não sabia dizer o que sentia em relação a ela nem a outras coisas. O torpor o tomou por completo. Sabendo que ela ia descobrir em algum momento, ele optou pela verdade. Uma queda rápida da guilhotina, separando para sempre sua vida da dela.

— Estou me mudando para Hooverville — disse ele.

A expressão no rosto dela era enigmática. Horror e, em seguida, raiva.

— Com licença — ela disse. Seu hálito e o ar ao redor dela cheiravam a fumaça. Helen começou a subir a escada, parando no meio do caminho.

— Eu vou te ver de novo. Em breve. É uma promessa.

Henry duvidava. Duvidava muito. Pegou a mala. No caminho até o carro, Ethan tentou convencê-lo a não ficar em Hooverville.

— Tenho dinheiro guardado. Aquele lugar não é adequado para homem nenhum.

— O James mora lá — comentou Henry, colocando a mala na traseira do carro.

— O James... é diferente. — Ethan pegou o braço de Henry, como se pudesse impedi-lo fisicamente de partir. — As coisas não parecem perturbá-lo tanto.

Ele se soltou do aperto de Ethan e foi até a cocheira para pegar o contrabaixo, esperando que não fosse roubado nem transformado em lenha no instante em que desse as costas para a favela.

— Não vai demorar muito para eu economizar o suficiente e pagar um quarto em algum lugar. Hooverville não é meu destino final.

A viagem até o acampamento foi curta e silenciosa. Hooverville parecia muito menor do que na primeira vez que Henry a vira.

— Pelo menos aceite algum dinheiro para a comida — disse Ethan.

Henry guardou o dinheiro na carteira.

— Vou devolver. — Ele odiava dever mais a Ethan do que já devia.

— Não enquanto você estiver vivo. — Ethan olhou ao redor, horrorizado. — Por que você pelo menos não pede mais uma chance?

Henry não respondeu. Não queria dizer a verdade: que era quase um alívio que o que ele mais temia tivesse finalmente passado. Enquanto ainda houvesse Flora, enquanto ainda houvesse o Domino, nada mais poderia magoá-lo.

43

Terça-feira, 8 de junho de 1937

Henry se adaptou às pancadas e ao calor da sala das prensas em menos de um dia. O caos o afastava da maioria de seus pensamentos enquanto ele colocava rolos de papel-jornal na prensa de plataforma oleosa. O giro, o barulho, o papel voando: tudo ajudava a distraí-lo de todo o restante. Tantas perdas. Para Flora, a avó. Para ele, sua casa. Parecia que uma lâmina invisível estava aparando as bordas do mundo dos dois, deixando-os com pouco chão para se apoiar.

Ele tinha se acomodado temporariamente em Hooverville, onde James pelo menos tinha sido prestativo. Realmente quase prestativo demais. Ele grudou em Henry como uma sombra, dando a ele um barraco pequeno com cheiro de serragem e piche. Nos momentos em que Henry parava e escutava e respirava, sentia um certo tremor no ar, como se tudo que era sólido estivesse prestes a desabar.

— Preste atenção, Bishop!

Henry saiu do caminho de seu supervisor, Carl Watters, que estava empurrando um barril de tinta em um carrinho de mão, passando pela prensa barulhenta.

— Não é surpresa você estar com o olho roxo. Você é um desastre.

Henry, envergonhado, afastou uma mecha suada de cabelo da testa e voltou para a máquina que devia estar lubrificando. Colocou a estopa de volta no bolso e apertou alguns parafusos que tinham se soltado.

Gritos vieram de trás. Henry se virou. Um pardal tinha entrado voando na sala das prensas por uma das janelas que ficavam abertas para drenar um pouco do calor da sala. O pássaro não era suficiente para parar as prensas, mas, se fosse puxado pelas correias, haveria sangue e penas na edição da tarde, o tipo de coisa que levaria a descontos no salário da equipe.

Ele encontrou a vara de madeira com um gancho na ponta, que era usada para abrir e fechar as janelas, e fez o possível para enxotar a criatura para fora, mas o pardal voou para longe e sumiu de vista no local onde as edições do dia estavam sendo dobradas e amarradas. Henry o seguiu, se escondendo atrás de uma coluna. Do jeito que tudo estava indo, a criatura idiota ia fazer cocô em cima da edição extra da tarde.

Ali. Pousado na borda acima do jornal do dia. Então, como se Henry tivesse pedido com educação, o pássaro voou e saiu por uma janela aberta ali perto. Sentindo-se com sorte pela primeira vez em muito tempo, Henry apoiou a vara na coluna e secou a testa com um lenço sujo. Uma manchete atraiu seu olhar.

"CASA NOTURNA DE NEGROS PEGA FOGO."

Ele reconheceu o Domino imediatamente pela foto, que tinha sido tirada durante o dia. Tinha sido perda total. Ele passou os olhos no texto, com o jornal tremendo nas mãos. Não havia nenhuma menção a Flora. Ele ficou parado, em estado de torpor, até o sr. Watters gritar mais insultos em seu ouvido. Henry soltou o papel e olhou para o relógio. Noventa e sete minutos até o fim do seu turno. Ora, dane-se. Eles podiam demiti-lo se quisessem. Tirou o avental de lona e o deixou cair no chão.

— Vou te denunciar por isso — gritou o sr. Watters atrás dele. — Não quero nem saber quem te recomendou.

Do lado de fora, ele virou em direção ao bairro de Flora e tinha dado três passos quando ouviu uma voz chamar seu nome. Era Helen. Do outro lado da rua, ela estava com a cabeça inclinada para fora do carro do sr. Thorne, sorrindo como se nada tivesse acontecido.

— Precisa de uma carona?

Henry olhou para sua calça amarrotada e as mãos manchadas de tinta. Estava consciente do rosto contundido e do suor seco nas costas e nas axilas, e saberia que estava fedendo mesmo que seu nariz tivesse sido arrancado. Atravessou a rua para não ter de gritar, mas parou longe do automóvel para ela não vê-lo tão de perto — nem sentir seu cheiro.

— Que surpresa. — Ele não queria dar a ela a ideia de que estava feliz com aquilo.

— Eu estava de passagem — disse ela, ajeitando o cabelo atrás da orelha. — Ai. Alfinete de chapéu idiota. — Ela tirou a luva e estendeu o dedo para Henry. Uma gota de sangue tinha surgido. — Chegue mais perto para poder beijar e curar.

— Errr — Henry balbuciou.

— Você não se importa de ver sangue? — Ela colocou o dedo na boca e sugou para limpá-lo. Depois recolocou a mão na luva e pousou os dedos no volante. — Para onde?

Henry hesitou. Ele não tinha dinheiro para o bonde e estava quase cansado demais para andar. Mas não queria que Flora o visse perto de Helen — nem que Helen soubesse para onde ele ia. Não era da conta dela.

— Que tal comer alguma coisa? Estou com uma fome terrível.

Henry fez uma careta. Mesmo que quisesse, ele não teria dinheiro suficiente para levá-la a lugar nenhum. Ele mal conseguia se alimentar.

— Por minha conta — disse ela, dando um tapinha na carteira. — Tenho mais dinheiro do que consigo gastar.

Uma refeição quente. Não havia quase nada no mundo que ele desejasse mais. Quase.

— Está tudo bem. Obrigado, mesmo assim.

— Entre no carro, Henry — disse Helen. Ela parecia irritada, quase perigosa. — Não temos o dia todo para desperdiçar.

Atrás dele, outra voz conhecida gritou:

— Henry!

Ele virou. James Booth estava parado a poucos metros, segurando um cartaz que dizia: "UM INCENTIVO, NÃO UMA ESMOLA".

— Que belo encontro — James observou.

— Que coincidência — disse Helen. — Minha nossa.

— Sim — concordou James. — O mundo e seus caminhos misteriosos e tudo o mais. — Ele parecia tão hostil quanto Helen.

Henry desejou poder desaparecer.

— Pensando melhor, posso ir a pé. Não é longe.

— Não seja ridículo, Henry — disse Helen. — Deixe eu te alimentar. Você já parece quase morto.

— Já que está sendo generosa — disse James —, vou aceitar sua oferta.

— Acho que não é sensato — disse Helen. — Afinal sou só uma garota inocente.

— Então vamos sentir sua falta — disse James, colocando-se entre o carro e Henry.

Helen olhou para James como se estivesse calculando sua melhor resposta. Depois, sem mais uma palavra, estendeu a mão, bateu a porta com força e saiu dirigindo.

— Aonde vamos? — perguntou James, dando um sorriso que sugeria que ele não tinha sido nem um pouco afetado pelo estranho interlúdio.

Henry não estava no clima para ter companhia e não gostava de como James e Helen o faziam se sentir, como se fosse um tipo de brinquedo que os dois disputavam.

— Sinto muito, mas tenho um assunto pessoal para resolver.

— Assunto pessoal — disse James. — Parece fascinante.

— Desculpe, James. Você tem me ajudado muito ultimamente, mas eu realmente não posso ficar. E esse não é o tipo de assunto que exige companhia.

Ele ficou surpreso com a expressão no rosto de James. Em vez de parecer decepcionado, ele parecia aliviado. Talvez até feliz.

— Boa sorte, então — disse James. — De verdade.

E Henry descobriu que acreditava nele, mesmo desejando que James o deixasse em paz.

44

Flora tinha que parar de pensar em Henry. Os dois precisavam reconstruir a vida com o mínimo possível de cicatrizes depois dos desastres recentes. Ela estava ocupada planejando o memorial em homenagem a Nana, que ia acontecer na próxima tarde. E tinha recebido um bilhete de Doc Henderson, convidando-a para se reunir com ele para conversar sobre um ou dois espetáculos no Majestic. Ficou feliz por ter algo em que se concentrar além da angústia de perder a avó e a casa noturna e da inutilidade de se perguntar onde estava Henry, o que ele estava fazendo, como ele estava se sentindo.

— Eu te amo — disse ela, só para ver como as palavras que nunca daria a ele soavam na boca.

Quando ela pegou uma vassoura e começou a varrer a cozinha, houve uma batida na porta. Irritada, ela a abriu, esperando uma pessoa bem-intencionada trazendo um cozido. Já tinha muito mais do que jamais conseguiria comer. Mas não era alguém levando comida. Era Henry.

Apesar de seu desejo de vê-lo, ela entrou em pânico com sua presença.

— O que está fazendo aqui? Você não devia ter vindo.

Ele recuou. O sol estava se pondo e emoldurava o rosto dele, mas ela conseguiu ver como ele estava magoado, mesmo na sombra.

— Não foi isso que eu quis dizer. — Ela tocou o antebraço dele.

Ele engoliu em seco.

— Ouvi falar da casa noturna. Eu... eu queria dizer que sinto muito.

— Bem... — Ela exalou e olhou por sobre o ombro dele, gostando da pontada do sol em seus olhos. Henry se aproximou, e ela percebeu a exaustão no rosto dele e ficou dividida entre convidá-lo a entrar para tomar um copo d'água e mandá-lo para casa, para ela não poder falar nada que pudesse provocar mais dor ou confusão. Ouviu a voz da avó na cabeça. *Olhe os modos, Flora! Convide o rapaz para entrar!*

— Está com sede? — perguntou ela.

— Feito um camelo — respondeu Henry.

Ela o levou a uma cadeira perto da janela. Depois foi para a cozinha desejando ter alguma coisa melhor que água para servir. Ela encheu um copo.

— Está com fome? — Comida ela tinha.

— Feito um camelo que não come há dias.

— Presunto ou um cozido?

— Nenhum camelo que se preza come cozido. Pode conter algum parente.

Rindo, Flora fez um sanduíche de presunto e queijo e colocou em uma bandeja ao lado do copo d'água. Depois colocou tudo em uma mesinha lateral perto da cadeira dele. Ele estendeu a mão para o copo com a ponta dos dedos manchadas de tinta.

— Você parece ter perdido a luta contra uma caneta-tinteiro.

— A caneta é mais poderosa que a espada. — Henry pegou o sanduíche. — É incrível eu ter sobrevivido. — Ele deu uma mordida, mastigou e engoliu. — Mas, falando sério, é uma longa história.

— Tenho tempo — disse ela, afundando numa poltrona próxima. Ela olhou para ele, finalmente se sentindo à vontade. — Me conte.

Ele contou entre uma mordida e outra, apesar de ela suspeitar de que ele fez Hooverville parecer um lugar mais agradável do que era.

— Sinto muito — disse ela. — Isso tudo é culpa minha.

Henry saiu da cadeira e sentou no chão ao lado dela, pegando sua mão.

— Shhh — fez ele. E tocou o rosto de Flora com um dedo tingido. O coração dela rufou como um tambor no peito.

— Henry, a gente não devia fazer isso. Não existe um futuro com você e eu juntos.

— Dever não é a mesma coisa que poder — ele argumentou. — Além do mais, não existe um futuro para mim sem você.

— Você é branco — disse ela. — Caso não tenha percebido.

— Não posso mudar isso. Mudaria, se pudesse, mas não posso. É assim.

— Você tem dinheiro.

— Não tenho mais. Não terei por muito tempo. Nunca senti que pertencia aos Thorne. Mas sinto que pertenço a você.

— É culpa minha você ter ido para a cadeia.

— Não é, e eu já esqueci isso. — Ele beijou as costas da mão dela, e ela se inclinou em direção a ele, apoiando a cabeça em seu ombro. — Eu te amo. Nosso destino é ser um casal. É simples assim.

As palavras e o peso por trás delas não eram simples. Ela sabia que ele estava falando sério. Mas a vida dos dois não era deles, não quando se tratava disso. Havia muitas outras pessoas, com muitas outras ideias sobre o assunto. Também havia a verdade do amor, que seu fim não tinha nada além da dor.

— O mundo é contra esse tipo de coisa. Você com certeza sente isso — disse ela.

— Se formos nós contra o mundo, aposto meu dinheiro em nós.

Ela se afastou de Henry, para aliviar o clima.

— É fácil falar. Na última vez que eu soube, você tinha doze centavos. Você é ridículo. Você sabe disso, não é?

— Quando se trata de ser ridículo, sou muito ambicioso.

Achando graça, ela se permitiu apoiar o rosto no peito dele, ouvindo seu coração, inalando seu cheiro antes de se endireitar de repente.

— Henry?

— Sim? — Ele segurou as mãos dela e olhou em seus olhos, tão sérios e doces.

— Você está com um cheiro horrível. — Era o melhor tipo de horrível, mas ele se sentiria melhor se estivesse limpo. — O banheiro é no fim do corredor. Vá se lavar. Tenho umas roupas que devem caber em você.

Ele riu.

— E depois?

— Depois vou ligar para o Sherman — disse ela. — E talvez a gente passe no Majestic, se ajeitarmos tudo rapidamente.

— Majestic? Mas eu não tenho dinheiro, e todas as minhas outras roupas estão no meu castelo de cartolina. Faltam quase duas semanas até eu receber o meu primeiro salário...

— Shhh. O Doc vai nos pagar — disse Flora, tocando os lábios dele.

— E outras casas noturnas da cidade. Eles vão. Eu sei que vão. Então vá se lavar. Temos trabalho a fazer. E eu preciso me manter em movimento, senão vou começar a pensar em todas as outras coisas e me despedaçar.

— Me desculpe pelo que vai acontecer — disse Henry.

— O quê? — perguntou ela, os ombros enrijecendo. — O que vai acontecer desta vez?

Ele não respondeu.

Não com palavras. Em vez disso, envolveu-a nos braços e a beijou como se fosse morrer se fizesse outra coisa. E ela ficou feliz, porque, se ele não fizesse isso, ela poderia ter morrido. Sua boca era macia na dela. Macia e quente, e aqueles lábios que ela estudara com tanta intensidade tinham sabor salgado e doce e se moviam nos dela como se tivessem sido feitos apenas para isso. Eles nunca seriam o casal que ele queria que fossem, mas pelo menos sempre teriam aquele momento, essa lasca secreta de felicidade que viveria na lembrança, pelo menos.

Quando Henry estava limpo e vestido, o restante da banda chegou. Vozes, risadas, notas de aquecimento nos trompetes... um mundo de som no qual ele achava que só ficaria ao redor, sem nunca mergulhar nele. Ouviu do corredor curto e estreito, se mantendo nas sombras.

— Já falamos com o Doc — disse um homem. — Estávamos só esperando você se recuperar.

Flora respondeu:

— Vocês sabem que eu só vou cantar até ter dinheiro suficiente para o meu voo.

— Você sempre diz isso — comentou a voz. — Mas nunca consegue ser só uma coisa. A vida não é dividida desse jeito, em que você é uma coisa em detrimento de outra. E não é só o Majestic. Temos vários lugares para tocar como convidados.

— E ele não se importa se o Henry...

— Ele quer ouvi-lo, é claro — disse a voz —, mas já demos nossa aprovação. O Henry está dentro.

Henry, se sentindo mal por ouvir às escondidas, pigarreou e entrou na sala fazendo barulho. Ele se sentia dolorosamente consciente do cabelo molhado e da pele branca e do fato de que usava roupas que deviam ter pertencido ao pai de Flora.

— Olha só quem resolveu aparecer... nosso contrabaixista. — Era Palmer, o pianista, quem estava falando.

— Sério? — respondeu Henry, sem precisar fingir parecer empolgado e incrédulo.

Palmer apontou para ele.

— A Flora é mais escondida que a lua nova. A gente quis que ela te chamasse desde aquele dia aqui na casa dela. E agora ela falou que você escreveu uma canção que tem tudo para ser um sucesso. Vamos ouvir.

O sorriso lento que se espalhou pelo rosto de Flora foi a melhor coisa que ele já vira. Ele olhou ao redor da sala. A banda ocupava as cadeiras, os peitoris, o sofá Davenport. Os que estavam conversando em particular pararam. Estavam esperando. Por ele.

— Mas não estou com meu contrabaixo — disse ele.

— Flora — disse Sherman. — Você ainda tem o do seu pai, certo?

— Ainda tenho — respondeu ela. — Mas as cordas devem estar péssimas... não sei.

— Melhor do que nada — disse Palmer. — Precisa de uma mãozinha para pegá-lo?

— Pode deixar — ela respondeu.

— Eu ajudo — ofereceu Henry.

— Só não ajude *demais* — disse um dos trompetistas. Henry fez uma anotação mental para torcer o pescoço do cara mais tarde. Ele seguiu Flora até um quarto que claramente tinha sido da avó. No canto, parecendo um velho soldado, um contrabaixo com ombros empoeirados.

— Aqui — disse ele, estendendo a mão. — Deixe que eu pego.

— Espere. — Flora segurou uma das mãos de Henry, depois a outra, de modo que os dois estavam se encarando. — Agora é a hora. Você está preparado?

— Um dia — disse ele, fazendo parecer uma promessa.

— Você está falando da música, certo? — A testa dela estava franzida, como se alguma coisa a preocupasse. — Porque agora seria uma boa hora para estar preparado para tocar.

— Não foi isso que eu quis dizer — ele explicou.

— Eu sei. — Ela soltou as mãos dele, e seu tom mudou. — Nervoso?

— Petrificado — respondeu Henry. Deus, ele queria beijá-la de novo.

Flora riu.

— Eles vão adorar. Eu... — Ela parou e alisou o cabelo, e Henry desejou que eles tivessem mais tempo. Parecia que ele nunca ia ter o suficiente. — Vamos?

Henry fez que sim com a cabeça. Ele a seguiu até a sala de estar e ajeitou o contrabaixo. Em seguida, ensinou à banda os acordes, o refrão e os versos. Ele a tocou, esperando que eles sentissem o que ele colocara na música.

Houve um longo momento de silêncio depois que eles terminaram.

— Essa música vai mudar a sua vida, filho — disse Sherman.

— Vai mesmo — acrescentou Palmer. Mas Henry não se sentia assim.

Não se tratava tanto de mudar a própria vida, mas de entrar na vida que ele queria. E, depois de tudo, ele tinha conseguido.

45

Sexta-feira, 25 de junho de 1937

MAIS DE DUAS SEMANAS SE PASSARAM. DURANTE ESSE TEMPO, HENRY, FLOra e o restante da banda ensaiaram e fizeram shows em casas noturnas pela cidade à noite, enquanto Henry trabalhava no jornal durante o dia. O Amor e Ethan continuaram com seus encontros secretos, que tinham se tornado discussões filosóficas, além de interações físicas. A Morte, enquanto isso, estava observando sossegada. Seu silêncio relativo apavorava o Amor.

Quando chegou a noite da estreia de Flora e Henry no Majestic, Ethan, com a respiração suspensa, convidou James para ir com ele, e o Amor, ansioso para ouvir o que os jogadores iriam criar, aceitou. Desejou ser verdadeiramente humano, para poder aproveitar a noite como um homem apaixonado faria, vestindo uma camisa branca de algodão macio, um belo smoking de lã preta e uma gravata de seda azul-celeste com um nó feito com cuidado.

Queria esfregar a sujeira das unhas. Queria vaporizar o rosto, passar sabão no queixo, se barbear com uma lâmina nova — ou melhor, que as mãos experientes de um barbeiro fizessem o trabalho. Pensou em garrafas de champanhe sendo estouradas. Bifes macios pingando sangue em uma porcelana de osso. Um belo vinho. Uma sobremesa audaciosa e surpreendente — talvez um cisne de chocolate amargo recheado de creme, com a ponta das penas pintada de ouro comestível.

Ele tivera esses prazeres antes. E em Jogos anteriores, nos quais não desenvolvera ligações diretas com os jogadores e seus amigos, ele se deleitava quando o desejo surgia. Mas esse não era o jeito de James Booth, portanto o Amor teria de deixar essas coisas de lado em troca de roupas simples e um cardápio mais humilde.

Havia beleza suficiente no Majestic, onde os músicos tinham se reunido. A luz de velas da mesa iluminava o rosto encovado de Ethan, suas íris azuis, seus dentes brancos retos. Com ou sem Jogo, o Amor não poderia ter conseguido resistir a esse ser ao longo da história. Ethan era diferente de todos: inteligente, criativo, apaixonado, bonito. O mundo era dele.

Quando o show começou, as cortinas que cobriam o palco se abriram, e o pequeno público que tinha se reunido para o número de abertura começou a aplaudir com educação, apesar de a maioria continuar a conversa como se a música não importasse. Houve uma explosão de claridade quando as luzes se acenderam, e o rufar de bateria. O Majestic não tinha a mesma arrumação do Domino nem o histórico daquela casa noturna como bar clandestino para lhe darem uma aparência de perigo e intriga. Era mais próximo de um restaurante normal, por isso o palco era mais simples. Mas era adorável do mesmo jeito.

A banda começou a tocar o sucesso "Summertime", de Gershwin — uma escolha adequada, já que os dias estavam ficando mais longos e mais quentes a cada noite. Flora fez uma entrada direta pela esquerda do palco, e o olhar que lançou para Henry quando passou por ele em direção ao microfone, com os braços balançando de um jeito lânguido, poderia ter iluminado um quarteirão da cidade.

Os humanos, que não sabiam o que estava diante deles, arranhavam os talheres nos pratos e conversavam por sobre o som da banda, até Flora abrir a boca. Quando a primeira nota surgiu, algumas pessoas deixaram os drinques de lado e observaram. As conversas terminaram. A garota não estava mais se escondendo.

A canção tinha uma parte substancial de contrabaixo para Henry, um passeio lento, triste e melancólico pelas cordas, que lembrou ao Amor de sua parte preferida do verão, quando o calor do dia surgia e a luz ficava de um púrpura suave, e o mundo ficava quente como um útero e tão seguro quanto. Henry deu tudo na música: suas mãos eram um borrão nas cordas, criando um contraponto para a melodia de Flora e um ritmo para ela seguir. Enquanto o Amor escutava, certos detalhes impressionavam: o modo como o refletor polia os contornos dos músicos; o aroma da cera derretendo das velas; a interrupção ocasional e proposital na voz de Flora, transformando-a de cetim em veludo.

O primeiro set terminou. Ethan se inclinou para sussurrar no ouvido do Amor:

— Que maravilha, não?

O Amor fez que sim com a cabeça, concordando, bem quando o rosto do jovem assumiu uma expressão chocada. A Morte, em seu disfarce de Helen, se aproximou da mesa em um vestido vermelho: forte, moderno, impossível de ignorar. Era a cor que ela usava quando estava no clima para matar. O Amor se arrependeu de se deixar ficar tão envolvido a ponto de não perceber a presença dela até ser tarde demais para se preparar.

O prato da bateria cintilou e uma nova música começou. A Morte cruzou os braços e fez uma cara que dava a impressão de que ela estava escondendo uma fatia de limão na boca. Tirou a luva e estendeu a mão nua para Ethan. O Amor arfou. Ela parou pouco antes de encostar nele, como se quisesse lembrar ao Amor que ela também estava com a vida de Ethan nas mãos.

Ela puxou uma cadeira entre os dois e sentou.

— O que tem no seu bolso? — Deu um tapinha no local onde ele guardava o livro de anotações e observações sobre os jogadores e seu progresso no Jogo. — É um livro? Algum tipo de diário no qual você escreve suas proezas jamesboothianas? O que eu não daria para espiar aí dentro.

O Amor olhou de relance para Ethan para ver se o rapaz tinha notado. E tinha. Seu rosto ficou corado quando virou para o palco e fingiu estar paralisado pela música.

Qual era o objetivo dela? O livro era apenas um registro do Jogo, um registro de coisas que tinham acontecido e não podiam ser mudadas. Ele voltou seu foco para a música e espalhou no ambiente seu afeto por Ethan, de modo que todos os corações presentes pudessem se encher com a mesma alegria. O esforço foi exaustivo, mas ele havia chegado ao ponto do Jogo em que não podia economizar nada.

46

Henry e Flora inventaram desculpas para fazer hora depois do show. Uma tempestade súbita de verão tinha desabado, e eles se esconderam sob o toldo vermelho na frente do Majestic.

— Estou morrendo de fome — disse Flora, envolvendo o próprio corpo com os braços.

Henry colocou o paletó sobre os ombros dela.

— Nosso estômago tem muito em comum. Aonde você gostaria de ir?

— Ir?

— Tem o Sterling Cup, tem o Guthrie's...

— Henry — disse ela. — Nenhum desses lugares vai nos deixar entrar.

— Não, estão abertos. O Ethan e eu comemos lá o tempo... — Sua voz foi diminuindo enquanto ele entendia o que ela queria dizer. Eram restaurantes de brancos que, na melhor das hipóteses, serviam a pessoas de cor pelas janelas dos fundos durante o dia.

— Você pode ir. *Nós*, não.

— Sinto muito — disse ele. — Nunca pensei nisso. Era mais que vocês têm seus lugares e nós temos os nossos.

Flora saiu de baixo do paletó e o devolveu a ele.

— Sim, como o adorável Coon Clucker Inn.

— O quê, aquele lugar? — exclamou ele, recusando o paletó. — Ninguém vai lá. É... — Ele se interrompeu. Era um lugar para brancos de classe baixa. A família de Ethan se considerava superior para ter contato com esse tipo de gente. Ele pensou no cartaz do restaurante: um enorme personagem de desenho com a pele negra, lábios vermelhos flexíveis e um olho piscando. Era grotesco, e ele nunca tinha pensado direito nisso. Nunca precisou. Estava tão acostumado a poder ir aonde quisesse e tão desacostumado a pensar em Flora como outra pessoa além da garota que ele amava que a ideia de eles não serem bem recebidos em um restaurante — ou em qualquer outro lugar — não tinha entrado na mente dele.

— Se ninguém vai lá — disse ela —, por que um em cada três automóveis da cidade tem uma capa de pneu do Coon Clucker?

Henry não tinha uma resposta. Ficou parado segurando o paletó aberto para ela, sem saber o que fazer além disso.

— Flora, sinto muito mesmo. Por favor, vista o paletó. Seu vestido vai ficar ensopado, e você vai pegar um resfriado mortal. Vou a qualquer lugar com você.

— Exatamente. — Ela aceitou o paletó. — Isso é parte do problema. Você vai a qualquer lugar. O mundo é seu.

— Não quis dizer isso. Eu quis dizer que vou a qualquer lugar que você quiser.

A chuva assobiava na calçada e ocasionalmente carros buzinavam e portas batiam. Tirando isso, estava silencioso.

— Tem um lugar — disse ela depois de um instante. — Se chama The Yellow House. Em Yesler. Aberto vinte e quatro horas, e fazem um omelete fantástico.

Henry sorriu.

— Acho que não tem nenhum jeito de fazer isso sem ficar ensopado.

— Você devia ter usado um casaco — disse Flora. — Tolinho. — Ela levantou o paletó de Henry sobre a cabeça para afastar a chuva.

— O que eu posso dizer? — respondeu ele. — Abandonei a escola, afinal.

— No três — disse ela. — Vamos correr.

— Não estou com nenhuma pressa. Vamos ficar ensopados.

— Você *é* tolo — ela brincou. — Um brinde a nos transformarmos em esponjas.

— Aos pratos.

As janelas do restaurante brilhavam douradas na calçada adiante, iluminando o caminho dos dois. Um sino tocou quando eles abriram a porta. As conversas pararam quando os clientes viram Henry. Ele afastou o cabelo da testa com a mão livre. Com a outra, ele segurava Flora com força. Os dois estavam encharcados.

— Você está bem, querida? — perguntou a garçonete a Flora, que tinha tentado escapar do braço de Henry. Um dos clientes se moveu como se fosse levantar. A pulsação de Henry disparou. Ele não queria confusão, só um lugar longe da chuva e da escuridão e alguma coisa para comer. E um lugar para passar um tempo com a pessoa que ele amava.

— Estou ótima, srta. Hattie — disse Flora. — Só um pouco molhada.

— O homem se sentou, mas não voltou a comer. Henry desviou o olhar.

Hattie inspecionou os dois.

— Humm. — Ela deu de ombros, alisou o avental branco e os levou para um reservado perto da porta do banheiro. Colocou dois cardápios na mesa. — Café ou suco?

— Café, por favor — respondeu Flora. — Creme e açúcar.

— Quero um café também, se não for problema — disse Henry.

— Você gosta de preto? — perguntou a srta. Hattie. Os homens numa mesa próxima riram.

Henry analisou a expressão da srta. Hattie, que lembrava sua avó falecida havia muito tempo. Ela sempre parecera rabugenta, mas também lhe dava balas de menta escondido. Ele tinha muito espaço no coração para senhoras rabugentas.

— Gosto do mesmo jeito do dela.

— Humm — disse a srta. Hattie. — Creme e três cubos de açúcar. Volto num minuto com o café. Acho bom vocês estarem prontos para fazer o pedido.

Henry olhou para Flora por sobre o cardápio.

— O que é bom aqui? Quer dizer, além do omelete fantástico e do café rabugento?

Flora riu.

— Tudo, exceto o mingau de aveia. — Ela baixou o cardápio. — É como comer bolas de gude.

Ele dobrou o guardanapo de papel no formato de um barco e fingiu navegar com ele pelos mares em direção a ela, tentando recuperar aquela conexão fácil que eles tinham quando tocavam música juntos.

— O que você está fazendo? — perguntou ela.

Ele largou o guardanapo.

— Não sei. Uma arca?

A srta. Hattie voltou com os cafés.

— O que vai ser?

— Dois ovos fritos — respondeu Flora. — E duas torradas.

Henry percorreu o cardápio, procurando algo que pudesse incrementar a piada da arca, mas não encontrou nada.

— Ovos mexidos com linguiça e biscoito.

— Ótimo — disse a srta. Hattie. — Mais café?

— Não, senhora, obrigada — respondeu Flora.

A mulher suspirou e foi para a cozinha.

— Acho que você queria dizer: "Noé, obrigada" — brincou Henry.

Flora revirou os olhos acima da xícara de café.

— Viu, encontramos um lugar — disse ele.

— Um de nós, talvez — ela observou. — Eu nunca vou pertencer ao seu mundo.

— Flora. — A voz de Henry ficou presa na garganta. — Você é o meu mundo. — Ele envolveu as mãos ao redor da xícara de café, desejando que seu calor se espalhasse pelo resto dele.

A srta. Hattie voltou com a comida.

Enquanto comia, Flora olhou para ele com olhos piedosos.

— Eu gosto de você. Apesar de ser contra as minhas convicções, eu gosto. Do jeito que você toca. Da sua decência. Até mesmo das suas piadas idiotas. Mas eu quero outras coisas. Se eu fizer o que Amelia Earhart está fazendo, mas mais rápido...

Henry interrompeu:

— Eu entendo. — Seus ovos estavam com gosto de pomada. Ele afastou o prato. Se ela não o queria, o que mais ele podia fazer?

Flora baixou a voz.

— Por enquanto, não podemos nos concentrar só na música? Todo o resto pode esperar.

Eles ficaram sentados em silêncio enquanto o restante dos clientes saía. Hattie, parecendo exausta, se apoiou em uma parede e fechou os olhos. Em certo momento, os primeiros raios do sol da manhã começaram a entrar pelas janelas enevoadas. As roupas de Henry tinham secado, e ele se sentia uma bagunça desgrenhada e cansada.

— Eu não entendo — disse ele, tentando escolher as palavras com cuidado, sabendo que sua exaustão provavelmente o faria dizer a coisa errada.

— Não sei como conseguimos passar de tudo de bom que aconteceu para isso.

— É mais seguro assim — disse Flora. — Confie em mim.

Henry estendeu a mão por sobre a mesa, mas Flora não pegou a mão dele.

— Com o que você sonha? — indagou Henry. — Com o que você sonha, se não é isto? Você, eu, música. Podemos construir uma vida com isso. Eu sei.

— Olhe para os seus dedos — disse ela. — Cobertos de tinta.

— Por favor, não mude de assunto — disse Henry. — Mas não é só tinta. — Ele virou a palma da mão esquerda para cima e mostrou a ponta rasgada dos dedos que tocaram. — Está vendo? Sangue.

— Tinta de dia, sangue de noite. Dias de tinta, noites de sangue — disse ela. — Parece uma música.

— Você devia escrevê-la — comentou ele.

— Não seja ridículo.

— Não sou eu quem está sendo ridículo.

— Henry.

— Olhe aonde nós chegamos. Eu não quero desistir. Não agora. Porque um dia...

Ela bocejou e massageou as têmporas, como se estivesse com dor de cabeça.

— Podemos pensar nesse tipo de coisa outro dia. Mas não agora.

A srta. Hattie se arrastou até a mesa deles.

— Quer que aqueça o café?

Henry olhou para a xícara vazia.

— Não, obrigado.

— Então vocês querem a conta — disse ela.

Henry entendeu a indireta. Pegou uma das notas que Doc tinha dado a ele na noite anterior e colocou sobre a mesa.

— Pode ficar com o troco. — Era o dobro de quanto precisava deixar. Mas ele queria comprar uma aliada. — Flora? — Ele ofereceu o braço.

Ela hesitou.

— Devemos nos afastar disso agora, antes que piore. É o que o capitão Girard diz sobre voar. "Só um tolo entra numa tempestade."

— A chuva parou — disse ele.
— Você sabe o que eu quero dizer. Isso não vai terminar bem.
— Quem disse que tem que terminar? — perguntou ele.

Ela finalmente aceitou o braço dele, e juntos eles saíram para a frágil luz da manhã.

47

Sábado, 26 de junho de 1937

A MORTE DESEJOU PRECISAR DORMIR. COMO OS HUMANOS ERAM AFORTUnados de passar um terço da vida inconscientes. Ela nunca teve um momento para se esquecer de quem era. Nunca um momento para fingir que não era nada além de um flagelo. Parecia melhor colher almas do jeito que ela fazia. Mas, depois, a dor, a fome de querer mais era pior.

A Morte se enrolou em um roupão de seda. Enfiou os pés pálidos e macios nos chinelos. Ethan certamente estava dormindo. Ela conseguiria ser silenciosa o suficiente...

Ela piscou e se rematerializou no quarto dele, sem querer arriscar que mais alguém da casa acordasse. A respiração dele estava lenta e quente e regular. Através de uma abertura nas cortinas, a luz da lua quase cheia penetrava. Ela se aproximou devagar. Ele estava deitado de costas, com um braço sobre a cabeça enquanto o outro agarrava o lençol, com a pele azulada sob a luz da lua. Ela sabia exatamente qual seria o gosto da vida de Ethan. Aproximou-se e inalou o cheiro da pele dele. O calor aqueceu seus lábios. Desejou que ele ficasse parado. E depois sussurrou coisas suaves no ouvido dele, palavras para moldar seus sonhos.

Quando a manhã chegasse, Ethan iria acordar repleto de um desejo urgente. Não pelo Amor, mas pelo que estava guardado dentro de um bolso sobre o coração dele. O livro. O livro e seus segredos. Em suas páginas, Ethan descobriria que era um peão e que Henry corria mais perigo ainda. De qualquer maneira como ele lidasse com a informação, ela teria a vantagem. E tudo estava de acordo com as regras.

Num piscar de olhos, a Morte estava de volta ao quarto de Helen. Entorpecida. Sozinha. Esperando a luz do dia cobri-la.

48

Domingo, 27 de junho de 1937

ETHAN ACORDOU ARFANDO, SUANDO E TREMENDO. ERA CEDO DEMAIS ATÉ para os pássaros. Não ouvia nada além de seu próprio sangue correndo. Seu sonho parecia uma poça turva com algo vital sob a superfície. Os resquícios da memória pareciam estar logo ali, ainda acessíveis. Alguma coisa sobre um livro. Um livro aberto na mão de James. Um livro em que James estava escrevendo.

Ethan sentou.

O que James escrevia naquele livrinho?

Ele jogou as pernas por sobre a beirada da cama. Sua pulsação estava por toda parte: ouvidos, mãos, fervendo sob a pele. E se o livro tivesse histórias sobre o que eles tinham feito, se tivesse o nome dele... Ethan abriu a janela de repente. Em algum lugar ao longe, um pássaro abriu o bico e cantou algumas notas solitárias.

O livro continha a ruína de Ethan. Ele sabia disso com a mesma certeza de que conhecia a sensação de uma bola direta batendo em sua luva. Fazia com que ele desejasse não a morte, mas algo além, que sua existência fosse apagada com tanto vigor que não tivesse nem um eco na memória.

Alguém bateu na porta. Ele ficou parado. Desejou que, por favor, quem quer que fosse, pensasse que ele estava dormindo.

— Com licença. — Helen abriu a porta.

Ela já estava vestida para começar o dia, usando um vestido vermelho de bolinhas pretas, e carregava uma bandeja cheia de comidas de café da manhã. Café. Torrada amanteigada. Uma fatia de melão cor de carne. Suco de uma laranja sanguínea recém-espremida.

— O que é isso tudo? — Ethan desdenhou dela para disfarçar sua preocupação.

— Tive a sensação de que você estava acordado — disse ela. — Será que uma garota não pode trazer café da manhã para seu primo preferido?

Ethan sentou no peitoril largo da janela.

— O Henry não está mais aqui.

— Você e a sua autodepreciação. Além do mais, o Henry e eu não somos primos — disse ela. — Cuidado aí. Você pode cair pela janela.

— Sim, e aí, quem sobraria para você atormentar? — Foi uma observação grosseira, mas ele não conseguiu ter educação suficiente para se desculpar. Em vez disso, saiu do peitoril e pegou a torrada, cobrindo-a de geleia. — Obrigado pelo café da manhã.

— Foi um prazer. Vamos passar um tempo juntos em breve, está bem? — Ela sorriu ao sair do quarto, o vestido farfalhando nas panturrilhas.

Ethan comeu em silêncio. Tinha uma coisa que ele precisava fazer. Só precisava descobrir quando.

49

Segunda-feira, 28 de junho de 1937

A MORTE ESTAVA SENTADA À ESCRIVANINHA NO QUARTO DE HELEN. Uma folha de papel de carta bege estava sobre um mata-borrão vermelho, ao lado de um frasco de tinta e uma caneta-tinteiro elegante. Ela fechou os olhos, desejando que as lágrimas surgissem. Uma devia ser suficiente. No entanto, para garantir, ela produziu três. Transferiu-as para o frasco de tinta com a ponta do dedo trêmula. O tremor — isso era novidade. Sem dúvida um sinal de tensão. Este Jogo, diferentemente dos outros, parecia escorregadio, um peixe tirado com a mão nua de um rio gelado e corrediço.

As lágrimas chiaram quando caíram no frasco. E houve um odor: agudo, com um toque de deterioração. A página em branco diante dela continha infinitas possibilidades. Mas não por muito tempo. No instante em que ela levasse a caneta até a carne da página, a certeza voltaria. Certeza. Esse era seu reino.

Ela mergulhou a caneta. Seus dedos tremeram de novo — malditos. Um pingo de tinta produziu uma pequena forma na página. Ela passou o mata-borrão na tinta voluntariosa. Também estava com tinta no espaço entre o segundo e o terceiro dedo. E, no vestido, outra gota. A falta de controle que isso indicava a deixou empolgada, como se nesse corpo ela finalmente tivesse se tornado outra pessoa, alguém imprevisível.

Não descartou a página, mas colocou a caneta nela de novo. As palavras fluíram. *Escandaloso. Música impetuosa. Mistura perigosa de raças. Não é o que Deus gostaria.* Ela iria enviar a carta para o editor do jornal — o pai de Ethan, empregador de Henry. A carta chegaria aos olhos e ao coração de cidadãos preocupados, levando-os para perto do Majestic, para acabar com o espetáculo de um garoto branco cantando uma canção de amor para uma garota de pele escura. Flora e Henry perderiam tudo: seu sustento, sua esperança, seus amigos. O amor dos dois ia morrer. Flora ia correr dele. Ou, mais provável, voar.

Era uma pena, na verdade. A maioria dos humanos desperdiçava suas horas com coisas superficiais, transitórias. Grandes oceanos de paixão espalhados sobre a fumaça, enquanto o fogo de verdade queimava em outro lugar. Henry era um dos raros homens com determinação no que era importante. Ela deixou a caneta de lado e soprou a tinta brilhosa. Ah, que ótimo.

Selou a carta num envelope e sentiu uma presença atrás de si. Annabel.

— O que você está fazendo? — perguntou a menina.

— Escrevendo uma carta. — Ela mostrou o envelope a Annabel. — Quer aprender a escrever uma?

— Sim — respondeu Annabel. Ela deixou a boneca de lado. — Quero, sim.

A Morte ensinou a ela.

50

Terça-feira, 29 de junho de 1937

Com o dinheiro do primeiro salário, Henry tinha se mudado para uma pensão em Capitol Hill. O quarto era simples, numa velha casa vitoriana administrada por uma tirana baixinha chamada sra. Kosinski. Henry compartilhava um banheiro com outros oito moradores, mas o quarto em si era só dele e infinitamente melhor que Hooverville. Era equipado com uma cômoda, uma cama de solteiro e um armário estreito. Seu contrabaixo era a coisa mais bonita no lugar, mantido perto da janela que dava para oeste, onde a luz o enfeitava durante o intervalo do fim da tarde entre o trabalho na prensa e o espetáculo.

Sua nova vida parecia intensa e correta. A banda de Flora tinha conseguido outras apresentações aqui e ali. Mas era o ato de abertura no Majestic que brilhava. A multidão adorava "Someday", como o tio de Flora previra. Tinha se tornado um dueto com os dois.

Desde que Henry se mudara para a pensão, Ethan passava por lá todas as tardes para obter ajuda com o artigo sobre Hooverville. Alguma coisa estava errada; Henry percebia isso. Desde a formatura, Ethan tinha perdido peso e parecia exausto. Henry perguntara uma ou duas vezes o que estava acontecendo, porém Ethan o dispensava. Mas era certo que o artigo de Hooverville fazia parte disso.

— Meu pai vai ter um ataque com isso, não vai? — Ethan estava deitado na cama olhando para o teto.

— É verdade, não é? Você conseguiu fazer algumas anotações para documentar tudo?

— Sim, mas também conheço esses fatos de cor. — Ethan esfregou os olhos e bocejou. — Pode ler a última parte para mim de novo?

— Claro — Henry pigarreou. — "Hooverville é a residência dos homens esquecidos. Pelas contas deste jornalista, seiscentos e trinta e nove moram lá, cada um com uma história que vale a pena ouvir, histórias demais para incluir nestas humildes colunas. Eles formam um caldeirão de raças moderno, contabilizando filipinos, escandinavos, africanos, mexicanos, indianos, sul-americanos e japoneses, além de caucasianos que perderam a sorte durante o Crash de 29. Alguns dos homens ali tinham esposas e filhos. Alguns eram proprietários de casas. Alguns trabalhavam como operários e artesãos. Outros ajudavam a desbravar as florestas ao redor da cidade, fornecendo madeira para casas e empresas. Outros, ainda, foram mutilados na Grande Guerra e não podem trabalhar. Eles se uniram em uma camaradagem decadente para formar um arco-íris étnico, sonhando não com um pote de ouro do outro lado, mas com um pote de sopa e um emprego decente. Não é muito diferente, na verdade, do que qualquer homem deseja. Respeitabilidade, alimento e um teto sobre a cabeça. É o que diz James Booth, um camarada carismático e bem-apessoado de vinte anos que se autointitula prefeito de Hooverville. 'Se as pessoas pudessem nos ver pelo que somos', disse o sr. Booth, 'responderiam com seus melhores instintos'."

Ethan sentou.

— Aquela parte — disse ele — foi demais?

— A parte sobre James ser bem-apessoado e carismático? — perguntou Henry. — Talvez você pudesse deixar isso de fora.

A expressão de Ethan mudou, e Henry parou. Naquele instante, ele entendeu uma coisa. Uma coisa que fez seu estômago desabar, não de horror, como poderia ter acontecido antes de ele e Flora se encontrarem. A sensação era de tristeza e compaixão. Fez Henry querer confiar seu próprio segredo a Ethan, deixar essa pessoa, que era como um irmão para ele, saber que ele o entendia. Mas ele não podia trair Flora nesse processo. Mesmo que ela não tivesse concordado em ficar com ele — ainda não —, a ligação entre os dois parecia sagrada, secreta.

A situação preocupou Henry. Ethan logo ficaria ocupado com a faculdade. Henry, que não havia se formado na escola, não poderia ajudar. Esses segredos, essa distância... o natural podia ser o afastamento.

Mas ele ia lutar contra isso.

— Não se preocupe — disse ele. — Está bom. É a verdade. O que a Bíblia diz sobre a verdade? *Veritas vos liberabit?*

— A verdade vos libertará — disse Ethan, olhando pela janela. — Quanto mais velho eu fico, menos acredito nisso.

51

Quinta-feira, 1º de julho de 1937

Manifestantes estavam na frente do Majestic carregando cartolinas pintadas.

"a cantora é pecadora."

"messigenação: contra os planos de deus para o homem."

Flora odiou ter de passar por eles no caminho para a casa noturna, odiou o modo como bloquearam a calçada e a obrigaram a contorná-los, odiou que eles não sabiam soletrar nem pontuar. O pior deles sibilou e cuspiu nela. Quando Flora chegou, um carro levando mais pessoas parou ali. Os passageiros, quatro homens brancos enormes, cheiravam a confusão.

Lá dentro, a esposa de Doc, Glo, estava pintando a moldura da janela.

— Não ligue para eles — disse ela quando viu a expressão de Flora. — Achei que já teriam encontrado coisa melhor para fazer com seus dias. — Ela recuou para ver o resultado do trabalho. — Na minha opinião, qualquer um que alegue falar por Deus provavelmente está falando pelo lado errado, de qualquer maneira.

Flora riu.

— Amém.

Glo mergulhou o pincel.

— Deus me dê serenidade para aceitar as coisas que não posso mudar, paciência para pintar em cima do que ainda falta e sabedoria para fazer isso enquanto bebo um copo de gim. Há anos que eu queria arrumar melhor este lugar. Graças aos negócios que vocês estão trazendo para cá, agora eu posso fazer isso.

Flora não teve chance de responder antes que sombras ocupassem a janela. Ela empurrou Glo para tirá-la do caminho. Houve uma explosão de vidro quebrado quando alguma coisa dura atravessou a janela. Um carro saiu cantando pneus.

Elas ficaram deitadas no chão por um instante, ofegando. Quando pareceu seguro, Flora olhou para cima. Havia um tijolo enrolado em jornal a centímetros de distância.

— Ah, Glo — disse ela.

Glo estava de joelhos.

— Minhas janelas, minhas lindas janelas. Ah, não, Senhor. A tinta se espalhou pelo chão todo. — Havia uma poça de tinta sobre o linóleo, misturada com cacos de vidro.

Flora pegou alguns panos e tirou o máximo de tinta e vidro que conseguiu.

— Terebintina pode ajudar. Você tem?

— O Doc tem lá nos fundos — disse Glo. — Eu pego. — Ela tomou o restante do gim num gole só.

Flora limpou a maior parte da tinta. Dobrou os panos um sobre o outro até a bagunça ficar contida ali dentro e jogou tudo no lixo. Depois, com os dedos melados, ela se abaixou para pegar o tijolo. Desamarrou a corda e abriu o jornal: uma carta ao editor sobre a música que eles estavam tocando. A pessoa chamava o show de crime contra a humanidade, um sinal de decadência moral e inúmeras outras coisas que retorceram as entranhas de Flora. A voz da carta, que tinha sido assinada por "Um Cidadão Preocupado", parecia uma criatura viva em sua mente, uma víbora de dentes afiados, uma ratazana roedora.

Ela espalhou o jornal no chão e o usou para tirar a tinta das mãos. De alguma maneira, era pior que o pessoal de Henry tivesse publicado, que as mãos de Henry estivessem na prensa que unia tinta e papel. Ele certamente tinha visto. Ele certamente perderia o emprego se continuasse tocando. E aí, como ele ia pagar o aluguel — especialmente se órgãos do município fechassem o Majestic em seguida?

— O que foi, querida? — Glo voltou com Doc, que carregava a terebintina e mais panos.

— Nada — respondeu Flora, amassando o jornal.

— Não parece.

— É uma carta ao editor. Estúpida e desprezível. Nada em que valha a pena pensar, Glo. De verdade.

Enquanto Glo varria o vidro, Flora saiu com o tijolo, meio que esperando que quem o tivesse jogado ainda estivesse por perto. Queria jogá-lo de volta. Ver se ele gostava daquilo. Olhou para o relógio. O show ia começar dali a poucas horas. Mas teria de ser sem Henry.

Ela ia avisá-lo, ou melhor, falar com ele pessoalmente. Foi tolice baixar a guarda e deixá-lo se aproximar tanto. Como se não tivesse sido vergonhoso o suficiente na lanchonete, agora o pessoal de Henry e todo mundo da cidade estava se voltando contra eles. Pior: Glo e Doc também estavam sofrendo. Flora sabia que não valia a pena. Não podia valer. Ela não ia se permitir cometer o mesmo erro de novo.

52

Ethan estacionou perto do prédio do *Inquirer*. O mundo ao redor parecia nítido demais, como se alguém tivesse aumentado um pouco o sol. Ele percebia tudo: rachaduras na calçada, a falta de dedos no pombo que estava caçando restos de comida, o ponto de mostarda na calça do porteiro.

— Boa tarde, sr. Thorne. — O porteiro levantou o chapéu.

— Boa tarde, sr. Bowles — disse Ethan, lembrando o nome do homem bem na hora.

Em sua pasta, ele carregava o artigo sobre Hooverville. Palavras que só encontraram o papel por causa da ajuda de Henry. Nunca mais. Não era que ele não quisesse que o mundo soubesse que ele tinha dificuldade para escrever. Ele não tinha mais forças para essa farsa. Com Henry fora de casa, com a faculdade a apenas alguns meses de distância, a estratégia que funcionara até agora parecia uma estrada que acabava em um penhasco.

O ar dentro do prédio era um acúmulo quente de hálitos e calor de corpos. Tinha cheiro de sanduíche, café velho e fumaça de cigarro, três aromas que ele sempre associou ao seu destino. Agora, no entanto, não tinha tanta certeza. Não conseguia ver além do presente.

Ele subiu no elevador acompanhado apenas pelo ascensorista, consciente da palma da mão úmida na alça na pasta. Umedeceu os lábios, desejando um copo de água gelada. O elevador apitou, as portas se abriram e os sons da sala de imprensa se aproximaram numa onda: telefones estridentes, homens gritando, o barulho das teclas de máquinas de escrever.

— O que você tem para mim? — O editor de assuntos da cidade, Roger Gunner, não era muito de conversas superficiais.

— O artigo sobre Hooverville.

Gunner ajeitou a viseira verde e esfregou as mãos.

— Finalmente. E você encontrou provas de que eles estão produzindo bebidas alcoólicas sem pagar impostos?

— Nada em relação a esse boato. Encontrei um ângulo diferente — respondeu ele, surpreso com a suavidade e a calma de sua mentira. Mas, pensando bem, ele tinha anos de prática.

— É? — Gunner se recostou na cadeira, tirou a viseira e secou a testa com as costas da mão. — Vamos dar uma olhada.

Ethan abriu a pasta e tirou as folhas de papel vegetal. Ele tinha seduzido uma garota da estenografia a datilografar a escrita manual de Henry. Era fantástico o que se conseguia com um elogio e um sorriso. Se seu pai tivesse tentado essa técnica, talvez sua mãe não tivesse se transformado naquela coisa frágil.

Gunner pegou as folhas, e Ethan pensou em ir embora. Em tomar uma cerveja preta. Nunca gostou de ver alguém lendo seu trabalho, não só porque temia ouvir a opinião, mas também porque o fazia se lembrar de como outras pessoas conseguiam dar sentido às palavras com tanta facilidade. Observar os olhos de alguém se movendo numa página era como cutucar uma ferida.

Gunner levantou o olhar antes de passar para a segunda página.

— É isso que você quer entregar?

Ethan sabia o que ele, no fundo, estava perguntando. *Tem certeza de que quer provocar essa briga com seu pai?*

— Sim. — Isso tudo parecia importar muito pouco agora.

— Está ótimo — disse Gunner. — Seu velho vai odiar, mas está ótimo, garoto. Importante.

O elogio de Gunner era tudo.

— Obrigado.

O editor já tinha voltado sua atenção para as páginas, fazendo anotações nas margens com um lápis vermelho. Depois de um instante, ele fez uma pausa.

— Circulando, Thorne. Vá encontrar algo para fazer. Você está bloqueando a minha luz.

Ethan sorriu enquanto seguia na direção do elevador, dando uma boa última olhada para o local decadente, os homens com as mangas enroladas, deixando as cinzas de seus cigarros caírem por toda a mesa de trabalho. Era uma maravilha bagunçada, às vezes o lugar mais empolgante do mundo. Um lugar onde os homens gritavam e socavam as mesas e caçavam a verdade onde ela gostava de se esconder. Um lugar onde a história era escrita em tempo real, e com uma boa quantidade de sofrimento.

Ethan nunca pertencera àquele lugar nem aos escritórios de executivos com carpetes grossos no andar de cima, onde seu pai e outros intermediários do poder empurravam o mundo para onde queriam que ele fosse. Eles sempre fizeram Ethan se sentir uma lasca de vidro: pequeno, transparente. Ele não pertencia a lugar nenhum, a ninguém. Se não fosse pela lealdade e pela discrição de Henry, Ethan teria sido deserdado pela família há muito tempo. Ele sabia disso, mas não estava preparado para essa realidade. Precisava pegar o livro de James antes que outra pessoa o fizesse. Precisava descobrir o que havia ali dentro e, se necessário, destruí-lo antes que sua vida de aparências fosse revelada.

Agora que Ethan não tinha mais um motivo profissional para estar em Hooverville, ele queria que a visita fosse confidencial. Os homens de lá não iriam julgar. Eles eram o mais diferente disso que ele jamais tinha conhecido, e ele e James não eram os únicos ali a terem chegado a um acordo. Mesmo assim, Ethan se sentia observado o tempo todo.

Ele ficou parado nos limites do acampamento. Uma brisa leve soprava a poeira, sujando o horizonte, dando às colunas inclinadas de luz que perfuravam as nuvens uma definição de outro mundo. Alguma coisa o forçou a virar a cabeça e, bem ali, encostado na capela de Hooverville, com metade do rosto na sombra, estava James, parado como um homem em uma fotografia.

James se afastou da parede e virou na direção de seu barraco. Olhou para trás por sobre o ombro, como se quisesse garantir que Ethan o estava seguindo. O olhar foi desnecessário. Ethan corria atrás dele.

James fechou a porta com um chute. Luz e sombra se misturavam na semiescuridão. Os homens se abraçaram, e Ethan sentiu o volume do livro. Ajudou James a tirar o paletó, prestando atenção no ponto onde a roupa caíra. Em seguida, os dois estavam sem camisa, e Ethan desejou poder se derreter nos músculos do peito de James, ser golpeado pelo coração pulsante sob ele.

— Devagar — sussurrou James no ouvido dele. — Temos tempo.

Ethan não podia. O tempo que eles tinham estava quase esgotado. Ou estaria, assim que ele conseguisse coragem para terminar.

— Está com fome? — perguntou James, recuando com delicadeza.

A pergunta lhe pareceu engraçada, e logo os dois estavam rindo até os olhos marejarem.

— Eu entreguei o artigo — disse Ethan.

— E?

— Meu editor gostou. Meu pai vai odiar.

— O que você achou? — James acendeu o pavio da lamparina.

— O que eu achei? — Ethan nunca pensava em sua própria opinião. Era a de todas as outras pessoas que importava.

— Aquilo que nós criamos deve ser algo que amamos — disse James. — É assim que sabemos que é verdadeiro. — E afastou a lamparina.

O modo como eles estavam juntos era tudo o que Ethan queria e precisava, tudo o que o apavorava e entristecia. Mais tarde, James o abraçou na cama improvisada, sussurrando palavras reconfortantes que fizeram as pálpebras de Ethan ficarem pesadas. Ele lutou em vão contra o sono.

Quando Ethan acordou, estava sozinho. Levou as pernas nuas até o coração, tentando se convencer de que era a mesma pessoa de antes de tudo isso acontecer, antes de ter enfrentado a verdade.

Vestiu a calça e a camisa, encontrou as meias e os sapatos. Alisou o cabelo da melhor maneira que conseguiu. O paletó de James estava largado no canto. Ethan fechou os dedos ao redor do livro. Hesitou. Depois o pegou, maravilhando-se com os detalhes intrincados na capa de couro. Ele não o abriu, já que não tinha esperança de conseguir lê-lo. Era suficiente evitar que alguém mais o visse. Desejou poder descobrir o que James tinha escrito, saber se James sentira as mesmas coisas ou se, até nisso, ele estava sozinho.

Ethan saiu apressado de Hooverville. Depois lhe ocorreu que ele poderia simplesmente ter perguntado a James o que havia no livro. Porém, como todo o restante, essa ideia veio tarde demais.

53

Da ponta da cruz na capela de Hooverville, o Amor observou Ethan ir embora. Seu disfarce de pardal se sentia preso e limitado depois de todo o tempo que ele passara como James Booth, apesar da facilidade de voar, apesar da visão aguçada.

Existem maneiras mais profundas de ver do que com os olhos.

Ele havia se esquecido da verdade dessa frase.

O Amor tinha sentido o desejo do humano pelo livro quando eles estavam juntos. A agonia o fez desejar morrer. Cada terminação nervosa de Ethan tinha sido atiçada com prazer e recoberta de dor. O fato de ele ser capaz de respirar, ficar em pé, andar, conversar com os outros, apesar disso... Talvez os mortais não fossem tão frágeis como ele pensava.

Foi bom Ethan não ter pedido o livro. Agora, o que quer que acontecesse, não era responsabilidade do Amor. Ele teria lido as histórias para Ethan, é claro. Histórias de amor, mantidas como punhados de água, para os momentos mais curtos e mais doces. Poderia não ter parado quando chegasse à parte sobre Henry e Flora. De todas as histórias, a deles era a sua preferida. Ele poderia ter compartilhado isso com Ethan. Mas, se Ethan contasse aos jogadores, o Amor não poderia protegê-lo. E Ethan contaria a eles. O conhecimento poderia ser útil para Henry e Flora, e Ethan era um amigo fiel.

O arrependimento se infiltrou no coração do Amor. Elevou-se e inchou e se tornou cantoria de pássaros. Lá embaixo, os homens de Hooverville pararam de conversar e de cozinhar. Eles ouviram e se levantaram, hipnotizados, enquanto o planeta girava da luz para a escuridão. Esses homens entendiam aquela melodia. Depois voltaram às suas atividades, a angústia aliviada apenas pelo conhecimento de que não estavam sozinhos no mundo.

54

Henry estava procurando o artigo de Ethan. Ele sabia todas as palavras, mas, ainda assim, queria ver a história impressa com o nome do amigo. Talvez estivessem segurando para a grande edição de domingo. Ethan não aparecia havia alguns dias; Henry ia perguntar na próxima vez que ele aparecesse.

Ele percebeu uma carta na página do editorial sentado à mesa na sala de intervalo, comendo um sanduíche fino de mostarda e pão. Incapaz de engolir o pedaço de sanduíche que estava na boca, ele se obrigou a diminuir o ritmo enquanto lia. A carta era sobre ele. Ele e Flora.

— Amém para isso.

Henry levantou o olhar. O supervisor estava a seu lado, mexendo no próprio lanche. Henry se obrigou a engolir.

— Como é, sr. Watters?

— Alguém finalmente atacou essas casas noturnas de negros sujos. Eles não passam de encrenca. Ponho a mão no fogo que vão direto para o inferno.

— Você já esteve numa dessas casas noturnas? — Henry movimentou as mãos sob a mesa, para o chefe não ver seus punhos.

— Não preciso. Nem pôr a mão no fogo nem entrar numa casa noturna de negros — disse o homem, tirando o papel vegetal de um grosso sanduíche de carne assada que cheirava tão bem que a boca de Henry encheu de água.

— Como você sabe que eles são encrenca, então?

O homem afundou os dentes no sanduíche. Depois colocou o pedaço na lateral da boca.

— Como você sabe que *não* são? Aquele tipo de música já é ruim o suficiente. Mas ter cores diferentes no palco ao mesmo tempo? Não é o que Deus pretendia. Ele queria que houvesse separação, e é por isso que as raças de negros ficam na África. Estou dizendo, esse tipo de coisa vai acabar com a sociedade como conhecemos. Eles precisam atacar isso pela raiz. — Ele deu mais uma mordida no sanduíche, olhando para o de Henry. — Rá! Parece que você esqueceu de colocar alguma coisa no pão, filho.

Um ano antes, Henry poderia ter considerado o comentário. Agora que ele conhecia Flora, não conseguia entender como algo tão normal, tão essencial, poderia ser errado. Mas ele não podia viver nos dois mundos. Empurrou o prato para longe, espanando algumas migalhas do avental ao se levantar.

Ele jogou o guardanapo no balcão.

— Sr. Watters — disse —, encontrei emprego em outro lugar. Estou pedindo demissão.

O homem levantou um dedo. Deu outra mordida no sanduíche. Limpou um pouco de mostarda do canto da boca.

— Acho que não.

— Como é?

— Você não pode pedir demissão — disse o sr. Watters. — Ordens diretas de Bernie Thorne. O filho da mãe estava certo ao dizer que você ia tentar. — Ele riu e terminou o sanduíche.

Henry arrancou o avental, surpreso ao ver como se sentia muito mais leve sem ele. Então não tinha permissão para se demitir? Ele não estava ganhando muito tocando música, mas era o suficiente para pagar o quarto e a comida. Ele caiu na gargalhada. Por que tinha levado tanto tempo para perceber que não tinha que fazer tudo o que o pai de Ethan mandava?

— Bishop! — o sr. Watters gritou seu nome. — O sr. Thorne não vai gostar disso.

Henry continuou andando.

— Posso perder meu emprego se você for embora.

Henry parou. Ele odiava pensar que poderia ser responsável pelas dificuldades de alguém. Só havia um jeito de resolver isso. Por mais que não quisesse enfrentar o sr. Thorne, ele sabia que teria de fazer isso para minimizar o dano que o homem poderia provocar em todos ao seu redor. Escolheu ir de escada em vez do elevador, sabendo que assim teria menos possibilidade de encontrar alguém no caminho. No sexto andar, olhou pela janela para a rua abaixo, desejando não sentir aquele fluxo de medo. Respirou fundo e empurrou as portas duplas que separavam o corredor e a antessala acarpetada onde a secretária do pai de Ethan ficava de sentinela.

— Você não pode entrar aqui — disse ela, antes de dar uma segunda olhada para Henry. — Ah, desculpe, Henry. Não percebi que era você. O sr. Thorne está no telefone. Devo dizer que você passou por aqui?

Henry passou por ela e entrou no escritório do sr. Thorne. A secretária o seguiu, protestando que a interrupção não era culpa dela. A cadeira de couro acolchoada do sr. Thorne encarava a fileira de janelas que dava para a cidade. Ele estava no meio do que parecia uma conversa séria — algo envolvendo uma invasão e prisões e como o jornal poderia cobrir a notícia.

— Sr. Thorne — disse Henry. — Bernard.

O pai de Ethan girou na cadeira, irritado com a interrupção. Ele apontou para o telefone.

Henry foi até a mesa e apertou o botão de desligar a ligação.

— Henry!

— Eu falei para ele não perturbá-lo, sr. Thorne — disse a secretária. — Ele simplesmente entrou.

— Estou aqui para avisar que eu pedi demissão — declarou Henry.

— Você não pode fazer isso.

— Já fiz. É uma questão de consciência. Não posso concordar com sua decisão de imprimir aquela carta ao editor.

— É hora de você criar juízo. — Ele colocou as mãos atrás da cabeça e se recostou na cadeira, que gemeu em protesto. — Olhe para tudo o que você está jogando fora por causa dela. Primeiro sua educação e sua casa. Agora o seu emprego. Eu nem quero ouvir o nome dessa garota. E imprimimos todo tipo de carta, não só as que por acaso concordamos.

— Você concorda com aquela carta?

O sr. Thorne fez uma pausa.

— Com toda convicção. Não está na descrição do seu emprego julgar decisões editoriais. Você está na sala das prensas. Você cuida da tinta e do papel e das máquinas. Só isso. — Ele estendeu a mão para o telefone novamente. — Agora, se me der licença.

— Estou me demitindo — disse Henry. — Não quero estar associado a este jornal.

— Foi a mesma coisa que o Ethan disse quando me recusei a imprimir aquele lixo que ele me trouxe. Não sei o que há de errado com vocês dois. No meu tempo...

— Adeus, sr. Thorne — disse Henry.

— Se você for embora agora, nosso acordo está encerrado. Você não poderá mais ter contato com o Ethan e a Annabel nem com a sra. Thorne. E não venha se arrastar até mim quando seu dinheiro acabar e você estiver nas ruas com uma caneca de lata na mão. Se eu soubesse que sua música iria se transformar nisso, teria queimado aquele instrumento anos atrás. Seu pai... isso iria matá-lo.

— Meu pai já está morto — disse Henry. — Ele se matou.

Então virou e saiu porta afora.

55

Flora tinha mais algumas mesas para arrumar antes de poder ir até o escritório do *Inquirer*. Parecia mais gentil contar a Henry pessoalmente. Ele certamente encontraria outra banda — todas as casas noturnas da cidade agora conheciam o nome dele. Isso ia arrasá-lo. Mas não havia escolha.

Doc tirou os últimos cacos de vidro maiores da moldura.

— Eu poderia cobrir isso — disse ele —, mas está um dia tão lindo que eu detestaria bloquear nosso ar.

— Mas e a segurança? — Glo colocava os talheres sobre um guardanapo dobrado com elegância. — As pessoas que fizeram isso podem voltar para roubar o lugar. Ou coisa pior.

Doc alisou o queixo.

— Tem razão. — Ele voltou alguns minutos depois com uma folha de madeira compensada, que martelou na moldura.

— É uma pena — lamentou Glo. — Acabou nossa luz.

— Sinto muito — Flora se desculpou. — Fui eu que provoquei isso.

— Você não fez nada. Chamamos de atmosfera. Enquanto isso, não vamos amaldiçoar a escuridão. — Ela acendeu um interruptor para eles poderem enxergar o suficiente para continuar trabalhando.

— Assim que eu tiver algum dinheiro — disse Flora —, vou devolver tudo para vocês.

Sherman entrou.

— Quem precisa de dinheiro? E, por favor, me diga que não foi um dos nossos quem fez isso.

— Jogaram um tijolo na janela — disse Doc. — Um presentinho de alguém que não é fã do nosso espetáculo de abertura, aparentemente. Flora, mostre para ele o que o jornal disse.

Flora tirou o jornal do bolso. Ele estava grudado nas partes em que ela tinha derramado tinta, mas havia o suficiente legível para Sherman entender a ideia central.

Ele assobiou baixo enquanto lia.

— Isso é terrível. Simplesmente terrível. — Ele abriu a carteira e ofereceu dinheiro a Doc. — Para uma nova janela. A indenização do seguro saiu.

Doc dispensou o dinheiro.

— Vocês têm suas próprias janelas para pagar.

Flora olhou para Sherman, esperando que o dinheiro fosse suficiente para reconstruir a casa noturna. Ele balançou a cabeça. O estômago dela desabou. Ele não precisou de palavras para dizer a ela que o pagamento tinha sido muito baixo.

— Não estamos pensando em janelas no momento. Novos empreendimentos, talvez — disse Sherman. Ele riu, mas não foi um som feliz. — Digamos apenas que o valor que saiu foi mais uma esmola.

— Vocês são sempre bem-vindos aqui — disse Glo. — Não é suficiente para a Flora fazer o voo dela?

Flora balançou a cabeça. Falar sobre isso... Ela simplesmente não conseguia.

— O tempo dirá. — Sherman colocou a mão no ombro de Flora. — Onde há um desejo, também há uma solução.

— Com licença — disse uma voz. Flora se arrepiou, reconhecendo-a imediatamente.

Helen entrou.

— Li o jornal hoje e tinha que ver por conta própria a loucura em que você e o Henry se meteram — disse ela. — Estou tão preocupada. Como você está? Desde seu incidente com a po...

— Ótima. — O tom de Flora era baixo. Não havia contado nada a Glo sobre sua prisão e não tinha essa intenção. Era seu infortúnio particular. — Infelizmente, ainda não abrimos. — Ela jogou os talheres sobre a mesa com mais força do que era necessário ou inteligente.

— Mas posso deixá-la dar uma olhada no cardápio — disse Glo, envolvendo as palavras com aconchego adicional. — Você pode voltar hoje à noite para o jantar e para o show.

Helen aceitou o cardápio, mas não o leu.

— Sua má sorte te segue como o rabo segue o cachorro. — Ela apontou com a cabeça para a janela quebrada. — É uma pena.

— Pessoas más, não má sorte. Tem uma diferença. — Ela não precisava da condescendência de Helen. — Posso te ajudar com alguma coisa?

Helen riu.

— Eu estava planejando ajudar *você*.

Flora duvidava muito. Mas não queria que Sherman, Glo e Doc achassem que ela era grosseira.

— E o que você tinha em mente?

— Me sirva um drinque — disse Helen —, e eu explico.

Sherman a cutucou por trás.

— Não deixe a moça esperando — disse ele. — Precisamos de todos os amigos possíveis.

Henry saiu praticamente dançando do prédio do *Inquirer*. Quem precisava daquele emprego ruim, afinal? Bom, ele precisava. Mas daria um jeito. Tirou o paletó, enrolou as mangas da camisa e entrou em um bonde em direção ao Pike Place Market, onde pretendia comprar um pêssego para si e um buquê de rosas para Flora.

O pêssego foi fácil. Encontrou um da Frog Hollow Farm do tamanho de uma bola de beisebol. Ele o comeu em pé no meio de um corredor movimentado, mas, pela primeira vez na vida, não se incomodou de talvez estar atrapalhando. Aquele era o pêssego mais perfeito da história; aquele era o momento em que assumira o controle da própria vida. Ele terminou a fruta, jogou o caroço em um cesto grande de lixo e escolheu um buquê de rosas vermelhas.

— Rosas Robin Hood — disse a florista. — São as preferidas de todo mundo. — Ela as embrulhou no jornal do dia anterior. Henry balançou a cabeça ao ver isso. Tanto suor e estresse e gritaria por causa de um papel sujo e frágil. Deveria ser o futuro: dele e de Ethan. E, invariavelmente, era o lixo do dia seguinte. Não era um bom jeito de passar a vida.

Henry abraçou o buquê e saiu andando, passando pelas barracas de vegetais e pelos vendedores de peixe. Tirou uma moeda do bolso e pegou o bonde na Third Avenue, que o levou até depois da Smith Tower. Pela primeira vez, não sentiu nada ao passar sob sua sombra. O Majestic não era longe da parada de Yesler. Flora saiu no exato momento em que ele chegou.

— Henry! — disse ela, surpresa. — O que está... Achei que você estava no jornal.

— Pedi demissão! — disse ele. — Me sinto um novo homem.

A expressão dela desabou.

— São para você. — Ele estendeu as flores, intrigado pelo que a fazia parecer tão infeliz. Ela olhou para as janelas. Ele percebeu a madeira compensada e seu estômago afundou. — O que aconteceu? Você está bem?

— Estou ótima, mas preciso lhe contar uma coisa. — Ela fez uma pausa, como se estivesse tentando encontrar as palavras certas.

Henry engoliu em seco.

— Eu entendo. É por causa da carta ao editor. O Doc não gostou. Publicidade ruim para o Majestic e tal. — Ele se sentiu um tolo segurando as flores. Tinha sido uma péssima ideia.

— O que estamos fazendo irrita demais as pessoas. Na próxima vez, pode ser pior.

A boca dele ficou seca. Ele sabia o que tinha de fazer.

— Eu peço demissão então. Não se preocupe. — Ele se arrependeu do luxo de ter pegado o bonde. Iria precisar daquelas moedas.

Flora retorceu o vestido nas mãos.

— Essa foi a minha primeira ideia. Achar outra banda para você, talvez até conseguir ajuda do sindicato para promover um show elegante. Mas a música não é a minha vida. É a sua. Você respira música. Eu ainda quero fazer o que Amelia Earhart está tentando fazer.

— Mas e o dinheiro? — Eles tinham conversado sobre os valores. Ela precisava de uma fortuna para fazer isso. A música era metade da renda dela.

— Encontrei um patrocinador. Estou fora. Você não.

A novidade o surpreendeu. Ele tentou parecer feliz.

— Posso perguntar quem é?

Os olhos de Flora se arregalaram, como se ela esperasse que ele soubesse.

— Estou surpresa por ela não ter lhe contado. — Flora pressionou os lábios, parecendo desconfortável. — É a Helen. Ela comprou um avião para mim. Vai estar pronto em uma semana.

56

Sexta-feira, 2 de julho de 1937

A MORTE SEMPRE GOSTOU DE AMELIA EARHART, QUE SE PARECIA COM FLOra de várias maneiras. A aviadora loira não era de entregar seu coração com facilidade. O marido teve de pedir sua mão seis vezes para fazê-la concordar, e ela só aceitou depois de lhe escrever uma carta pedindo que ele a liberasse em um ano se ela estivesse infeliz.

A carta dizia: "Talvez eu precise manter um lugar aonde eu possa ir de vez em quando para ser eu mesma, pois não posso garantir que vou aguentar o tempo todo o confinamento de uma jaula, por mais que ela seja atraente".

Flora poderia ter escrito as mesmas palavras para Henry. Ah, como ela temia a atraente jaula do amor. O céu era seu refúgio. E a Morte podia fazer esse refúgio parecer mais interessante do que nunca. Podia acabar com a concorrência de Flora.

A aviadora e seu navegador ficaram surpresos ao verem a Morte a bordo do Lockheed Model 10 Electra. Ainda mais surpresos quando as transmissões de rádio pararam de funcionar. A Morte os consumiu antes de o avião atingir a água, seu sangue chiando com coisas que ela não esperava sentir enquanto a vida dos dois era drenada para dentro dela. Humanos e seus segredos. Talvez um dia eles parassem de surpreendê-la.

No dia seguinte, ela era a gata preta espiando através da janela da casa de Flora, observando a garota ler o jornal da manhã. A reação de Flora foi outra surpresa. Ela não pareceu esperançosa, nem mesmo pensativa, como alguém poderia se sentir quando surge uma nova oportunidade.

Em vez disso, ela dobrou o jornal, colocou as mãos no rosto e chorou.

57

Domingo, 4 de julho de 1937

DIAS DEPOIS DE PEGAR O LIVRO, ETHAN AINDA NÃO TINHA DECIDIDO O QUE fazer. Parecia uma coisa viva no seu bolso. O livro exalava calor e ocasionalmente parecia estremecer, como se estivesse respirando. Ele tocava o livro com frequência, não porque queria ver se ainda estava ali, mas porque a sensação era tão estranha que ele precisava ter certeza. Olhou dentro dele algumas vezes, mas o fechava quando via como a letra era rebuscada.

Nesse período, não tinha visto Henry nem uma vez. Da mesma forma, tinha ficado afastado de James. Seu pai devolveu o artigo com a palavra "MORTO" escrita em todas as páginas. Ethan não protestou, temendo que suas palavras dessem ao pai um motivo para acreditar que seu relacionamento com James era muito mais significativo do que aquele entre uma fonte e um jornalista.

Irrequieto, ele dirigiu pela cidade até o sol estar baixo no céu. Não queria ir para casa, não se isso significasse ter de encarar o pai e a ausência de Henry. Ele não tinha interesse em se unir à multidão do Seattle Tennis Club que esperava o espetáculo de fogos de artifício. Pensou em parar para comer, só para se distrair. Mas estava sem apetite e acabou voltando para casa pouco antes de o sol se pôr, estacionando sob um bordo prateado perto da cocheira. Pegou o livro no bolso, determinado a dar sentido a ele. O texto continuava a mesma confusão inescrutável.

Se fosse uma bola de beisebol, ele a teria jogado contra uma janela só pelo prazer de destruir alguma coisa. Em vez disso, guardou o livro de volta no bolso e entrou sorrateiramente pela entrada de empregados, se arriscando a ser visto por Gladys enquanto ela arrumava a cozinha depois do jantar. Mas, mesmo que ela o visse, faria um sinal com a cabeça e olharia para o chão, como fora treinada pelo pai dele a fazer. Ethan percebeu, enquanto se movimentava pela despensa do mordomo, que seu pai acreditava que tudo o que ele não queria ver não devia ser visto. Ethan tinha se obrigado a ser invisível por conta própria havia muito tempo, sem perceber que estava fazendo isso.

A cozinha, felizmente, estava vazia. Havia uma tigela de cerejas sobre o balcão da cozinha, com a polpa vermelho-escura brilhando. Ethan havia pegado um punhado quando alguém sussurrou seu nome. Ele se assustou e deixou cair a que ia enfiar na boca. Helen saiu das sombras — as sombras que ele tinha acabado de vasculhar e estavam vazias.

— Isso parece um desperdício — disse ela.

— O que você está fazendo aqui? — Ethan pegou a fruta, que manchou seus dedos trêmulos.

— Minha nossa, parece sangue. — Ela não parecia se importar.

— Eu estava com fome. — Ele não estava no clima para provocações. Ela se aproximou, com o salto dos sapatos batendo no chão como ossos.

— Por onde você andou? — Ela pegou uma cereja da tigela, jogou na boca e puxou o caule curvo por entre os lábios. Fechou os olhos enquanto removia a fruta do caroço antes de cuspi-lo na mão.

— Por aí — disse Ethan. Ele cruzou os braços e sentiu o volume do livro sob a mão direita.

— Tão misterioso. — Ela se aproximou de Ethan, olhando para ele através dos cílios. Sua voz tremeu. — Vamos lá, pode me contar. Vou levar seus segredos para o túmulo. Estou solitária, Ethan. Seria bom ter um amigo. Alguém um pouco mais sofisticado que Annabel.

— Nós nunca vamos ser amigos. Não confio em você. — Ele descruzou os braços.

— O que foi que eu fiz para parecer não confiável? — Ela colocou a mão no peito dele, bem onde estava o livro. — Se você soubesse as coisas que eu fiz, nunca mais iria se preocupar com a opinião de ninguém sobre você.

Ethan afastou a mão dela e comeu uma cereja. Era uma das boas: a quantidade certa de resistência entre os dentes, o sabor equilibrado entre doce e azedo. Simples e perfeita do jeito que era. Ele não conseguia apontar nada suspeito que Helen tivesse feito, e se sentiu amolecendo em relação a ela.

Verdade seja dita, o comportamento dele — as preferências dele — era bem mais escandaloso que qualquer coisa no passado de Helen. Se as pessoas soubessem... A ideia lhe deu vontade de sufocar.

Ethan olhou para Helen e reconheceu seu próprio aspecto solitário.

— Coloque mais cerejas na tigela — disse ele, oferecendo o braço a ela. — Vamos comer na biblioteca.

Ela sorriu, e Ethan pensou que era uma pena ele nunca poder amá-la, não daquele jeito. Isso não significava que eles não poderiam ser algum tipo de aliados. A parte mais inteligente dele sabia que deveria esperar até Henry ter tempo para ler o livro. Mas Henry ficaria decepcionado com Ethan se soubesse o que havia acontecido entre ele e James. Pior do que decepcionado. Isso poderia acabar com a amizade dos dois.

Helen captou seu olhar.

— Vamos ser melhores amigos, Ethan — disse ela. — Pelo resto da sua vida.

Ele afastou a sensação de medo que surgia.

— Encontrei um livro.

— Livros são chatos — disse ela. — Você não prefere um jogo?

— É um livro interessante. Eu adoraria ouvir você lendo em voz alta. — Um pedido tão singelo. Claro que ela ia perceber seu analfabetismo. Mas ele precisava saber o que estava escrito, e poderia interrompê-la se James tivesse escrito alguma coisa escandalosa demais.

— Ah, está bem — disse Helen. — A noite está entediante. Vou ler... com sentimento. Mas talvez você devesse chamar seus pais para nos acompanhar. Fazer um show.

— Não! Quer dizer, seria muito mais divertido se fôssemos só nós dois, não acha? Se valer a pena compartilhar, podemos fazer isso depois.

— Como você quiser, primo — disse Helen. — Sou toda sua.

58

Durante milhares de anos, o Amor tinha escrito no livro. A Morte sabia disso e mesmo assim nunca se sentiu tentada a olhar lá dentro por medo do que tinha sido escrito sobre ela. Uma coisa era fazer o que ela tinha de fazer. Outra coisa era ver anotado nas páginas, especialmente pelos olhos de seu inimigo.

— Onde devemos nos sentar? — Ela olhou para o pulso nu. Poderia fazê-lo se sentir melhor temporariamente, e depois permanentemente, com um toque. Ela ansiava por mostrar a Ethan a vida dele, para ele poder ver como era bela.

— Que tal ali? — Ethan interrompeu os pensamentos dela, apontando para uma namoradeira esculpida à mão coberta de veludo vermelho, o móvel que ela achava mais divertido de todos. Em mais de uma ocasião, ela transformara uma dessas em assento de morte.

— Escolha perfeita. — Ela lutou contra o desejo de matar Ethan imediatamente. — E tão aconchegante.

Ethan a ajudou a sentar. Colocou a mão no bolso e pegou o livro. Era um objeto adorável.

— Onde foi que você conseguiu isso? — Ela passou a mão na capa intricada. O Amor tinha um olhar especial para a beleza e um jeito de transformar o simples em espetacular.

Ethan a encarou, com um pouquinho de luz da lua em seu rosto. Na longa e silenciosa guerra contra o tempo, a beleza dele desapareceria. Sua pele, agora macia, ficaria enrugada e frouxa. Manchas escuras pintariam suas laterais. Os olhos claros ficariam reumosos, quando o amarelo tingisse a parte branca e cataratas obscurecessem suas íris. Não seria um presente manter essa beleza intacta, antes que o tempo provocasse o seu dano?

Ele pigarreou e desviou o olhar, esse mentiroso.

— Eu... eu encontrei.

— Na rua?

— Algo assim. — Ele corou.

— E não olhou o que tem dentro? Talvez o dono tenha anotado o nome dele. Ou dela. Essa capa é meio feminina, não acha? — Ela o pegou da mão dele.

— É enfeitada. Eu não diria feminina. — Ethan engoliu em seco. — Olhei dentro, mas não vi um nome.

— A curiosidade está me matando. — A Morte abriu o livro. — Humm.

— O quê? O que está dizendo?

Ela só havia inserido acontecimentos em uma mente algumas vezes. E foram apenas algumas lembranças; mais recentemente, a cena da morte dos pais de Flora. O que o livro todo faria? Possivelmente mataria Ethan ou o deixaria maluco. Ela fechou os dedos ao redor do punho dele.

— Suas unhas. Estão vermelhas. — A voz de Ethan estava confusa. Seus olhos viraram para trás, e seus membros se sacudiram quando ela inseriu o conteúdo do livro na mente dele. Ele se debateu, tentando afastar os dedos dela. Mas nem esse espécime humano perfeito poderia escapar dela, como a Terra não poderia se separar do sol.

Se continuasse vivo, o garoto saberia toda a história fútil e conturbada do Jogo. Veria a víbora enfiar os dentes em Cleópatra, a castração de Abelardo, a morte lenta de Lancelot, o suicídio de Julieta, todos eles jogadores. Alguns fatos ela não contaria a ele. Sua própria identidade, por exemplo. Também esconderia que o Jogo iria terminar dali a três dias. Se ele contasse a Henry e Flora, esse conhecimento poderia colocar a vitória dela em risco. Todo o restante ele saberia. E entenderia o dom dela: a libertação da dor. O amor verdadeiro era a morte. Se ele resistisse ao conhecimento, iria gostar do presente.

Mas ela não conseguiu acabar com a vida dele. Ainda não. Não quando os dois eram tão semelhantes, Ethan e ela. Então soltou a mão dele. Ela o deixou arfando na namoradeira enquanto saía lentamente da sala, levando o livro consigo.

A Terra girava, arrastando rastros de estrelas pelo céu de veludo. Ethan cambaleou até o corredor. Subiu a escada, um passo lento por vez, até estar no topo. O quarto de Helen era ali perto. Ele a ouvia farfalhando lá dentro. O que tinha acontecido? Eles sentaram para ler, ela pegou a mão dele e em seguida ele sabia de todas essas coisas que pareciam impossíveis.

Apesar disso, elas explicavam tanto. Explicavam o domínio que James tinha sobre Ethan. Por que parecera amor quando ele colocou os olhos em James pela primeira vez, mesmo ele não sendo mais que um peão.

Ethan fechou a porta de seu quarto. Olhou para o ambiente em que tinha passado tanto tempo: a cama, a escrivaninha, as janelas que davam para o terreno abaixo e mostravam um pouco do final explosivo da exibição de fogos de artifício ao longe. Se James Booth era outra pessoa, alguém que não era exatamente humano... talvez o que ele tinha feito com ele não contasse.

Talvez ele não fosse um *desses*.

Por um instante, sentiu um alívio tão grande que queria chorar. Não se sentir atraído por garotos. Ele queria tanto isso. Passara horas naquele quarto tentando se convencer a esquecer a vontade, o desejo, principalmente por Henry.

Apesar disso, não podia continuar fingindo. Toda aquela atração que tinha acontecido antes de James. Mesmo que ele nunca tivesse agido, era assim que ele era. Não havia como mudar isso. A comemoração do Dia da Independência lá fora tinha terminado, e as cortinas abertas revelaram uma lua crescente. Crescente ou minguante? Ele nunca sabia. Mas, se tivesse escolha, será que ela encolheria até a completa escuridão ou faria sua jornada até explodir com a luz refletida?

Ethan pegou uma caneta e uma folha de papel. Com uma letra lenta, uma palavra esforçada de cada vez, escreveu para Henry, que precisava saber do que ele e Flora faziam parte. Henry precisava saber quem era James, que ele era meio que um aliado. Ethan desejou saber quem era a Morte. Um dos músicos? A pessoa que prendeu Henry? Isso parecia a coisa menos provável de todas.

Ele escreveu para Henry não desistir de Flora. "Não escolhemos quem amamos", escreveu. "Só podemos escolher fazer isso bem."

A letra era horrível. Frases inteiras tinham sido riscadas. Ethan tinha certeza de que havia escrito errado metade das palavras. A carta não era boa o suficiente. Ele não podia mandá-la. Cansado como estava, copiou as palavras para uma nova folha. Jogou o rascunho no lixo. Selou a carta e a endereçou. Depois escreveu um bilhete mais curto para os pais, explicando que se alistaria na marinha na manhã seguinte. Ele o colocou sob a porta do quarto deles. Depois fez uma mala, deixou a carta para Henry na caixa do correio e desapareceu na escuridão. Ethan queria passar essa última noite como um homem livre, um homem livre que sabia quem era e quem nunca seria. Queria ver o sol nascer naquele dia em que sua vida recomeçava do zero.

Quando a porta se fechou atrás dele, a Morte saiu do quarto. Encontrou a carta na caixa de correio.

E a queimou.

59
Segunda-feira, 5 de julho de 1937

Depois de toda a história triste com Ethan, o Amor exigiu uma reunião. A Morte concordou, mas insistiu que ia escolher o lugar. Quando o Amor chegou à sala chinesa da Smith Tower, poucos andares abaixo do local de onde o pai de Henry pulara, a Morte já estava lá, reclinada em uma poltrona de pau-rosa esculpida com um dragão e uma fênix. Ela encarava uma mesinha com uma taça de vinho tinto e um prato de escargot e estava tirando as lesmas das conchas com um garfo minúsculo.

O Amor se ajeitou em uma poltrona lisa de mogno. O espaço sobre seu coração, onde o livro ficava, parecia vazio. Incomodando, como uma lembrança perdida.

A Morte esmagou uma concha entre os dentes.

— Esse não queria sair. — Ela cuspiu os restos estilhaçados no prato. Uma lasca grudou em seus lábios, e o Amor queria mais que tudo removê-la. — Sopa? — perguntou ela, apontando para uma terrina. — É de tartaruga.

O Amor recusou.

— Não sei como as garotas aguentam esta poltrona. — Seus lábios estavam brilhando de manteiga. — É desconfortável.

A Cadeira dos Desejos tinha sido presente da imperatriz chinesa. Qualquer mulher jovem que sentasse ali tinha a garantia de ficar noiva em menos de um ano. A poltrona podia ser desconfortável, mas funcionava conforme prometido. Ele sentiu uma pontada de compaixão pela oponente, que não tinha nenhuma capacidade de sentir esperança. Deu de ombros para afastar a sensação. Essa tristeza não era dele. Ele queria o livro de volta. E Ethan também. Mas esse, ele temia, era um coração que não teria coragem de chamar de novo.

Atrás dele, a cidade de Seattle se estendia até a margem da água. Luzes elétricas queimavam em muitos prédios, maltratando a parte inferior do céu com seu brilho. Ao lado de uma lua quase desaparecida, estrelas se penduravam, como recipientes solitários dos infinitos desejos humanos.

— Você vai ter que pedir com educação — disse a Morte. — Também posso pedir que você implore.

Maldita Morte e o modo como ela invadia sua mente. Se era assim que ela queria jogar, ótimo. Ele lhe enviaria imagens de coisas que testemunhara sem ela enquanto seguia Henry pela cidade.

Aqui a imagem de Henry apertando a gravata ao redor do pescoço; ali, Henry penteando os cachos rebeldes da testa; o brilho da lamparina no sapato dele enquanto o lustrava; a faixa cinza de calçada se desenrolando sob seus pés. Folhas repletas da luz do sol. O mundo visto através dos olhos de alguém apaixonado por uma mulher, apaixonado pela vida.

O Amor precisava de quase toda a sua concentração para enviar as imagens com tanta pureza, mas parava de vez em quando para ver a expressão da Morte mudar. Ela ficou impaciente e mexeu no restante das lembranças com a mesma rapidez com que ele conseguia formá-las: de beijos roubados e toques ligeiros e, principalmente, Henry e Flora enquanto tocavam "Someday", cada nota carregada da canção, um espetáculo atrás do outro, todos terminando com explosões de aplausos.

A magia tinha acontecido. Mesmo que eles nunca mais fizessem uma apresentação juntos, os dois tinham sido alterados por isso. Irrevogavelmente.

Ela se afastou, com os olhos escuros nas bordas. Ele se aproximou para secar o rosto dela com o lenço, mas ela agarrou o punho dele.

— Não.

Em seguida, jogou tudo para fora da mesa: o vinho, as conchas vazias, a sopa.

— E aí? Faltam dois dias para o fim do Jogo, e ela ainda o está recusando.

O punho dele doía onde ela agarrou.

— Como você está se saindo nas tentativas de afastar Henry? — ele perguntou.

Ela se ajeitou descuidadamente na cadeira, colocando uma mão em suas costas.

— Tenho duas maneiras de vencer. Você só tem uma. A história e as probabilidades estão a meu favor.

O Amor não podia argumentar contra nenhuma das duas opções.

Mas quais eram as probabilidades? As probabilidades contra um humano nascer eram tremendas. A cadeia de momentos que levavam a isso era longa; uma cadeia feita de infinitas escolhas humanas que tinham de ocorrer em sequência para levar a um nascimento específico. A probabilidade de Flora ou Henry estarem ali era de uma em quatrocentos trilhões, mais ou menos.

— Faltam dois dias. — Ela levantou dois dedos. Como se o Amor pudesse se esquecer ou não entendesse as palavras. Ela jogou o livro em cima dele. Ele o pegou e imediatamente se sentiu aliviado por seu calor e sua familiaridade.

A Morte lhe deu o seu sorriso terrível de Helen e desapareceu como o gato de Cheshire, de Lewis Carroll. Ao fazer isso, o Amor pensou em algo que não tinha pensado antes. Onde estava a verdadeira Helen? A que a Morte estava personificando. Parecia um assunto sem importância, na verdade. Mesmo assim, muita coisa dependia desse minuto. Ele inspirou fundo e levantou, esperando que ainda houvesse tempo.

Era o meio da noite quando o Amor chegou até a Helen humana. O lugar tinha cheiro de suor e antisséptico, e uma luz ácida tomava os corredores. Os quartos, cada um deles um retângulo branco atrás de uma porta com um quadrado de vidro reforçado no meio, estavam em sua maioria escuros. Quase todos os habitantes estavam dormindo. Helen não estava, e o Amor ficou feliz por isso, porque detestava perturbar o descanso de alguém que estava tão ferido.

Ele se materializou no quarto não como James Booth ou qualquer outro humano, mas como uma criatura que Helen aceitaria bem: um filhote de cocker spaniel rebolante cujo hálito tinha cheiro de feno e verão. Ele choramingou e ela sentou na cama, olhando para a esquerda e para a direita. Então, sob a luz cinza, ela o viu no chão e o colocou na cama com ela. O Amor sentiu o coração dela. *Por favor, me diga que isso não é mais uma alucinação. Eles dizem que enlouqueci, mas eu sei que não. Eu me esqueci, só isso. Simplesmente me esqueci.*

O Amor beijou Helen no queixo, e ela deu um risinho. Ela se enroscou nele na cama, com o coração grudado nas costas arredondadas do cãozinho.

O Amor percebeu o ponto em que a Morte levou as lembranças da garota. As margens daquele buraco em sua mente estavam esfarrapadas, evitando que ela alcançasse as que estavam mais no fundo. O Amor consertou o rasgão. A forma que escolhera era perfeita para isso: macia, vulnerável, cheia de vida e de amor.

Helen caiu no sono assim que ele começou. Ele havia sumido quando ela acordou de manhã, e para sempre depois disso. Ela pensou na visita dele como um sonho, o melhor da sua vida. A restauração da maior parte de sua memória provocou grande empolgação no médico, que telefonou para os pais dela assim que determinou que a recuperação era realmente legítima, que ela era uma pessoa importante e, acima de tudo, que alguém iria pagar a conta do hospital. Quando tudo isso foi resolvido, o Amor já tinha voltado para Seattle.

60

Terça-feira, 6 de julho de 1937

Sussurros. Havia tantos sussurros desde que Ethan saíra de casa. Annabel odiava sussurros. Era grosseiro, grosseiro, grosseiro. E agora, depois da ligação telefônica, houve mais sussurros; quando perguntou sobre o que todo mundo estava sussurrando, mandaram que ela saísse da sala.

Não era justo.

Primeiro Henry, depois Ethan, e agora Helen, que tinha desaparecido pouco tempo depois de a mãe ter desligado o telefone. Helen estava escutando atrás da porta, e Annabel estava escondida no nicho atrás dela. Foi muito estranho o jeito como Helen saiu de casa. Primeiro ela estava ali, depois não estava mais. Annabel teria de perguntar sobre isso depois que a mãe se acalmasse.

Annabel entrou sorrateiramente no quarto de Ethan, que ainda tinha a maioria das coisas dele. O uniforme de beisebol. A flâmula da escola. Todos os seus ternos e gravatas e sapatos Oxford. Ainda tinha o cheiro dele também. Grama e suor e loção pós-barba Lucky Tiger Bay Rum, a preferida de Annabel.

Havia um pedaço de papel na lata de lixo. Ela o pegou e alisou o amassado. "Querido Henry", dizia. Ela começou a ler, mas era sobre coisas melosas e asquerosas. Além do mais, estava empolgada para chegar à parte em que ela selava o envelope, escrevia um endereço e lambia o selo. *Essa* era a parte divertida das cartas, não escrevê-las.

Annabel se sentou à escrivaninha de Ethan. Encontrou um envelope. Mergulhou a caneta-tinteiro dele na tinta e o endereçou corretamente, como Helen tinha ensinado. Ela tinha memorizado o endereço de Henry por causa da carta que escrevera para ele perguntando sobre o passeio de bicicleta. Ela grudou o selo e a colocou na caixa de correio. O carteiro a entregaria na tarde seguinte.

Os sussurros pararam, mas ninguém procurou Annabel, que acabou dormindo na cama de Ethan e sonhando com ele. Não foi um sonho bom. Ethan era um marinheiro na guerra e morria. O sonho a fez chorar. Acordou quando a mãe a chamou para o jantar, feliz por ter sido só um sonho e não vida real. Ela secou o rosto e desceu para comer. Não conseguia se lembrar de ter sentido tanta fome durante toda a sua vida.

61

Quarta-feira, 7 de julho de 1937

Em pouco tempo, Henry teria de sair do quarto alugado para ir até o Majestic passar o som do show daquela noite. Uma semana atrás, ele já teria saído porta afora, contando os minutos até poder ver Flora de novo. Eles não a tinham substituído desde que ela partira, e ela estava passando todo o seu tempo no campo de aviação, modificando o novo Staggerwing que Helen comprara. Henry agora cantava os números de Flora, mas não cantava "Someday", por mais que Sherman e o público implorassem. O público, ele ignorava. A Sherman e à banda ele prometera uma nova canção assim que a ideia certa surgisse.

Ele andava tentando escrever uma, mas tudo o que conseguia eram bilhetes para Flora, bilhetes que nunca ia mandar.

"Um dia vamos subir na Torre Eiffel."

"Um dia vamos ficar deitados na areia sob o sol da Itália."

"Um dia vamos tocar na cidade de Nova York."

"Um dia..."

Havia tantos deles, cada um mais intenso que o outro. Ele tinha rasgado a folha em tiras, de modo que havia um desejo em cada faixa de papel. Ele as colocou no bolso do paletó quando a sra. Kosinski bateu na porta, porque eram feitos para um único par de olhos.

Henry abriu a porta.

— Chegou isso do correio para você. — A sra. Kosinski estava parada ali vestida em um robe, analisando a carta. — Parece a letra de uma garotinha, se você me perguntar.

Ele estendeu a mão. Depois de um instante, a sra. Kosinski soltou o envelope. Ela ficou esperando na porta.

— Obrigado — disse Henry, ignorando a expressão decepcionada no rosto dela.

Ele fechou a porta, se encostou atrás dela e abriu a aba, esperando uma carta de Annabel. Mas era de Ethan. Ele a leu duas vezes, a segunda sentado na cama, porque o conteúdo era muito desconcertante. Na superfície, a história de Ethan não fazia sentido. Mas, lendo com cuidado, na parte que Henry conseguia sentir a verdade das coisas com a mesma facilidade que sentia a música, com a profundidade que se sentia ligado a Flora, ele sabia que tudo o que Ethan escrevera era verdade. Era verdade e mudava tudo, para todos eles.

Ele colocou a carta no bolso, perto dos bilhetes de "um dia". Por um instante, se perguntou o que devia fazer, porque não queria parecer idiota diante de Flora. Mas só por um instante. E aí ele pegou o chapéu e o paletó. E saiu porta afora, pois não estava indo ao Majestic.

— Deve ter sido uma carta e tanto! — gritou a sra. Kosinski atrás dele.

Henry não respondeu.

62

Seguindo apenas por instinto, Henry pegou um bonde até o campo de aviação. Gastou seu último centavo ao fazer isso. Se tivesse imaginado errado, teria ficado parado lá, a quilômetros de casa. Era uma possibilidade que ele não se permitiu considerar. E a encontrou exatamente onde imaginou que ela estaria: trabalhando sozinha no novo avião, um Staggerwing da cor de uma maçã do amor. Usando um macacão, ela secou a testa com as costas da mão, como se tivesse sido um longo dia com muitas coisas para fazer. Mas ela parecia feliz — tão contente que Henry quase virou e começou a longa caminhada até a casa noturna.

Ele não podia resistir a observá-la por mais um instante, absorvendo o modo como a luz inclinada a encontrava, o modo como ela parecia saber exatamente o que estava fazendo ao circular o Staggerwing, estudando-o de todos os lados. Se pudesse mantê-la nessa felicidade, sabendo que a estava deixando livre para fazer o que amava, ele teria feito isso sem pensar duas vezes.

Mas, se não conseguisse convencê-la a amá-lo, Flora iria morrer.

Foi esse o fim do Jogo que Ethan explicou na carta. Henry desejou que fosse diferente. Se ele fosse o jogador enfeitiçado para morrer, seria diferente. Ele teria odiado esse destino, mas não tanto, especialmente porque o Jogo tinha unido os dois.

O céu escureceu enquanto Henry ficava parado ali, pesando as opções. A desgraça da situação e a crueldade do Jogo se infiltraram totalmente. Ele via duas opções: podia manter a verdade em segredo e tentar mais uma derradeira investida, pedindo pela última vez que ela o amasse. Se ela concordasse, sem saber que sua vida dependia disso, ele saberia que ela estava dizendo a verdade. Ou podia contar a Flora sobre a carta e usar isso como vantagem. Certamente amá-lo era preferível a morrer.

Mas amar alguém para evitar a morte; isso não era uma forma de amor de jeito nenhum. Era covardia. Flora nunca escolheria isso.

Enquanto estava parado ali, percebeu uma terceira opção.

Ele ia contar a verdade. Se ela o recusasse, ele encontraria a Morte e ofereceria a própria vida em troca. Seria suficiente? Tinha de ser. Era tudo o que ele ainda tinha para dar.

Flora finalmente o viu.

— Você não tem um show hoje à noite? — Ela ajeitou um cacho de cabelo solto atrás da orelha.

— Eu tinha uma coisa mais importante para fazer.

— Henry — disse ela, com a voz em tom de alerta.

— Não vou tomar muito do seu tempo — disse ele, se aproximando. — Tem uma coisa... uma coisa que você precisa saber. Tem algum lugar aonde a gente possa ir, um lugar onde a gente não esteja ao ar livre como aqui?

Ela o levou até o hangar. Ele lhe deu a carta de Ethan, que ela leu sob a luz de uma única lâmpada pendurada no teto.

— Henry — disse Flora em seguida. — Não me diga que você acredita que isso é verdade.

— Eu não queria acreditar. Mas consigo sentir. Você não?

Flora não respondeu por muito tempo. Seus dentes batiam. Como sempre, Henry lhe ofereceu o paletó.

— Obrigada — disse ela. — Nem estou com frio. Não sei por que estou tremendo como um gato molhado.

— Posso imaginar.

Mais silêncio. Flora dobrou a carta e a devolveu.

— Não quero fazer parte disso. Mesmo que seja verdade, é humilhante. Brincaram com a gente. Enganaram. Manipularam. Nunca consenti em ser dominada desse jeito. É uma barbárie.

Ele olhou para ela sem acreditar.

— Isso é o que você realmente sente? Só isso?

— O que você quer dizer com *sentir*? — perguntou ela. — Não sei nada sobre o que eu jamais senti. E você também não. Não pode saber. Tudo o que você sente... tudo o que sentiu... foi colocado dentro de você por outra pessoa para atender aos objetivos dela.

— Mas eu *posso* saber — disse ele. — Eu sei. — Estendeu a mão para a dela, mas Flora a puxou para longe, escondendo as duas nos bolsos do paletó dele. — Não me importa como eu acabei me sentindo em relação a você. Quero que continue para sempre. Quero te dar tudo o que você...

Flora levantou a mão para ele parar.

— Eu sabia que não valia a pena, Henry. Eu sabia. O tempo todo, eu sabia que não queria nada com o amor. E é loucura a gente continuar, sabendo como vai terminar.

— Você não pode estar falando sério — disse ele. — Não tem que terminar desse jeito.

— Eu me recuso a me submeter a isso. Escolho não acreditar. No jogo. Nas consequências. Vou viver a minha vida, como eu escolhi, e sugiro que você faça o mesmo.

— E se nós dois fugirmos? — Ele odiou o nível de desespero em sua voz.

— Henry. — Ela levantou o olhar para ele, os olhos marejados de lágrimas. — Eles nos encontrariam.

— Talvez não. Ou, pelo menos, não de imediato. Vale a pena tentar.

— Não posso concordar com isso, não desse jeito — disse ela. — Se ao menos...

— Se ao menos o quê? É só falar. O que eu preciso fazer?

Ela virou de costas para ele.

— Não tem nada que você possa fazer. Então, antes que a gente se magoe ainda mais, vamos nos despedir. Não vou viver nos termos de ninguém além dos meus. Com o patrocínio da Helen, vou fazer a viagem. Isso vai mudar tudo para mim.

— Por que ela está fazendo isso? — Henry se movimentou para voltar a encarar Flora.

— Por que você acha? — Flora soltou uma risada pesada. — Ela está me comprando para ir embora. Depois que eu sair de cena, você é inteiro dela.

— Mas... — A ideia não tinha ocorrido a Henry. Fazia certo sentido, apesar de ser apavorante.

— O novo avião está pronto para partir. Vou levar a Helen amanhã para o primeiro voo dela.

Henry ficou em silêncio. Estendeu a mão para a de Flora, e ela não resistiu.

— Durante toda a minha vida, eu soube que queria você. Você e mais ninguém. Eu te amei desde o primeiro instante em que te vi.

— Nós éramos crianças — ela observou.

— Mas você não se lembra de ser criança? — perguntou ele. — Como tudo era mais simples e mais claro? Às vezes eu acho que crianças são muito mais espertas que qualquer um de nós quando se trata de amar. Elas não duvidam. Nem por um segundo. E não duvidam que são amadas também. Alguma coisa acontece quando a gente cresce. O infortúnio nos atropela. Esquecemos como é simples amar sem jogar a vida toda no fogo. Trocamos o amor pelo medo. Não estou mais disposto a fazer isso.

— Alguma coisa aconteceu com você e comigo quando éramos bebês — disse Flora. — Uma coisa terrível. Nunca tivemos chance. E isso nunca foi amor. Não poderia ser.

Henry não discutiu. Não queria brigar com ela. Mas não ia argumentar nem negar o conteúdo do próprio coração. Nada ia mudar seu amor. Ele não sabia o que ia acontecer com ele depois que morresse, mas a posição de seu coração era fixa como o sol.

— Você foi o brinquedo de alguém — disse ela. — Nós dois fomos. Este é um jogo que não podemos ganhar. Não importa o que escolhemos, nós perdemos. Eu morro, você morre, nós dois morremos... Um dia, mais cedo ou mais tarde, nós dois vamos morrer. A única coisa que podemos fazer nesse ponto é recusar fazer parte de um jogo que nunca foi nossa escolha. Nós nos recusamos. E vivemos nossa vida.

Ele colocou as mãos nos ombros dela.

— Eu escolheria você. Com ou sem jogo, eu escolheria você todas as vezes. *Por favor.*

— Não tem chance — disse ela. — Não tem chance, nesta vida, de ficarmos juntos de novo. — Ela escapou do aperto dele. — O show. Começa... — ela levantou a manga dele e olhou o relógio de pulso — começa daqui a vinte minutos. Você deveria estar vestido e se preparando. É hora de ir.

— Não vou tocar hoje à noite — disse Henry. Ele tinha passado a vida toda fazendo a coisa certa, sendo a pessoa em que todo mundo confiava. Estava cansado disso.

— Você não pode pedir demissão antes de eles encontrarem um substituto — disse Flora. — Eu te dou uma carona.

Surpreso e irritado, Henry virou de costas e deu um passo em direção ao ar do crepúsculo, fazendo o possível para respirar. Ela não poderia ter dito nada pior para ele. Depois de tudo, nada nele significava alguma coisa para ela. Flora achava que ele era substituível, como um móvel. Ele virou para dizer as últimas palavras.

— Você prefere arriscar sua vida a me amar?

— Não é tão simples assim — argumentou ela.

Uma avalanche de dor impossibilitou que ele falasse. O que era tão detestável nele? Por que ela não tentava?

— Henry! — disse Flora. — Eu sinto muito.

— Eu não — ele respondeu. — Mas não sei por que você tem tanta certeza de que iríamos perder. Eu teria lutado por você. A cada segundo que a gente ainda pudesse ter.

63

E assim a Morte venceu.

No instante em que Flora recusou Henry, mesmo sabendo o custo, a Morte percebeu. Seus sentidos se afiaram sob a cobertura de um céu sem lua. Música, buzinas de carros, pequenos fragmentos de conversas, risos... o barulho da humanidade enchia seus ouvidos. E os cheiros... fumaça e vinho e flores exalando seu último perfume.

Tudo que ela precisava fazer era esperar até meia-noite. E aí chegaria a hora.

Era uma pena os Thorne terem descoberto o negócio com Helen. Foi deselegante. Mas, agora que o Jogo tinha acabado, isso mal importava. Eles nunca adivinhariam sua verdadeira identidade, e ela não tinha planos de retornar à mansão.

Ela estava se lembrando do livrinho do Amor num café, intrigada com ele, quando a vitória chegou. A Morte foi atingida pela compreensão de que ela e o Amor eram tão diferentes quanto ela imaginava e temia. Isso significava, como sempre, que ela estava sozinha. A eterna vilã.

O Amor inspirava as histórias. Ele as escrevia. Ela as destruía e sugava. Ela era um monstro. Um monstro sem escolha. Um monstro que precisava se alimentar. Um monstro que ninguém queria.

Bom, se ela era amaldiçoada para ser o monstro, seria o pior deles. A única questão restante era quando ela poderia pegar o prêmio. Tinha direito a ele a qualquer momento. Estava faminta por Flora, apesar de querer resistir. Seria muito mais gratificante se alimentar da vida da garota quando o desejo estivesse mais afiado.

A menos que...

A menos que Henry escolhesse a Morte.

Se ele fizesse isso, ela poderia ter os dois. E poderia provar, sem dúvida, a fraqueza do amor.

E ele era fraco. Com muita frequência, na ampla experiência da Morte, as pessoas preferiam a ideia do amor ao ato. Elas queriam buscar, mas ficavam cansadas quando conquistavam o prêmio. Se eram amadas, usavam isso como prova de seu valor. Em nome do amor, elas manipulavam umas às outras. Por covardia, mentiam abertamente ou por omissão. Havia tantas maneiras para o amor se deteriorar. E, diferentemente da deterioração de um cadáver, que alimentava vermes e fazia árvores crescerem, o que o amor apodrecido alimentava?

O Amor acreditava que Henry amava Flora. Ele acreditava no coração perfeito do seu jogador. A Morte não acreditava em nada disso. Ela suspeitava de que Henry amava a ideia de ser amado e a segurança que isso provocava. Ela ia resistir a consumir Flora até conseguir conquistar Henry também.

Ela já tinha ganhado o Jogo como ela mesma. Não poderia haver uma vitória maior que vencer como o Amor também. Transformou seu disfarce em algo a que Henry não conseguiria resistir. E, enquanto viajava em direção a ele, ela se sentiu melhor do que se sentira havia séculos.

64

Depois que Henry desapareceu, Flora lembrou que ainda estava vestindo o paletó dele. Durante muito tempo ela esperou, parada na coluna de luz, enquanto a noite se aproximava, aguardando que ele voltasse — se não por ela, pelo paletó.

Flora até desejou que ele voltasse, apesar de não confiar em nada do que ela sentia. Como podia confiar, sabendo que a Morte a escolhera como jogadora quando ela era um bebê deitado em um caixote de maçãs? E é claro que ela era a escolha da Morte. Ter sido escolhida pelo Amor era algo impensável. Seus pais tinham morrido no Dia dos Namorados, pelo amor de Deus. Quando se tratava de amor, sua linhagem toda tinha sido amaldiçoada.

Henry não voltou. A noite ficou fria. Ela verificou o relógio. Pouco mais de meia-noite. O dia tinha se tornado outro, sem fanfarras, diferentemente daquela outra meia-noite que ela passara com Henry, quando sinos tocaram e tudo parecia tão mágico. Quando, instantes depois, ela encontrara o corpo de Nana. A tristeza soou nos seus ossos mais uma vez, o eco da mágoa.

Sentindo um frio súbito, ela colocou as mãos nos bolsos do paletó. Havia papéis ali dentro. Tiras rasgadas de papel. Ela pegou uma e leu.

"Um dia vamos subir na Torre Eiffel."

Com uma pontada, ela reconheceu a letra de Henry. Paris. Ela podia ir até lá sozinha. Foi lá que Bessie Coleman aprendeu a voar.

Curiosa, pegou outra tira de papel. Outro *um dia*, este sobre tomar o café da manhã de sábado na casinha verde dos dois. Ela olhou para o relógio. A banda devia estar a todo vapor agora, com ou sem Henry, porque era assim que a vida funcionava. Ela seguia em frente.

Pegou outro bilhete. Ela o abriu e começou a chorar. Não conseguia ler sobre os filhos que não teria.

Flora leu todos os bilhetes até chegar ao último, uma série de mensagens secretas que tinham o mesmo significado do coração que Nana costurava em todas aquelas colchas.

"Um dia começa agora", dizia.

Não era possível escrever uma coisa e torná-la realidade, não em um pedaço de papel, não em uma partitura. Na melhor das hipóteses, isso apenas lhe daria algo para desejar, algo que você não podia ter. A força de um pai. O calor de uma mãe. A dedicação de uma avó. Amor era perda. Flora sabia disso desde...

Ela se interrompeu no meio do pensamento.

Ela sabia disso a vida inteira. Era uma das coisas da qual tinha certeza. Que um dia todo mundo que ela amava iria morrer. Tudo o que ela amava iria desmoronar em uma ruína. Esse era o preço da vida. Esse era o preço do amor. Era o único fim para todas as histórias verdadeiras.

Essa era a certeza que a Morte lhe dera. Isso. Não o amor.

O amor que ela sentia pela música, por voar, pelos pais, pela avó e principalmente por Henry? Isso era real e vinha de dentro, do jeito misterioso que o amor tinha chegado.

Com ou sem jogo, ela ia morrer um dia, como todos os seres vivos. Mas essa não era a tragédia. Também não era tragédia ser um peão. Todas as almas são, se não de seres eternos, peões de seu próprio corpo. O jogo, não importa a forma, só dura enquanto o corpo aguentar. A tragédia, todas as vezes, é escolher outra coisa que não o amor.

Essa tinha sido a sua vida inteira. E agora era tarde demais para ser diferente.

Ela saiu correndo do hangar e, respirando com dificuldade sob um céu sem lua, sentiu as palavras da música que Henry escrevera para ela crescerem no peito. Sem acompanhamento, sem público, sem se importar com nada além de senti-las profundamente, ela cantou para o nada, enchendo a escuridão com tudo que havia negado a si mesma, enviando o amor que perdera para o mundo do além, sabendo que nada poderia magoá-la mais do que ela própria havia se magoado.

— *You are the moon and I am the sea* — cantou ela. — *Wherever you are, you've got pull over me.**

---

* "Você é a lua e eu sou o mar/ Onde quer que esteja, você me atrai."

Mesmo com a música, ela nunca se sentira tão sozinha. A desolação era profunda o suficiente para se afogar.

Henry nunca iria querê-la de volta, não depois do que ela dissera a ele. Ela os arruinara. Ela colocaria os bilhetes de volta nos bolsos, fingiria que não os tinha visto e devolveria o paletó a ele no dia seguinte, assim que levasse Helen no voo. Ou melhor. Pediria a Helen para devolver a Henry o que era dele. A Morte poderia vir buscá-la agora ou mais tarde. Ela a receberia quando chegasse. Certamente, o que viesse depois não poderia ser pior que isso.

65

Quinta-feira, 8 de julho de 1937

HENRY LEVOU HORAS CAMINHANDO ATÉ CHEGAR EM CASA. MESMO ASSIM, não conseguiu dormir. Ele estava dobrando as roupas limpas quando alguém bateu na porta. Por um instante, Henry desejou que fosse Flora. Ela havia mudado de ideia. Convenceu a sra. Kosinski a deixá-la subir, apesar de ter passado muito da hora em que os visitantes eram permitidos. Ele afastou o cabelo da testa e deu uma olhada no quarto. Guardou a pilha de roupas dobradas. Todo o restante estava bom. A cama estava arrumada. A cômoda, livre. O contrabaixo, parecendo impetuoso em frente à janela.

Ele abriu a porta.

Helen estava parada na frente dele, vestindo um casaco preto e saltos sobre um vestido vermelho nitidamente atraente. Ela entrou no quarto. Tirou o chapéu, as luvas e a bolsa, colocando tudo no centro da cama de Henry.

— Adorei o que você fez com o lugar — disse ela. — Está bem aconchegante.

Ele não conseguiu definir se ela estava falando sério. Era muito abaixo do estilo de vida a que ela estava acostumada.

— Helen — disse ele, se perguntando como ela havia entrado.

— O gato comeu sua língua? — Ela olhou para a bolsa, e Henry sabia que ela iria até a peça para pegar um cigarro. Ela fez exatamente isso. De certo modo, ele se sentia reconfortado por conhecê-la tão bem.

— Não — disse ele. — Só que é tarde, e aqui não é um dos melhores bairros e...

— E o quê? — perguntou ela, depois de acender um fósforo e dar uma tragada. — Sopre isso, por favor? — Ela estendeu o fósforo na direção dele. O objeto queimava perto de seus dedos compridos e brancos.

Henry se inclinou e soprou. A expressão nos olhos dela era estranha, e ela parecia nervosa.

— Você está bem?

— Eu só queria te ver — disse ela. — Diga que sentiu minha falta. É chato passar o tempo só com a Annabel.

Ele olhou ao redor do quarto, desejando ter uma cadeira.

— Quer sentar? Infelizmente só tenho a cama para oferecer.

Ela se estendeu sobre a cama, chutando os sapatos para o chão. A pulsação de Henry acelerou. Ela olhou para o espaço vazio no lençol a seu lado, dando um tapinha com a mão livre.

— Vou pegar alguma coisa para você bater as cinzas — disse Henry, fingindo não ter percebido o convite.

— Henry. — A voz dela era um ronronado quente. Ela soltou a fumaça pelos lábios vermelhos. Mesmo sem querer, ele sentiu alguma coisa irradiar de seu centro e vir à tona. Flora não o queria. Não do jeito que ele a queria. E ali estava Helen, a garota que tinha sido destinada a ele, mostrando-se surpreendentemente disponível. Ela até ajudara Flora por causa dele. Talvez, afinal, escolhê-la fizesse sentido.

Ele não tinha nada para as cinzas além de um copo quase vazio. Bebeu o líquido e secou os lábios com as costas da mão. Ofereceu o copo a Helen. Quando ela o pegou, os dedos dos dois se encostaram, e Henry se viu ao lado dela na cama, tremendo. As costas dela estavam viradas para a cabeceira, e ele a encarava, a mão roçando na seda do vestido e na meia-calça escondida. Ele olhou para baixo, corando violentamente.

— *Henry*. — A voz dela era um sussurro letal. Ele congelou ao ouvi-la.

— Posso falar com o pai do Ethan em seu nome. Pedir para ele te dar uma segunda chance.

Uma segunda chance. Será que ele receberia uma terceira? Ele sabia o que Helen estava oferecendo e quanto isso custaria. Havia barganhas piores. Ele se inclinou na direção dela, só um centímetro. Esperou que ela não conseguisse perceber que ele estava tremendo. Sentiu um sopro do perfume dela. Lírios. O aroma o fez voltar ao funeral do pai e à angústia que sentira. Ele se levantou, se sentindo tonto. Helen olhou para ele, com os olhos suplicantes.

— Henry.

Ela disse o nome dele de novo. Estendeu a mão para pegar a dele. Mas ele não pegou a mão dela.

— O que foi? — perguntou ela. — Por que você não me quer?

Henry se sentiu triste por ela. A expressão de Helen era de clara necessidade, quase de fome. Ele se reconheceu ali. Mas ela não era a pessoa que ele queria e, por mais que desejasse o toque de outra, seu coração tinha sido feito apenas para Flora. Quanto mais tempo passava com Flora, mais tempo a via cantar, mais entendia o amor que ela sentia pelo avião, menos ele conseguia imaginar a vida com qualquer outra pessoa. Se não pudesse tê-la, ele não queria mais ninguém.

Durante muito tempo, ele ficou parado ali, em pé, respirando e olhando para Helen, que tinha fechado os olhos.

— Sinto muito — disse ele.

— Não sinta. — Seu tom tinha mudado de repente, de um jeito que ele não entendia completamente. Havia uma petulância nela, do tipo que ele costumava ver na escola fundamental, com crianças que não aguentavam perder um jogo. — Você é quem perde.

Ela amassou o cigarro na borda do copo e jogou o resto lá dentro. Colocou o copo sobre a cômoda, alisou o vestido e calçou os sapatos de novo.

— Pode me ajudar com o casaco?

Aliviado por lhe dar algo que ela queria, ele deslizou o casaco pelos braços dela e sobre os ombros. Ela estava muito perto, e ele sabia que, ao recusá-la agora, ele a estava recusando para sempre. Ela não seria um caminho de reconciliação com sua antiga vida. Ela não seria a pedra fundamental para um futuro respeitável e abundante.

Mas essa escolha não tinha sido feita às pressas no meio da noite. Ele a fizera havia muito tempo. Era Flora. Sempre foi. Sempre seria.

Mesmo que ela não o quisesse, ela precisava viver. Ele não ia deixar a Morte levá-la, não sem uma briga. À primeira luz do dia, ele ia visitar James Booth, que poderia ser capaz de ajudar. No mínimo, ele poderia revelar a identidade da Morte. A ideia o apavorava. Mas que escolha ele tinha? Se essa Morte não fosse alguém com quem ele pudesse lutar, talvez fosse alguém que considerasse levar a vida de Henry em troca.

Helen enfiou as mãos de volta nas luvas e colocou a mão no rosto de Henry, com um toque mais firme que delicado, um pouco menos que um tapa.

— Te vejo por aí, Henry — disse ela.

— Deixe eu te levar até a porta.

— Não precisa. — Ela derrubou o copo dele, que se estilhaçou, espalhando cacos de vidro e cinzas por todo o chão. — Sinto muito. — Mas ela não parecia sentir.

Henry foi até o armário, onde guardava uma vassoura e um pano. Quando virou, ela havia desaparecido. Henry espiou o corredor mal iluminado, intrigado com o sumiço. A exaustão o tomou. Ele limpou os cacos de vidro e se arrastou até a cama, que tinha o cheiro dela. Apesar disso, ele caiu num sono profundo e sem sonhos, do tipo que chamam de sono dos mortos.

Ele acordou num pulo na manhã seguinte, ansioso para ir até Hooverville. Mas, quando olhou pela janela para ver que tipo de dia ia encarar, viu o carro do sr. Thorne estacionado do outro lado da rua da pensão. Era tão cedo e, ainda assim, há quanto tempo ele estava ali?

A cor sumiu do rosto de Henry; a sensação, de suas mãos. Essa era a última coisa que ele precisava. Não queria ser repreendido por nenhuma de suas escolhas. E também não sabia nada sobre o que fizera Ethan se alistar; até mesmo a ideia de especular sobre isso lhe parecia desleal, no mínimo.

Se ele usasse a porta dos fundos, poderia sair sem ser visto. Ele tentou, mas uma tábua do patamar gemeu, e a sra. Kosinski o encontrou ao pé da escada.

— Tenho uma reclamação para fazer — disse ela. — Nada de visitas antes das nove horas. A política é clara como o dia. — Ela apontou para um quadro de pontos cruz emoldurado na parede. Henry achava impossível argumentar com uma política costurada com linha verde. Ele se perguntou, por um instante, como foi que Helen conseguiu entrar tão tarde, mas não tinha tempo para pensar demais nisso, não com o sr. Thorne esperando.

— Sinto muito — disse ele, percebendo que o sr. Thorne provavelmente tinha entrado de repente no lugar e exigido vê-lo assim que chegou. — Não vai acontecer de novo.

— Ele se nega a dizer quem é e o que quer com você — disse ela. — E se recusa a ir embora. É quase como se não desse a mínima para o ponto cruz.

Henry começou a se desculpar, mas ela não havia terminado.

— Acho que ele é um gângster. Ele é um gângster? O que um gângster poderia querer com você? Não ofereci café, porque não quero uma boca de gângster na minha porcelana Haviland. Você está metido com gângsteres, Henry? Porque também é contra as regras, apesar de eu não ter tido tempo de bordar isso.

— Ele não é um gângster. — Henry teve de sorrir com a ideia, mas só um pouco. A sra. Kosinski tinha fechado as portas francesas, mas, através das cortinas de renda, Henry conseguia ver o sr. Thorne sentado na ponta do sofá, com o chapéu no colo. Ele tinha o tipo de perfil que deveria ser esculpido em pedra.

— Devo levar café, então? Com grãos frescos? — Ela acreditava piamente que era possível usar o café duas ou três vezes antes de os grãos ficarem gastos.

— Seria ótimo. Grãos frescos.

— Vou acrescentar à sua conta da semana — disse ela. — O café é adicional, claro. O creme e o açúcar também.

— Pode levar tudo — disse Henry, querendo que ela estivesse fora da zona de explosão quando o pai de Ethan perdesse a cabeça.

— Biscoitos? Porque...

— Tudo — disse Henry.

Ele foi em direção às portas francesas. O sr. Thorne se levantou, ainda segurando o chapéu. Quando Henry percebeu a palidez do homem, seu coração encolheu. Ele abriu a porta, sabendo que uma notícia terrível estava por vir.

— O que foi? — perguntou. — O que aconteceu? Não é a Annabel, é? Ela não caiu da bicicleta...

— É a Helen — disse o sr. Thorne. — Uma coisa terrível aconteceu. Parece que todos nós fomos enganados, e eu achei que era correto alertá-lo.

66

O telefone tocou quando Flora estava se arrumando para sair. Ela vestia algo que raramente escolhia: um vestido vermelho ousado com botões pretos nas costas. Elegante demais para a maioria dos dias, não o suficiente para um espetáculo, mas perfeito para um dia transformador como aquele. Flora tinha uma patrocinadora. Ia fazer o seu voo. Seu sonho estava se tornando realidade. Ela não se sentia do jeito que achou que se sentiria, mas talvez um pouco de ferrugem fosse o preço da realidade.

O toque continuou. Estranho. Não conseguia imaginar quem poderia ligar tão cedo. Na verdade, nem quem poderia ligar. Pensou em atender, mas tinha um compromisso com Helen. Isso e nenhuma vontade de falar com ninguém. Nenhum desejo de conexão humana.

Mesmo sabendo que a fome de solidão era como a Morte tinha moldado seu coração, ela não via necessidade de mudar isso. Ironicamente, funcionava bem para ela. Assim como ninguém ia magoá-la se ela não tivesse conexões, ficar sozinha também significava que ela não ia magoar ninguém, especialmente Henry. A expressão no rosto dele quando ela o rejeitou era algo que Flora jamais queria ver de novo, em ninguém, enquanto estivesse viva.

Ela pendurou o paletó dele no braço e foi em direção à porta. Seu plano era chegar ao campo de aviação pelo menos duas horas antes, para garantir que o avião — e seus nervos — estivessem em boa forma. Depois do voo juntas, Helen poderia devolver o paletó de Henry. Ela tentou ignorar a dor que a imagem proporcionou.

Helen. Flora estremeceu um pouco ao pensar na garota. Ela gostava do que Helen tinha a lhe oferecer: uma rota de escape. Flora ia ficar longe de

Henry, e Helen financiaria sua viagem. Em troca, Henry seria amado. Fazia um sentido perfeito. Mas não significava que Helen era alguém que ela queria por perto. Na última vez em que estiveram juntas, Flora tinha sofrido com aquela terrível visão da morte dos pais. Não estava preocupada que uma coisa dessas acontecesse de novo, já que não tinha acontecido antes nem depois. Mas, do mesmo jeito que certos aromas invocam lembranças, a perspectiva de ver Helen de novo, de depender dela de maneira ainda mais forte, deixava Flora tensa.

O telefone continuou a tocar. Flora trancou a porta ao sair e desceu os degraus até a rua, e logo estava longe demais para ouvir ou se importar.

Pelo menos era um dia lindo para voar. Céu azul-claro. Sem vento. Nenhuma nuvem à vista, então não havia chance de uma tempestade de raios, e não era época para neve. Ela não podia ter pedido condições melhores.

Ficou sentada na cabine do novo avião, polindo a madeira até brilhar. Helen só chegaria dali a uma hora, e Flora já tinha verificado tudo o que podia em sua lista. Frustrante. Ela colocou as mãos no manche e olhou ao redor, certificando-se de que tudo estava arrumado. Alguma coisa reluziu no chão. Flora se abaixou para pegar. Uma moeda de um centavo, e com o lado da cara para cima. Que sorte.

— Estou rica — disse ela, para ninguém específico. *Quem dera.*

Como seria viver como Helen vivia, tirar milhares de dólares de um fundo fiduciário ilimitado sem aviso prévio? Usar um vestido apenas uma vez antes de descartá-lo? Ser considerada um par perfeito para alguém como...

Flora esmagou o pensamento antes que ele florescesse. Fechou a mão ao redor da moeda. Jogou-a para cima. Cara, ela podia fazer um pedido. Coroa, não podia. A moeda chegou ao topo. Ela a pegou, segurando-a por um instante no punho fechado.

O que ela queria?

Olhou para o céu, sabendo que devia querer a liberdade daquele azul além. Sabendo que não tinha mais tanta certeza disso. Sabendo, na verdade, que ela queria outra coisa. Outra pessoa.

E se fosse Henry que ela ia encontrar? E se ela pudesse mostrar a ele como era ser dona do céu? Lá de cima, não dava para ver a confusão da vida. Nem a tinta descascada nas casas. Nem as rachaduras nas calçadas. Nenhum sinal de imperfeição ou decadência. Tudo se resumia a linhas puras e cores vivas. E mais: o motor era barulhento demais para uma conversa fiada ou até mesmo para pensar muito. O foco que um voo exigia a consumia. Parecia seguro. Mesmo assim, ela queria compartilhar isso, pelo menos com Henry. Assim como ele mostrara a ela que o amor não era nada para se temer, ela poderia lhe mostrar o abraço do além.

Ela desejou até a moeda ficar quente, depois abriu a mão. Cara. Ela vencera. O ridículo da situação a fez rir alto. Ela guardou a moeda no bolso do vestido e decidiu virar as hélices e verificar o óleo. Teria de fazer isso de novo antes de decolar, mas pelo menos suas mãos estariam ocupadas.

Suas botas tinham acabado de encostar no chão quando ela ouviu a voz dele. Sem querer acreditar, Flora virou devagar. E lá estava Henry, usando a mesma roupa da noite anterior.

— Voltou para pegar seu paletó? — perguntou ela. — Está comigo. Eu ia deixar com a Helen.

— Meu paletó? — Ele pareceu momentaneamente confuso. E depois: — Ah, é claro. Quanta gentileza.

Alguma coisa parecia esquisita nele, estranha e formal, mas ela não estava surpresa, pensando em como tudo tinha terminado.

Ele se aproximou, e uma mecha de cabelo deslizou por sua testa. Ele não a ajeitou. Parecia que não tinha dormido bem. Ela conhecia a sensação.

— Vou pegar para você, então — disse ela.

— Eu quero voar — disse Henry. E se aproximou mais. — No avião.

— Tem certeza? — Flora inclinou a cabeça, mal querendo acreditar que ele tinha mudado de ideia em relação à altura.

— Sim.

Ela sorriu, hesitante.

— Por acaso, conheço uma aviadora que não tem nada para fazer na próxima hora.

Henry sorriu em resposta. Era um sorriso espremido, mas era melhor que nada. Ela se arrependia profundamente do que tinha acontecido entre eles antes. Se pudesse apagar aquelas palavras, ela o faria. Não que ela estivesse preparada para aceitar o que ele oferecia, preparada para escolhê-lo. Mas amor e uma vida juntos: talvez fosse possível um dia.

A cabeça dela começou a latejar. E a melhor coisa para isso era subir até o céu.

— Pronto? — perguntou ela. — As condições não poderiam ser melhores.

Ela se interrompeu antes de começar a tagarelar. Era melhor simplesmente mostrar a ele o que ela amava. Talvez pudesse ser o começo do perdão.

67

Henry tentou telefonar para Flora assim que o sr. Thorne saiu. Precisava alertá-la em relação a Helen, sobre quem ela realmente era. O telefone tocou e tocou, mas ela não atendeu, e Henry temia que ela já tivesse saído para voar com Helen em seu avião. Ele disparou porta afora e desceu a escada apressado antes de parar na calçada, sem saber para onde ir: para a casa de Flora, para o campo de aviação, para Hooverville para obter ajuda de James, para confrontar a falsa Helen onde quer que ela estivesse depois de fugir.

Sem conseguir decidir, ficou paralisado enquanto os carros passavam apressados, erguendo nuvens de poeira nas ruas de paralelepípedo. Pessoas passavam depressa por ele, lançando olhares de esguelha em virtude de seu evidente sofrimento. Ele decidiu arriscar uma barganha com a Morte. Ela já o havia convidado, só que ele não percebeu. E se ele a tivesse beijado? Isso teria salvado Flora? Ele teria feito isso mil vezes, se fosse o caso.

E pensar que ele rejeitara Helen porque parecia a morte ter que viver sem Flora. Ele estava certo em relação a isso. Só não tinha entendido quanto estava certo.

Com os bolsos vazios, ele correu em direção ao campo de aviação. Faltavam quilômetros a percorrer, mas sua camisa já estava grudada nas costas e seus pulmões já queimavam. Ele correu ladeira abaixo na 23rd Avenue, indo em direção à ponte; uma leve brisa soprou atrás dele. Um carro parou. Era James, só que não na versão que ele conhecia. Esse James Booth estava sentado atrás do volante de um Cadillac ainda mais elegante que o do sr. Thorne. Seu terno era novo, enfeitado com uma gravata de seda cinza sobre uma camisa branco-neve. Aparentemente, o Amor era vaidoso.

— Entre — disse James.

Henry obedeceu, aliviado, mas ainda irritado pelo que o Amor tinha feito com ele, com Ethan, com todos eles.

— Precisamos correr. Ela está no campo de aviação. Se a Helen chegar lá primeiro...

— Eu sei. — A voz de James estava baixa.

— Você tem que me ajudar — disse Henry. — Eu quero trocar. Quero ficar no lugar da Flora.

James não respondeu, mas virou para dar uma olhada rápida enquanto segurava o volante com as duas mãos.

Henry gritou:

— Ela vai me aceitar em troca? Me diga!

James não respondeu imediatamente. Eles viraram uma esquina e se aproximaram da Ponte Montlake, cujas torres cobertas de cobre lembraram a Henry a torre de Rapunzel. As luzes piscaram e a cancela desceu, sinalizando que a ponte ia se erguer. O atraso era uma agonia. A ponte finalmente começou a baixar. Eles aceleraram sobre o Canal de Montlake, passando pela Universidade de Washington, desviando em direção a Sand Point.

James finalmente falou:

— Ela nunca disse sim para esse tipo de coisa.

— O que mais podemos fazer? — O estômago de Henry parecia cheio de cobras. — Tem de haver alguma coisa. Qualquer coisa. Não pode terminar assim.

— Você não fez nada de errado. — A voz de James estava reconfortante, mas distante, como se ele fosse um diretor de escola explicando uma confusão com um pacote de provas. — Jogou tão bem quanto eu esperava. Estou orgulhoso de você.

Henry socou o painel.

— Você está falando como se tudo estivesse acabado. Não está.

— Está sim — disse James. — Acabou, e nós perdemos.

A garganta de Henry estava tão fechada que doía.

— Então nada pode ajudar? Nada pode salvar a Flora? E a Morte? O que pode matá-la?

— Nada — respondeu James. — Ela é imortal, assim como eu.

— Então o que a faz sofrer? Quero magoá-la tanto quanto ela me magoou.

— Esperar. Ela estava sofrendo esse tempo todo e não vai mais esperar. Eu posso voltar, Henry. Ninguém iria culpá-lo. Pode ser terrível testemunhar isso.

— Pode ser?

— Depende do método dela.

Henry fechou as mãos, formando punhos.

— Dirija mais rápido.

68

A Morte se recostou quando o avião decolou, sentindo o conforto da vitória nas mãos. E podia chegar logo. Sua fome tinha chegado ao ponto máximo. Ameaçava explodir fora dela, lamber o mundo com uma língua de fogo.

O céu trêmulo ocupava o para-brisa. Flora agarrou o manche. A Morte queria encostar naquelas mãos, só por um instante, mas se obrigou a resistir um pouquinho mais. Tinha esperado tanto por isso. O momento perfeito chegaria em breve.

A garota nivelou o avião, e o céu deslizou para cima até compartilhar o para-brisa com o prateado do lago e o verde das árvores ao redor. Ela virou para a Morte, com o rosto vulnerável, cheio de esperança. A Morte teve que desviar o olhar. Flora ia descobrir em pouco tempo, mas a Morte ainda sentia vergonha da verdade fundamental de sua existência. Queria escondê-la pelo tempo que pudesse. E queria que, só uma vez, alguém olhasse para ela com amor nos olhos.

A terra corria embaixo delas, uma colcha de retalhos de cores e formas, uma visão que os humanos não deveriam ter, mas de alguma maneira conseguiram, com uma combinação de persistência e paixão. A Morte nunca entenderia a vontade de voar. Por que fazer uma coisa que não era da sua natureza? Por que desperdiçar tempo em uma emoção temporária?

Flora apontou para alguma coisa lá embaixo. O lago, talvez, azul-safira e liso como vidro. Era lindo. E a garota tinha coragem, percebeu a Morte. Ela sabia do Jogo. Sabia do seu fim. Em vez de escolher Henry, tinha escolhido outra coisa, algo que não tinha uma palavra, apesar de que integridade poderia se aproximar do significado. Isso ou, talvez, a verdade. Essa qualidade parecia ter um estoque incrivelmente baixo nos humanos. Era uma pena ela não saber que tinha tão pouco tempo restante. Mas os humanos eram assim. Eles sempre achavam que teriam mais dias.

O momento chegou. A Morte expirou e, ao fazer isso, o disfarce de Henry se derreteu. Ela não se transformou em Helen de novo; em vez disso, usou sua forma real. Flora merecia isso. A expressão no rosto da garota quando percebeu: a Morte ia se lembrar dela durante séculos, apesar de ter visto outras variações ao longo de toda a sua existência.

Flora ficou pálida e virou de novo para o para-brisa. O avião mergulhou e se inclinou, e a Morte percebeu que a garota estava tentando pousar, muito provavelmente para salvar as pessoas no solo que seriam mortas por um pedaço de destroço em chamas caindo. Ora, ora. Todo mundo ia morrer um dia, por acidente ou pelo tempo. A Morte estendeu a mão para a de Flora, afastando lembranças inoportunas de uma florista espanhola e um piloto de zepelim alemão. Um queria viver para amar; a outra queria arriscar a vida por seu companheiro. Ela nunca deveria ter poupado essas almas.

69

Henry e James chegaram ao campo de aviação quando Flora embarcava no avião com alguém que se parecia exatamente com Henry. A Morte tinha roubado seu disfarce, desde os cachos rebeldes até os sapatos surrados. Henry gritou, mas ela não escutou. O casal entrou no avião. Henry correu em direção a eles, levando uma das mãos ao rosto para bloquear o vento das hélices. Mas Flora não o viu por causa da roda traseira e, em pouco tempo, o avião estava no ar, ficando cada vez menor enquanto subia.

Henry parou de correr. Virou para olhar para James. As palavras não saíam. Seu corpo parecia queimado de dentro para fora. Exausto. Arrasado. Como se nunca mais fosse se recuperar.

— Por que não podia ser eu? — perguntou por fim.

Ficou parado ali, encarando James, cujo rosto estava inclinado para o céu enquanto as mãos se penduravam na lateral do corpo. Depois do que pareceu um século, James virou para Henry. Deu de ombros. Em seguida, desapareceu.

Henry ficou parado sob o céu de um azul perfeito. Sozinho.

Quando ele mais precisou do Amor, o Amor o abandonou. A sensação o atingiu como uma onda gelada. Ele não conseguia respirar, não conseguia enxergar e não imaginava como ia continuar vivendo depois de saber disso. Ele caiu de joelhos, sem nem perceber que o cascalho tinha rasgado sua calça e cortado sua carne.

Ele se levantou e olhou para o céu. Não queria ver, mas não conseguia suportar que Flora deixasse o mundo sem ser vista. E esperou. Pelo quê, ele não sabia. Mas confiou em seu instinto e enviou seu amor para fora e para o alto, para que ela soubesse que ele estava ali, atendendo ao seu chamado, até o fim.

70

Num instante, a figura ao lado dela no avião era Henry. No instante seguinte, não era. De repente o comportamento estranho de Henry no campo de aviação fez sentido. Não é que ele estivesse zangado com ela ou temendo o voo. Na verdade, ele não era Henry.

A figura sentada a seu lado, uma mulher de idade indeterminada, era alguém que ela nunca tinha visto. Mas Flora a conhecia. Ela a conhecia no fundo de seus ossos.

Era a mulher que usara o rosto de Helen. A que escolhera Flora para sofrer quando era apenas um bebê adormecido. As luvas que essa mulher usava agora, as que Flora achava que eram de sua mãe — elas pertenciam a essa mulher, a esse monstro, desde o início. Eram uma coisa insignificante, as luvas. Mas às vezes as coisas insignificantes são tudo. Flora acreditava que essas luvas a deixavam mais perto da mãe e que, ao usá-las, estava sendo abençoada pelo toque materno.

Agora ela sabia que isso não passava de uma bela mentira. As luvas não a protegeram. Elas a impediram de sentir o mundo. Elas a impediram de viver.

Naquele momento em que a Morte veio buscá-la, Flora entendeu tudo isso. Entendeu as lições que a Morte tinha para ensinar. E entendeu uma última coisa, ainda pior: que essas lições vieram tarde demais. Se tivesse sabido a tempo, Flora teria feito uma escolha diferente. Isso é verdade para quase todos os humanos. A Morte é a melhor professora. A melhor e a mais cruel.

Ela estendeu a mão para Flora, que se afastou com uma guinada. Primeiro, Flora tinha de pousar o avião. Depois disso, ela se entregaria. Bater o avião tiraria a vida de inocentes, e isso ela não podia fazer. Ela inclinou o avião e começou a descer, determinada a enganar a Morte em tudo o que conseguisse. Mas a Morte soltou o cinto de segurança e se aproximou.

— NÃO! — Flora deu outra guinada para escapar. *Seja corajosa*, disse a si mesma. *Pouse o avião.*

Agora elas estavam acelerando em direção à pista de decolagem, mais rápido do que ela gostaria. Suas mãos tremiam, e ela se perguntou se havia algum tipo de barganha que pudesse fazer. Ela se inclinou para o mais longe possível, enquanto mantinha o controle do manche.

A Morte agarrou a mão de Flora. O horizonte se inclinou. A cor do céu mudou, e o avião em si parecia tremer, como se fosse um corpo perdendo o controle da vida. Seus dedos congelaram, e o calor se esvaiu do restante do corpo. De certo modo, ela estava feliz. Isso a entorpecia para o que ela sabia que vinha a seguir.

Então algo se partiu dentro dela. Seus dedos das mãos e dos pés zumbiam. Uma sensação diferente subiu por seus braços e pernas. Era como se ela estivesse sendo preenchida com uma substância diferente de sangue. A sensação atingiu seu peito, o pescoço, o rosto. Ela não conseguia se mexer. Houve um choque, um momento de confusão, uma transformação. Seu corpo não era mais dela, não totalmente.

Mas era estranho. Não parecia a morte, ou pelo menos o que ela esperava que fosse a morte. A morte era uma ausência, uma frieza. Eram os corpos de seus pais sendo cobertos pela neve, apagados pela brancura.

Isso era calor. Era plenitude. E, quando ela se entregou, era força.

Flora, disse uma voz de algum lugar tão próximo que encheu seu crânio.

A voz que ela ainda não tinha escutado, mas conhecia mesmo assim.

Ela respondeu: *E agora?*

Essa é a questão, explicou o Amor. *Não posso lhe dar a resposta. Só posso estar aqui com você quando você precisar de mim.*

Flora queria rir. *Onde você estava antes? Eu sempre precisei de você, não foi?*

É verdade que eu não a escolhi como minha jogadora. Mas escolhi o melhor coração que pude, sabendo que a Morte estava escolhendo a jogadora mais forte. Mas você nasceu do amor, Flora. Sua avó amava você. Seus pais. Henry. Então eu estive com você o tempo todo.

Essa verdade atingiu Flora como um soco.

Não há tempo para desperdiçar com arrependimentos, disse o Amor. *Só há tempo para viver do jeito que você teria vivido se soubesse quais eram os riscos desde o início.*

Que diferença isso faz? O motor do avião foi desligado.

Toda diferença. A única diferença.

Não acredito em você! Agora eles estavam caindo, e a vista através do para-brisa tinha mudado. Ela não via mais o céu do dia, mas sim o da noite. Uma noite sem lua e sem estrelas, apavorante em seu vazio. Será que ela já estava morta?

Não posso fazer você acreditar em nada. A escolha é sua. Estou aqui. Estou dentro de você. Você e eu somos um. Como você quer que sejam seus últimos momentos?

Flora sabia. Assim como sabia o que era necessário para tirar um avião do chão, como sabia dobrar a voz ao redor das notas para tirá-las de uma partitura e colocá-las no coração de alguém, ela sabia o que o Amor estava pedindo. Não para agir somente se isso mudasse o inevitável, mas para agir porque era a coisa mais corajosa que ela podia fazer.

O fim, para todos, era o mesmo.

Eram as escolhas feitas diante disso, as que eram feitas com o coração pleno, que podiam e iam continuar vivas.

Flora se abriu totalmente para a presença do Amor, sentindo-o transformá-la em tudo o que ela temia ser: alguém que não estava mais no controle, que não estava mais protegida, que não estava mais em segurança. Luz e calor subiram do seu peito. Eles encheram a cabine de chamas e banharam o para-brisa de esplendor.

A Morte virou, com uma expressão de assombro no rosto.

E aí não era mais o céu ao redor que mudara, mas o avião também. Eles não estavam mais nele, se inclinando em direção à terra.

O avião, perguntou Flora. *O que aconteceu com ele?*

A Morte parou o tempo. Ela nos tirou de lá. Estamos em outro lugar.

Flora levou um instante para entender o que se estendia diante deles: uma visão do mundo a uma grande distância. Galáxias se desenrolavam como aquarelas vivas, enviando tons de azul e bege e verde para o preto infinito. Ela estava inimaginavelmente longe de tudo que conhecia.

Flora virou e viu a Morte como o Amor via. Viu a solidão implacável de ser a única de sua espécie, aquela que todos temiam. Também viu aquela que amava em segredo todas as almas que devorava, mantendo cada uma delas em segurança na infinita extensão de sua memória. Flora a viu e não conseguiu odiá-la.

— Tarde demais — disse a Morte. — O Jogo acabou. Você perdeu. Ela é minha.

Os pensamentos do Amor se ergueram na mente de Flora como correntes de ar.

Posso? Ele estava perguntando se podia usar o corpo dela para falar.
Sim.

— Mas ela o escolheu. Segundos depois de ser tarde demais, mas ela o escolheu. Essa vitória não deveria te deixar orgulhosa. — A voz do Amor parecia música em sua boca, e, por mais estranho que fosse ter alguém falando através dela, Flora também adorava o som e a sensação. Com tão pouco tempo restante, era um prazer final para acalentar.

— Tenho o direito. — O rosto da Morte estava pálido, e suas mãos tremiam.

— Pode ser. Mas você não pode levá-la — disse o Amor. — Não enquanto eu estiver aqui.

— Ela é mortal — disse a Morte. — Eu posso esperar.

— Você é uma péssima mentirosa. Olhe para suas mãos.

A raiva retorcia o rosto da Morte, e lágrimas negras surgiram e escorreram.

— O que você sabe sobre sofrimento? Eu sou a figura mais odiada da existência. Não levo nada para a humanidade. Só tiro. Sou uma maldição. Diferentemente de você, meu alimento me despreza. Então vou levar meu prêmio de consolação. Eu vou!

Ela pegou Flora pela garganta.

Por que você não está me salvando? Flora empurrou esse pensamento para o Amor com urgência.

Não posso. Só vou prolongar seu sofrimento. Nós perdemos. E agora temos de desistir. Flora o sentiu sair de seu corpo. Sua carne ficou gelada. Ela não conseguia ver o que a cercava, apenas rostos, o rosto de todos que ela conhecia e amava. Ouviu música e viu o céu azul. Sentiu as mãos dele no seu corpo. Lábios nos seus lábios. *Henry.* Essas lembranças, principalmente as dele, encheram sua mente com a mesma nitidez de fotografias, só que coloridas, enriquecidas com a profundidade total de seus sentidos. A umidade do suor na testa dele no calor de um espetáculo. A mão dele nas costas dela enquanto dançavam no telhado. O cheiro e o toque e o som dele enquanto ela escutava seu coração vivo batendo. A vida dela, cada instante, estava sendo arrancada enquanto ela observava.

Ao vê-los de novo, ela entendeu o que não tinha visto antes. Um dia. Do mesmo jeito que não era apenas algo para temer, também não era nada que só existia no futuro. Ela e Henry tiveram seus momentos de "um dia". Vê-los todos de novo, ouvi-los, senti-los sem o filtro embotado do medo: não era nada como Flora pudesse ter imaginado.

Morrer não era a pior coisa que poderia ter acontecido. A pior coisa era o que ela quase deixara passar: o milagre do amor.

Ela não conseguia falar, não com as mãos da Morte apertando sua garganta, a fonte de sua música. Enviou um pensamento para a Morte, que ela esperava ser seu último presente. *O Jogo só significa alguma coisa porque perdemos. Esse é o seu presente para os humanos. Sendo assim, obrigada.*

As mãos da Morte vacilaram. Flora respirou fundo, com dor. Ela balançou e, em seguida, o Amor estava parado atrás dela, mantendo-a de pé.

— Se a vida não terminasse — disse ele —, não haveria necessidade de eu existir. Escolher o amor diante da morte é um ato extremo de coragem. Sou a alegria, mas você é o significado. Juntos, fazemos com que a humanidade seja mais do que poderia ter sido.

A Morte se afastou. Seus ombros sacudiam, e lágrimas escorriam pelo seu rosto. Ela pegou um envelope no bolso. Ela o abriu e tirou um pedaço de papel. Quando ela o destruísse, os dois jogadores estariam perdidos.

— Não — disse o Amor. — Por favor. Espere.

— Não é o que você está pensando — disse a Morte. — Confie em mim. Só que eu não posso fazer isso sem você. — Ela pressionou o papel no coração. Dois nomes, o de Flora e o de Henry, estavam escritos ali.

A Morte deu o papel para o Amor.

— Mantenha isso em segurança para mim. Mantenha os dois em segurança.

— Por quanto tempo? — perguntou ele.

Flora não ouviu a resposta da Morte.

E então ela havia saído daquele espaço e estava novamente dentro do avião, agora em chamas. O calor e a fumaça eram mais do que ela podia aguentar. Ela lutou para se soltar. Em seguida, sentiu dois pares de mãos e braços se fechando ao seu redor. Ela havia se entregado ao amor, e depois se entregou à morte, admirada porque as duas formas pareciam uma libertação. Esses seres que a carregavam, ambos imortais, a levaram até o céu para um último voo, durante o qual sua pele foi aliviada e recuperada por uma camada de ar azul, um ar tão frio quanto a água no fundo de um lago.

Ela se sentiu sendo colocada no chão.

Abriu os olhos quando uma explosão encheu seus ouvidos.

71

HENRY ALCANÇOU FLORA BEM QUANDO O STAGGERWING EXPLODIU. COBRIU o corpo dela com o seu, impressionado com o que vira: o avião caindo do céu, batendo na pista de decolagem, provocando uma faixa de fumaça preta na terra. Tinha corrido para salvá-la, mas, de alguma forma, ela foi libertada e tinha se materializado no cascalho, a uns vinte metros de distância dos destroços em chamas. Ele achou que podia estar alucinando, mas ela se mexeu debaixo dele, e ele percebeu que não importava o que tinha acontecido ou o que tinha visto. Tudo que importava era que ela estava ali com ele.

Henry olhou para Flora, linda e sem ferimentos, como se fosse feita de algo indestrutível.

Ela piscou e se concentrou.

— Henry?

— Flora. — O nome era fogo e música nos lábios dele. Um peso saiu dos ombros de Henry, o peso que ele sentira a vida toda. — O Jogo. Acabou?

— Não sei.

Eles sentaram, e ela espanou pedaços de vidro dos ombros dele, olhando para Henry como se o mundo não tivesse mais nada. Ele se levantou e estendeu a mão. Ela a pegou, e os dois ficaram lado a lado, vendo o avião se transformar em cinzas. Ela balançou a cabeça para ele e riu. E logo o estava beijando, o tipo de beijo que os dois poderiam achar que só existia nas letras de músicas.

O beijo parecia luz se erguendo através dos dois. Era uma lembrança e uma promessa, um enigma e um milagre. Era música. Uma conversa. Um voo. Uma história verdadeira. E era deles.

72

Sábado, 28 de março de 2015

A Morte não visitava a casinha verde havia muitos anos. O mundo tinha mudado ao redor. Os carros não eram mais coisas graciosas de metal e cromo. Alguns eram pequenos e delicados, parados ao lado de calçadas. Outros eram cascos enferrujados em blocos sobre terrenos com grama alta. Mas as casas das lembranças da Morte continuavam como sempre foram. Bem pintadas, agradavelmente compactas, com as janelas iluminadas por uma luz amarela suave, filtrada por cortinas transparentes.

Usando um vestido vermelho antiquado que, por algum motivo, tinha voltado à moda, a Morte subiu os degraus. Arcos rasos tinham sido desgastados nos degraus pelo tempo e pelos passos, mas a escada parecia firme, bem cuidada, pronta para ajudar as pessoas a passarem de dentro para fora e vice-versa.

A casa estava silenciosa, exceto por um álbum de jazz antigo que levou a mente da Morte de volta aos dias em que a música era tocada ao vivo: "Walk Beside Me".

Once upon a time I dreamed
Of how my life would go...*

A Morte virou para receber o sol do fim da tarde. Ela esperou ele chegar, do mesmo jeito que ele esperara por ela em Veneza, naquele dia de primavera tantos anos antes. O tempo passado se parecia um pouco com um sonho: muito nítido em algumas partes, mas nada a que ela pudesse se agarrar de verdade.

---
* "Uma vez eu sonhei/ Como minha vida seria..."

I'd span the globe, a lonely soul
Beneath the moon's white glow...*

O Amor se materializou embaixo de um carvalho que antes era pequeno e agora fazia sombra na rua. Estava vestido, como sempre, com um elegante terno cinza. E ele a recebeu com um sorriso nostálgico.

Durante anos depois que o Jogo terminou, ele ficara sentado ao lado dela, segurando sua mão, até o momento chegar e ela saber que podia continuar sozinha. Esse era o jeito da fome não saciada. Ela morre, mesmo que pareça estar se curando.

Mas havia algo mais. A Morte não conseguia aguentar o sofrimento do Amor. Ele estava tão faminto quanto ela, embora por outra coisa. E assim, porque ela o amava — ela agora conhecia esse sentimento, tanto no nome quanto nos efeitos —, o deixara ir.

I may have dreamed before you
Of how my life should be...**

— Sentiu minha falta? — perguntou ele, parecendo tão velho quanto ela se sentia.

— Não — ela respondeu. — Nem por um instante.

Era mentira, e os dois sabiam. Mas algumas pequenas mentiras são jogos. Ou, mais contundente, ecos de jogos que não precisavam mais ser jogados.

— Está pronta? — perguntou o Amor.

A Morte fez que sim com a cabeça e encontrou sua voz, enferrujada por falta de uso.

— Eternamente.

Ela desprezou o som e, em seguida, apesar de estar fraca e instável, se transformou no disfarce de Helen pela última vez. Ela se sentiu melhor imediatamente, como se tivesse voltado para um lar do qual nunca pensara que ia sentir saudade.

---

* "Eu rodaria o globo, uma alma solitária/ Sob o brilho branco da lua..."
** "Posso ter sonhado, antes de você,/ Como minha vida deveria ser..."

— Esse rosto. — A risada do Amor foi de surpresa. — Estou feliz de vê-lo de novo.

Ele também mudou e novamente estava jovem e brilhando com uma luz irresistível. Os oponentes se encararam. A fome da Morte se desdobrou como um mapa do espaço em si: infinito. Não faltava muito tempo. Ela preparou a mão para bater na porta. E hesitou.

O Amor leu a mente dela agora, como conseguia fazer. Ficou em pé ao lado dela, com o braço a seu redor, mantendo-a firme e quente enquanto a música continuava.

The only thing I want now
Is for you to walk beside me...*

A Morte bateu na porta. Houve uma pausa, então o som de pés de chinelo se arrastando num piso de madeira. A porta se abriu pela metade. Flora, com o rosto moldado pela passagem de muitos anos, ficou parada ali como se estivesse esperando por eles.

Ela abriu a porta totalmente.

— Eu achei... eu esperei... que fosse você. Mas não me importaria se você tivesse vindo como a gata.

A Morte não conseguia falar. Como era seu destino, ela havia consumido vidas ao longo dos anos. Mas havia muito tempo que estava faminta por essa alma acima de todas as outras, e não sabia que tipo de recepção esperar. Ela nunca ia admitir, mas ser bem recebida por Flora significava mais do que ela poderia imaginar em todos esses anos de espera. Ser bem recebida era raro; ser bem recebida por alguém que ela amava... ela não tinha palavras para descrever a sensação.

— Podemos entrar? — perguntou o Amor.

Flora deu um passo atrás para deixá-los passar enquanto a música chegava ao fim.

The only thing I'll ever want...**

---

* "A única coisa que eu quero agora/ É que você caminhe ao meu lado..."
** "A única coisa que jamais vou querer..."

— O Henry está lá dentro — disse a jogadora da Morte, apontando para o quarto onde em outros tempos seus pais dormiam.

Is for you to walk beside me...
Walk beside me...
*Walk beside me...**

Enquanto os instrumentos tocavam as últimas notas, Flora se arrastou até o toca-discos — uma coisa antiquada, do tipo que a maioria das pessoas tinha substituído por pequenos dispositivos digitais que transformavam zeros e uns em som. Significava que a canção era igual todas as vezes que era tocada, algo que a Morte considerava ao mesmo tempo mágico e apavorante. A idosa levantou o braço do toca-discos, com cuidado para não arranhar o vinil. Tinha se tornado delicada com a idade, mesmo sabendo que não importava. Era uma forma de cuidado, de conexão.

O Amor pigarreou.

— Devo esperar lá fora?

Ele colocou a mão no sofá Davenport, aquele que fora da avó de Flora. Nas décadas que se passaram desde então, tinha sido reformado várias vezes, agora revestido de um veludo macio da cor de folhas de samambaia novas. Mas a Morte o teria reconhecido mesmo que o tempo o tivesse reduzido a uma pilha de serragem. A madeira dos braços curvos e esculpidos ainda cantava sobre a alma da árvore. Alguma coisa nela também cantava sobre a alma de Marion.

Será que ela queria que ele a visse em seu momento mais vulnerável? Mais desprezível? Teria sido fácil, para ela, deixá-lo fora da sala, poupar a si mesma da vergonha. Mas não havia mais espaço para isso no relacionamento dos dois. Não quando tantas coisas tinham sido compartilhadas.

— Venha conosco — disse a Morte.

O Amor pegou o braço de Flora. A Morte os seguiu até o quarto.

O sol poente era visível pela janela, um quadro escuro em tons de vermelho, laranja e dourado. Eram as cores do outono, apesar de ser um fim de

---

* "É que você caminhe ao meu lado.../ Caminhe ao meu lado.../ Caminhe ao meu lado..."

tarde do início da primavera, e isso provocava uma sensação de começo e de fim, como deveria ser.

A Morte não precisava da luz, mas sempre gostou dela. Os raios desbotados alcançaram Henry onde ele estava deitado na cama, com os olhos fechados, o rosto fraco pela idade e pela exaustão. O tempo o havia mudado, mas ela o teria reconhecido em qualquer lugar. Não tão bem quanto sua jogadora, talvez. Mas bem o suficiente para distinguir seu rosto no meio dos bilhões que tinha em sua mente.

Henry tinha mantido os cachos, e eles continuavam com a marcha rebelde em sua testa. Flora sentou ao lado de Henry, colocando a mão na sua testa, como se quisesse ver se estava com febre. Colocou o cabelo dele no lugar, onde sabia que ele queria que ficasse.

— Eles chegaram — disse Flora, se aproximando do ouvido dele. — Os dois.

Henry não se mexeu. Estava mergulhado demais naquela terra de sonhos acordados e lembranças. Suas mãos se mexeram nas laterais do corpo, os dedos se movimentando como se estivesse tocando o contrabaixo. Seus lábios se moveram, e a Morte leu as palavras que eles moldaram.

Um dia.

Um dia tinha chegado. Já tinha chegado em várias versões. Esse era o último.

— Como vai funcionar? — perguntou Flora. Ela estendeu a mão para pegar a de Henry. — Se não fizer diferença, prefiro que você não o beije.

A Morte virou para o Amor. Será que Flora não entendia que ela estava ali para levar os dois? Que tinha adiado levá-los pelo tempo que pôde? A Morte tinha vencido o Jogo. Ela sempre vencia. Desta vez foi diferente. Por causa do amor, ela esperou. Mas agora era o fim.

— Flora — disse o Amor. Ele foi até o lado dela e colocou a mão em seu rosto.

Flora se recostou nele e chorou.

— Me leve também. Não quero viver sem ele.

O coração da Morte se encheu de alívio.

— Você não vai precisar fazer isso — disse o Amor.

Flora deitou ao lado de Henry, se aninhando em seu corpo. Ela colocou a mão no peito dele. Henry abriu os olhos. Encontrou as mãos dela e virou para encará-la.

— Tem certeza que quer ficar aqui? — a Morte perguntou ao Amor.

O Amor fez que sim com a cabeça.

O mundo girou, a janela escureceu. A Morte sentou ao lado de Flora e Henry. Ela olhou para o Amor, e ele estendeu um pedaço de papel que ela confiara a ele muito tempo atrás.

— Por favor — disse ela. — Fique com ele. Só mais um tempinho. Prefiro fazer assim.

Ele segurou o papel como se fosse a coisa mais preciosa do mundo. A Morte pegou as mãos de Flora e Henry, que ainda estavam entrelaçadas sobre o coração de Henry. O ritmo quase o abandonara. Seu coração, aquele que o Amor escolhera, mancava como um soldado ferido, mas a música que produzia agradava à Morte do mesmo jeito. Ela olhou para o Amor e agradeceu a ele em silêncio pela escolha. Em seguida, as mãos de Henry e Flora estavam nas dela, e a vida dos dois começou a se esvair, todos aqueles "um dia" que eles desejaram e tiveram.

A Morte arfou ao ver a beleza de tudo. Poentes que mergulhavam no estuário de Puget em uma tigela de cobre reluzente. O sabor do pão de mel quente nas noites frias de outono. Duas linhas de passos molhados minúsculos feitos pelos filhos logo depois do banho. O modo como esses dois filhos, um menino e uma menina, aparentavam ao dormir, com bracinhos gorduchos e pernas espalhadas, como se tivessem caído do céu.

E havia sons de hélices de aviões se erguendo até o azul. Do tráfego apressado passando pelo rio Hudson em Nova York. O balanço e o barulho de shows em Seattle, San Francisco e Xangai. A doce explosão do filho deles socando acordes no piano e da filha soprando notas agudas no trompete.

Também havia silêncio. Especialmente o da lua. Pendurada de lado sobre uma ilha no Pacífico. Brilhando como uma xícara de mel sobre um templo antigo em Roma. Formando ondas em uma poça numa sarjeta cheia de lixo.

Ah, a lua.

Igual em todos os lugares e, ao mesmo tempo, diferente, e tão boa de encontrar enquanto viajava no alto todas as noites, marcando a passagem dos dias no céu.

Nessa correria da vida, a Morte sentiu a estranha dor do amor, algo que fora tão insuportável antes, mas agora parecia uma parte indelével dela. Percebeu uma coisa enquanto a vida dos dois a tomava. Amar: ela tinha esse poder o tempo todo.

E esse amor entre Henry e Flora... No início era uma coisa insignificante e incerta, como o brilho do sol da manhã no horizonte. Depois virou um animal selvagem, lutando contra o mundo e tudo que o ameaçava, tão quente que podia queimar, e às vezes queimava. Depois era tranquilo, silencioso como uma nevada, cobrindo tudo, certo de seu lugar, mesmo que tivesse certeza de que não iria durar para sempre.

Depois, tudo ao redor e dentro dela ficou imóvel. O coração de Flora e de Henry tinha parado. Qual deles bateu por último, a Morte não sabia. Parecia que tinham parado no mesmo instante. A Morte esperava que sim, que nenhum dos dois tivesse passado nem um instante sem o outro.

Ela soltou as mãos deles. Com delicadeza, mesmo que isso não importasse mais, ainda parecia o único jeito de deixá-los.

O quarto estava escuro. Então houve o chiado de um fósforo e a luz se espalhando devagar e com firmeza. O Amor tinha acendido uma vela.

— Não existem duas chamas iguais — comentou ele.

— Algumas são — sussurrou a Morte. — Algumas são exatamente iguais.

Ele estendeu o papel para ela. Aquele que ela havia escrito com sangue e lágrimas tantos anos antes. A tinta estava desbotada. Mal dava para ler o que estava escrito. Mas ela se lembrava. Sempre se lembraria.

Flora.

Henry.

Ela pegou o papel. Quando as mãos dos dois se tocaram, ela lhe deu um presente: todas as lembranças que tinha de Flora, de modo que sua jogadora continuasse dentro dele. Ela esperava que o Amor não se importasse de ela manter para si Henry e seu coração perfeito. E, pela primeira vez, mesmo perdido, o Jogo foi vencido pelo Amor e pela Morte. Porque assim os jogadores continuariam vivos.

O Amor encostou o canto do papel na vela. Jogou o pedaço em chamas para o ar. O papel queimou, se dividiu e caiu no chão, como pétalas de uma rosa flamejante. O cheiro era de fumaça e lírios e sangue e cinzas, e fez a Morte chorar mais uma vez, lágrimas tão negras quanto os buracos no espaço. Mas dessa vez ela não se importou, porque se sentia plena, não só de vida, mas daquela outra coisa.

— Vamos? — O Amor ofereceu o braço para a Morte. Ela o aceitou. Os dois andaram juntos até a sala de estar.

— Não consigo ir embora ainda — disse a Morte, sua força retornando.

— Temos todo o tempo do mundo. — O Amor encontrou um disco. Ele o colocou no toca-discos. A música começou de novo, estridente pelo tempo, mas tão doce e linda e profunda.

"Someday."

Um dia.

E ali, na escuridão, o Amor e a Morte e aqueles que estavam dentro deles dançaram até a música acabar.

Então, quando tudo ao redor ficou silencioso e imóvel, os dois desapareceram.

Agradecimentos

Tive anos de amor e apoio do meu editor, Arthur A. Levine, assim como do restante da equipe da Scholastic: Nicholas Thomas, Emily Clement, Becky Amsel, Nina Goffi, Antonio Gonzalez, Tracy Van Straaten, Elizabeth Starr Baer, Bess Braswell e Lizette Serrano.

Minha agente literária, Sarah Davies, é uma voz de apoio e sanidade. Da mesma forma, o livro se beneficiou da atenção profissional de Jill Corcoran e Elizabeth Law, além de Jordan Brown, Anne Ursu e Denise Hart Alfeld. Sou privilegiada por trabalhar com minha agente cinematográfica, Josie Freedman.

Katy Cenname me ajudou com insights sobre a mente de um piloto. Larry Wixom forneceu detalhes úteis sobre o Staggerwing. A música emocionante do contrabaixo de Milt Hinton me fez companhia enquanto eu escrevia, e *Playing the Changes*, de Hinton, David G. Berger e Holly Maxson, me encheu de admiração e respeito por músicos da era da Depressão e depois. *Jackson Street After Hours*, de Paul De Barros e Eduardo Calderon, me forneceu insights sobre o legado do jazz afro-americano no Noroeste Pacífico, e o Museu Afro-Americano do Noroeste alimentou minha imaginação com histórias reais. Todos os erros inevitáveis são meus, no entanto, assim como qualquer insensibilidade, mal-entendido ou falha na linguagem.

Agradeço aos meus amigos que leram rascunhos, escreveram ao meu lado ou me ajudaram nas partes desafiadoras do livro (e em várias outras coisas): Jesse Klausmeier, Emily Russin, Jolie Stekly, Kat Giantis, Patti Pitcher, Sofia Headley, Justina Chen, Holly Cupala, Samantha Berger, Robin Mellom, Sara Wilson Etienne, Brenda Winter Hansen, Liz Mills, Jaime Temairik, Cori Barrett, Lish McBride, Marissa Meyer, Jennifer Longo, Mary Jane Beaufrand, Antonio Hopson e Jet Harrington.

A incrível equipe da SCBWI não só mudou minha vida como me ajudou a descobrir quem eu deveria ser. Agradeço a todos vocês, especialmente a Lin Oliver, Steve Mooser, Kim Turrisi, Sara Rutenberg, Sally Crock, Chelsea Confalone, Sarah Baker e Kayla Heinen, com gratidão também por Alice Pope, Lee Wind e Aaron Hartzler (principalmente porque vocês riem das minhas piadas).

Sou enormemente grata aos livreiros de Seattle que me apoiaram durante muitos anos, especialmente aos meus amigos na University Bookstore, Queen Anne Book Company, Barnes and Noble, Mockingbird e Secret Garden Books.

Obrigada também às famílias Brockenbrough, McClure, Wilde e Berliant.

E especialmente à minha própria família: Adam, Lucy e Alice. Se eu conheço algo do amor, é por causa de vocês.

Impresso no Brasil pelo Sistema Cameron da Divisão Gráfica da
DISTRIBUIDORA RECORD DE SERVIÇOS DE IMPRENSA S.A.